吞噬星空

典藏版16

我吃西红柿 著

ARCTIME 时代出版
时代出版传媒股份有限公司
安徽文艺出版社

图书在版编目（CIP）数据

吞噬星空：典藏版. 16 / 我吃西红柿著. — 合肥：安徽文艺出版社，2022.9（2024.3重印）

ISBN 978-7-5396-7514-5

Ⅰ. ①吞… Ⅱ. ①我… Ⅲ. ①幻想小说－中国－当代 Ⅳ. ①I247.5

中国版本图书馆CIP数据核字(2022)第148655号

TUNSHI XINGKONG DIANCANG BAN 16

吞噬星空　典藏版16

我吃西红柿 著

出 版 人：姚　巍
责任编辑：曾柱柱　王婧婧
装帧设计：周艳芳

出版发行：安徽文艺出版社　www.awpub.com
地　　址：合肥市翡翠路1118号　邮政编码：230071
营 销 部：(0551)63533889
印　　制：湖南天闻新华印务有限公司　电话：(0731)88387856

开本：710 mm × 1000 mm 1/16　印张：18　字数：290千字
版次：2022年9月第1版
印次：2024年3月第3次印刷
定价：32.00元

目录
CONTENTS

第739章

原始秘境界主

“啊！”牛头人瞪大眼睛，立即大吼一声，“有人闯原始通天山！”

两道流光从远处飞来，正是精神念师猿人和幻术师蛇女。山脚的这三名守关者会合后都看着罗峰，他们很快就得到了罗峰的详细资料。

“罗峰？闯过了通天桥第十三层？”蛇女魅惑一笑，“罗峰，闯原始通天山，你的实力还不够呢。”

“少废话。”

罗峰背着的暗金色长棍瞬间化为10081柄金色小剑，一时间，万千金光开始巧妙地组合在一起，瞬间就组成一柄3.3米长的暗金色长剑。

这正是衍神兵最完美的形态——第九重不朽亦可敌。

“嗖！”

战斗瞬间开始。

……

从原始通天山山脚一路往上，山脚、山腰的守关者都被罗峰击败了。

“呼——”罗峰脚踏暗云梭，沿着高耸入云的原始通天山不断往上飞，许久，终于飞到山巅。

山巅云雾环绕。

牛头人躺在那儿酣睡，鼾声如雷；猿人则畅快地喝着美酒；远处的一个水潭中，蛇女在戏水。

当罗峰飞到山巅时，这三名守关者同时看过来，审视着罗峰。

山巅这关是最后一关，也是最难的一关。

“多少年了！”蛇女叹息一声，从水潭中缓缓地游出。

“是啊，太久了！”低沉的声音从牛头人口中发出。

“我们三个被制造出来后，已经上百万纪元没被人挑战过了。”猿人站起来。

远处的罗峰听得微微一怔。

“被制造？”

随即，罗峰便明白了。

这些守关者应该是虚拟宇宙系统制造的人工智能。虚拟宇宙系统无比厉害，它能够模拟各种法则，在杀戮场等地，它能按照修炼者的要求为其提供所需的对手。

所以把天地、太初、原始这三座通天山上的守关者制造出来，对虚拟宇宙系统来说自然是小菜一碟。

只是这些人工智能存在的时间太久了，有些都成了人工智能生命，拥有了人类的喜怒哀乐。

“罗峰，”蛇女看着罗峰，她的声音柔柔的，“虽然很想和你这个外来人多聊聊，但是我们必须立即履行我们的职责，也必须全力以赴。”

“我也是。”罗峰轻声说道。

“轰！”

他背上的暗金色长棍瞬间化为一柄暗金色长剑，同时体表开始出现很多鳞片，仅仅片刻就仿佛变成了一个人形兽神。他施展的正是兽神变这一秘法，但他仅仅练成第一层，实力并不算强。

“似乎很不错呢。”蛇女微笑着说道。

蛇女这一笑，罗峰便陷入幻境中。

那精瘦的猿人背后顿时射出一道弧形刀光，直接向罗峰的脖颈切割而去。

“破！”罗峰眼神如电，大喝一声，瞬间便破了幻境。

暗金色长剑的速度瞬间达到极限，隐隐带有一丝兽吼。只听得“轰隆”一声，暗金色长剑撞击在那弧形刀光上，那弧形刀光和罗峰的衍神兵同时一震，都被震得飞退开去。

“我的念力振幅完全爆发，配合第一层鳞甲篇的感悟，全力施展衍神兵，竟然只是和这猿人不相上下。”罗峰脸色微变，立即发出一声大吼，闪电般扑向那牛头人。

在近身攻击猿人时，罗峰也操控着衍神兵去缠住猿人。至于那蛇女，罗峰根本不理会，他相信以自己的意志绝对能够抵抗幻境。

“哈哈……”牛头人大笑着直接冲向罗峰，每一步都引起山石震颤，他手中握着的巨斧瞬间高高举起，一时间，周围出现了无数巨型斧头的幻影，随着他的一声大吼，空间直接被切割出一个骇人的裂缝。

拥有域主级九阶实力的人能够轻易切割开宇宙空间。

施展兽神变下的罗峰是人形兽神，霸道地挥动右手：“给我破。”

罗峰这一爪仿佛要将天地给抓裂似的，一爪出，出现一个巨大的兽神爪虚影。这一爪直接从侧面拍在巨斧上，只听到一阵轰鸣，那巨斧朝旁边一晃，那牛头人立即变换招式，竖劈改成横切。

“嗖！”罗峰快如闪电，整个人立即一个飞扑，双手竟然直接撑在巨斧的斧面上，紧跟着又是一爪。

“撕天一爪。”罗峰完全爆发。

这一爪凶猛无匹。

一爪出，空间直接显现出五条空间裂缝，罗峰这一爪抓破了牛头人胸口的铠甲，可怕的爪力在牛头人体内运转，轻易便将那一颗命核给毁掉了。

“还剩两个。”罗峰猛一掉头，朝后看去，随即闪电般扑过去。

……

“成功了。”

当牛头人被击杀时，这一场战斗的结果就已经注定。

罗峰站在山巅，看着在云雾环绕下显得模糊的三具尸体，紧跟着那三具尸体的伤都瞬间消失了，三人恢复如初，牛头人、蛇女、猿人都站了起来。

“恭喜你，罗峰。”

“恭喜你闯过原始通天山。”

三名守关者都微笑地看着罗峰，蛇女更是忍不住问道：“罗峰，怎么我施展的幻境对你一直无效？”

“你的幻境不够强。”罗峰微微一笑。

混沌城中九百年的苦修，长期孤寂是对心境很好的磨炼。这九百年下来，罗峰的心境变强是很明显的。

“明心见性，直指本心”，虽然只是心境第一层，但如果不断地磨炼，意志照样能够不断增强。

罗峰意志之坚定，岂是那蛇女能撼动的？

混沌城，一座修炼居所的天台上。

罗峰正盘膝而坐。

“成功了！”罗峰睁开眼睛，眼眸中有一丝喜悦，“闯过原始通天山了。这样一来，我一旦达到界主级就能够直接得到积分奖励，有了那些积分，我的实力就会有一个新的跃升，对生死磨炼就更有把握了。

“嗯，老师跟我说过，达到界主级时，就去找他。

“那么，现在就突破到界主级吧。”

罗峰闭上眼睛……

与此同时，虚拟宇宙雷霆岛上热闹得很，因为公司管理层知道了一则消息——罗峰闯过原始通天山了。

“这么久了，我人类族群中总算有一个后辈闯过原始通天山了，还是域主级原始通天山。”一名有复眼、身材高瘦、穿一套碧绿色战铠的男子称赞道。

“这罗峰不愧是混沌城主看中的，潜力果然非凡啊！”脸上有绿色纹路、穿着银色袍子的光头微笑着说道，同时他瞥了一眼另外一人。

现在聊天的是三名宇宙尊者级强者，并且三人都属于虚拟宇宙公司内部管理层，上一次罗峰的最高积分任务的完成度就是他们三人评判的。

“哼。”有着乱糟糟的绿色头发的矮小男子冷哼一声，“这罗峰嗜血且极度自私，能力强又怎么了，将来说不定是一个祸害。依我看，早就该限制他，并压制他的发展。”

“我俩可不敢压制他。”复眼男子怪笑着，“那可是混沌城主的亲传弟子，虚拟宇宙公司的大权一直都是混沌城主一手掌控的。不得不说，伯思瓦，你的确是有胆量，竟然敢提出压制混沌城主亲传弟子发展的想法。”

矮小男子的脸色愈加难看。

旁边穿银色袍子的光头忽然笑道：“对了，我记得界主一旦闯过域主级原始通天山，是有30亿积分的奖励吧。”

“嗯，是有这回事。”复眼男子点头。

“30亿积分。这罗峰之前得到的资源不多，进步都这么快，等他成了界主，得到这30亿积分后，可以按照需求去购买诸多宝物，又有混沌城主的指引，修为恐怕会突飞猛进啊，未尝不会成为媲美科谛的绝世人物。”穿银色袍子的光头夸赞道。

复眼男子和穿银色袍子的光头一唱一和，旁边伯思瓦听得很不爽。

也不怪这二人现在调侃他，主要是当初评判罗峰的最高积分任务的第四环任务时，他们三人起了争执，复眼男子、穿银色袍子的光头都认为罗峰有一点自私是非常正常的，如果不自私那才不正常，而且罗峰处理其他族人很公平，可以给予90%～100%的完成度，附加积分也可以给予得更高。

可是这名名叫伯思瓦的宇宙尊者不同意，他认为罗峰极度自私，竟然连审都不愿审自己的父亲，显然没将虚拟宇宙公司放在眼里，这样一个人，培养起来后，说不定就是个祸害。

三人争论不休，最终才是那个结果——完成度70%，附加积分给得不算高，也不算太低。

“走着瞧就是。我说了，这罗峰将来很可能是个祸害。”伯思瓦说道。

“哦？”复眼男子、穿银色袍子的光头都笑了。

谈话时，三人同时收到一则信息。

原始秘境界主从之前的一百位增加到了一百零一位，新原始秘境界主正是罗峰。

“罗峰成界主了？”复眼男子、穿银色袍子的光头都笑了，伯思瓦却是冷着一张脸。

第740章

夺舍

虚拟宇宙公司原始秘境成员名单的保密级别不算太高，当罗峰成为界主，被虚拟宇宙网络接收器感应确认后，就自动将罗峰从域主级原始秘境成员提升为界主级原始秘境成员。这一提升，名单发生改变，很多不朽神灵、超级存在都知道了。

“嗯？”罗峰走在前往城主府的街道上，发现一路上有很多不朽神灵看向自己。

“他就是罗峰？”

“已经是原始秘境界主了。”

“我听说这罗峰已经闯过域主级原始通天山了。”

“你哪来的消息？成功闯过原始通天山是不公开的，据说只有宇宙尊者们才能得知这些机密信息。”

“我也就是听说而已。”

街道两旁有一些不朽神灵彼此低声谈论着，显然在这千年时间里，罗峰的确成了混沌城中一名颇有名气的天才，混沌城中大半强者都认识罗峰。

罗峰便是在这种议论声中进入城主府，进内府，跨入混沌墟。

时空转换。

苍茫的废墟大陆，亿万个族群的尸体随处可见，罗峰行走在这片陆地上，遥遥看到远处盘膝静坐的身影。

“老师。”罗峰站在一旁，恭敬地行礼。

混沌城主起身，那鳞甲尾巴微微一扫，随即看向罗峰。

罗峰心中嘀咕：“都说我老师混沌城主有三大分身，这只是其中之一，不知道其他分身是什么模样。”

“你终于愿意突破到界主级了。”混沌城主眼眸中有一丝笑意。

罗峰一怔：“终于愿意？从域主级九阶突破到界主级，一般会遇到一些瓶颈，不是说想突破就能突破的，可老师这话……”

“你是什么时候夺舍金角巨兽肉身的，是不是在你家乡地球当年遭受金角巨兽侵袭的那次？”混沌城主很随意地问道。

罗峰的眼睛瞪得滚圆。

“天哪，夺舍金角巨兽肉身！这……这……自己一直保密得很好，从未公开过啊，怎么……怎么……”

“哈哈，你这傻小子。”混沌城主笑起来，“难不成你以为你夺舍金角巨兽肉身这件事情能瞒过我？”

“老师。”罗峰心中乱得很。

“别紧张，夺舍金角巨兽肉身没什么大不了的。”混沌城主摇头笑道，“血肉类生命最本质的还是灵魂，不管你怎么夺舍，夺的是肉身，可是你的灵魂依旧没变，依旧是人类灵魂，你自然还是人类的一分子。”

罗峰松了一口气。

这么一说也对，夺舍秘法不少，行星级、恒星级可施展的也有很多，所以经常会有人施展夺舍秘法，比如当年的呼延博也同样施展夺舍秘法进行了夺舍。宇宙中有很多强者在成长过程中都施展夺舍秘法进行过夺舍，以此来降低原先血统对自己实力的限制。夺舍并不是见不得光的行为。

灵魂才是根本。夺舍金角巨兽肉身，夺的是肉身，只要你的灵魂是人类灵魂，你自然是人类。

“哈哈，别被外表迷惑。如果外表是人类，灵魂却被异族夺舍了，灵魂是异族的，那么它就是异族，而非人类。”混沌城主笑道，“你有本事夺舍金角巨兽肉身，是你的能耐。如果你能夺舍更加强大的生命，那更是好事，就怕你夺舍不了。”

罗峰心中总算平静了：“我过去一直担心，因为呼延博夺舍的对象是人类，可我夺舍的对象是异族，一旦这个秘密暴露，我被打上异族标签，那就麻烦大了。我不敢，所以一直隐藏身份。现在看来人类高层还是很开明的。”

“老师，你是怎么发现的？”罗峰忍不住问道。

“每一批刚刚被吸纳的天才，不管是经过天才战被虚拟宇宙公司吸纳的天才，还是被五大势力吸纳的核心成员，都会来一次混沌城。”混沌城主一笑，“让你们来混沌城，一是让你们选择一尊混沌碑，知道自己前进的路；二是辨别你们之中有没有异族奸细。如果培养到最后，却是给异族培养出一个强者，那才是笑话。

“在混沌城中，我可以瞬间看清你们所有人。”混沌城主说道，“我当时看到了你体内那颗原核。”

罗峰一惊：“是啊，怎么可能不辨别一下就给予资源培养那些天才！”

混沌城主作为人类族群伟大的巅峰存在，人类中排名前三的宇宙霸主，自然能够轻轻松松辨别每一个人，看清每一个人的灵魂。

“那……那……”罗峰忍不住问道，“既然知道我夺舍了金角巨兽肉身，而金角巨兽早已经是界主级，为何还是将我当成域主级成员？”

“我知道你夺舍了金角巨兽肉身，别人可不知道。”混沌城主笑道。

罗峰眨巴了一下眼睛。

“我的责任就是辨别你们中有没有异族奸细。”混沌城主感叹道，“宇宙中奇遇太多了，你夺舍金角巨兽肉身在茫茫宇宙中根本不算什么，我只要确认你是人类，那就行了，至于下面那些管理人员没发现你夺舍了金角巨兽肉身，依旧把你当成宇宙级、当成域主级……我当然懒得管。”

罗峰微微点头。

“对，老师作为混沌城主，掌控虚拟宇宙公司的大权，这是何等地位，哪会管这些小事？”

“老师，你能发现，为何其他人发现不了？”罗峰疑惑。

“我掌控一方时空。”混沌城主轻声笑道，“在这一方时空内，我能轻易探查到一切。而那些宇宙尊者，或者只是感悟了空间法则，或者只是感悟了时间法则，他们还做不到我这样，除非刻意将一丝神力渗入你体内进行探查，否则根本不可能知道你夺舍了金角巨兽肉身。”

罗峰了然。

掌控一方时空的宇宙之主果然比宇宙尊者要强得多。

“幸好你实力弱时就来到了混沌城。”混沌城主说道，“假如你第一次来混沌城是不朽级别，我说不定就会冤枉你，将你当成金角族群的奸细。”

罗峰疑惑。

“一旦成为不朽神灵，灵魂就开始和身体融合，甚至每个精神印记都融入了细胞，每一个细胞都能算你灵魂的一分子。”混沌城主笑道，“因为没有清晰可见的灵魂，只能探查到最基本的精神印记，不朽神灵的精神印记各不相同，无法从精神印记判断你是不是人类，所以我就会怀疑你是异族的奸细。”混沌城主笑道。

罗峰点头。

从普通人类到界主，灵魂都是一个整体，域主时是灵魂晶体，界主时是本源珠。灵魂是一个整体，混沌城主自然一眼就看得出这个人是人类，可成了不朽神灵，灵魂直接分解并融入细胞，灵魂成了不朽神体的一部分，那时候就没有一个清晰可见的整体灵魂了。

“如果这样的话，一些第一次来混沌城的不朽神灵，老师你不就无法确认他们是不是奸细了吗？”罗峰追问。

“对。”混沌城主点头，“无法确认，所以第一次来混沌城的不朽神灵，都是被怀疑的对象，会受到监视。”

听完这些，罗峰只感觉人类圣地混沌城的确是戒备森严：“估计老师和自己说的只是其中一环，还有其他戒备手段。自己一直以为夺舍金角巨兽肉身是秘密，没想到老师早就知道了，只是当年老师懒得理会自己这个小家伙。”

“夺舍金角巨兽肉身，在宇宙亿万个族群的际遇中只能算是还不错的。”混沌城主微笑道，“唯一的亮点就是能够得到它的天赋能力——孕育分身。选择好的分身，非常重要，你现在孕育了几个分身？”

“两个。”罗峰恭敬地说道。

“嗯，看来只剩下最后一个分身没孕育。”混沌城主点头，“我提醒你。”

罗峰连忙仔细聆听。

“宇宙是公平的，孕育分身这个天赋能力不可能没有限制。”混沌城主郑重地说道，“据我所知，第一，宇宙中有一些非常神奇、可怕的生命，甚至还有独一无二的生命，金角巨兽的体内世界根本孕育不出那等生命，就算只是那等生命的界主级生命，也孕育不出。金角巨兽体内世界最多孕育出比金角巨兽强数倍的生命。如果要孕育那等逆天的生命，不太现实。当然，金角巨兽本身血统高贵，所以宇宙中几乎所有界主级生命都能孕育，只有极少数是例外。第二，如果你选择孕育一些强大到几乎达到体内世界孕育极限的生命，也就是比金角巨兽还要强数倍的生命，对，的确是能够成功孕育出来，可是，宇宙是公平的，你孕育出的分身太强大，成长时也会遇到一些阻碍。”

罗峰一怔：“阻碍？”

“对。”混沌城主点头，“你的分身越强，你遇到的困难就会越多。”

“福祸相依，”混沌城主微笑，“这就是宇宙的公平之处。虽然有困难阻挠，但是一旦渡过难关，就会拥有更加强大的实力。”

第741章

弑吴羽翼

听混沌城主这么一说，罗峰便仔细思考起来。

之前金角巨兽分身踏入界主级后选择的是吞噬金属成长到界主级九阶，这样一来，体内世界的直径可以达到9000万千米，世界投影也会非常强大，但要突破原核桎梏会比普通金角巨兽难得多。

像千藤食星草、有360条主藤蔓的摩云藤、虫族母皇，它们突破到不朽级，难如登天，个个难度都远超金角巨兽分身的突破。

假如罗峰孕育的第三个分身比金角巨兽分身的实力强数倍，比如说罗峰孕育出了一个虫族母皇为第三个分身，这虫族母皇一旦突破到不朽级别，就可以制造出大批的不朽级虫族战士。虫族母皇可是号称宇宙尊者之下无敌的存在，可以横扫由很多不朽神灵组成的军团。若罗峰的第三个分身为虫族母皇，突破到不朽级，难度难道没有一丝变化？这不符合宇宙一直以来的运转规则。

“想要孕育出强大的分身肯定会遇到一些阻碍。”罗峰暗自嘀咕，“老师说得没错。我过去孕育的两个分身分别是地球人本尊、魔杀族分身，地球人本尊的实力比金角巨兽分身弱得多，而魔杀族分身实力估计也就只有金角巨兽分身的十分之一。前面孕育的两个分身都太弱，所以才没遇到什么特殊阻碍。管他呢，正如老师说的，一旦战胜困难，自然就会拥有更强大的实力。”

……

旁边地面上便是一些异族强者的尸体，混沌城主很平静地看着罗峰，他从罗峰的眼神中感觉到了那股锐气。

“当年科谛也是这样。”混沌城主心中暗叹。

当年的科谛，还有如今的罗峰，不管遇到什么困难，都有十足的信心，丝毫不会气馁。

“罗峰。”混沌城主喊道。

“老师。”罗峰恭敬地应道。

“你还没有真正修炼《衍神七变》上的一些运用法则的秘法吧？”混沌城主说道。

“还没有，弟子刚刚领悟鳞甲篇法则内容，就立即来见老师了。”罗峰恭敬地说道。

虽然没真正修炼，但罗峰已经看过。整个《衍神七变》除了修炼、参悟法则方面的内容外，还有四种特殊秘法，准确地说是三种很强的运用法则的秘法和第四种秘法兽神变。只要修炼《衍神七变》，自然而然就会施展兽神变。修炼兽神变非常简单，其他三种秘法要修炼可就复杂了。

混沌城主微微点头：“希罗多也是宇宙中的一方霸主，而《衍神七变》包含了他所有的秘法，你现在才修炼成第一篇，自然还很弱小。你先好好修炼他的秘法，他的秘法对你是有益处的。至于自创秘法、兵器……”

罗峰眼睛一亮，连忙仔细聆听。

一般达到界主级巅峰都会开始自创秘法、兵器。

“其他界主几乎都是感悟普通法则，你不同，你修炼的是兽神之道。”混沌城主看着罗峰，“走这条道路想要自创秘法不容易，而且你可知道，为何达到界主级巅峰就开始自创秘法？”

罗峰恭敬地回道：“是因为别人的秘法不适合自己了。”

“对，不适合。”混沌城主点头，“但你还没有修炼《衍神七变》中的战斗秘法，修炼都没开始，自然谈不上适合不适合。所以你现在需要做的是先潜心学习希罗多的战斗秘法，然后凭借他的秘法一次次去战斗。在战斗中，如果你渐渐感觉到他的秘法无法百分百发挥出你的战斗力，那么，你就可以开始自创秘法了，在《衍神七变》的基础上逐渐创造出一套属于自己的秘法。”

“我明白了。”罗峰恍然，“不能因为别人都在这个时候创造秘法，自己也在这个时候创造秘法，别人的情况和自己的情况一样吗？自己修炼的可是比常人修炼的不知道难多少倍的兽神之道。兽神之道虽然难得离谱，但一旦修炼成功，也强大得离谱。”

到了真正该创造时再创造，水到渠成才对。

“这是兽神兵，一件适合精神念师施展《衍神七变》的兵器。”混沌城主一翻手，顿时一面厚重且巨大的盾牌出现在半空。盾牌一面是金色，只是隐隐有一些红色纹路，盾牌高大约2米，宽1米，边缘雕刻着一些小型兽神图案，很精美。

罗峰屏息。

混沌城主哈哈笑道：“这兽神兵算是用来纪念兽神的。”

“嗯。”罗峰连忙点头。

虽然《衍神七变》中的战斗秘法他没练过，但他看过，自然知道当年希罗多纵横浩瀚宇宙时使用的兵器就是兽神兵。

“这不是希罗多使用的兽神兵，他使用的兽神兵早随着他本人一起失踪了。”混沌城主说道，“我人类族群中也有很多强者曾经修炼过《衍神七变》，虽然后来很多都放弃了，但大多都订购了兽神兵，所以自然就有了统一制式的兽神兵，不算珍贵，一般般了。”

“制式的，不算珍贵，一般般？”罗峰暗自嘀咕，“老师的话可不能信，因为老师的眼界太高了，自己夺舍金角巨兽肉身，竟然被认为只是宇宙亿万个族群无数际遇中还不错的际遇。”

“当初修炼过《衍神七变》的大多是宇宙尊者，所以制式兽神兵的使用者大多是宇宙尊者，也不算差。”混沌城主又说道。

“宇宙尊者使用的兽神兵都被说成一般般。”罗峰暗自嘀咕，“老师啊，你的眼界太高了啊！”

“这件兽神兵，你以后就用它吧。等你想要自创秘法时，再自创兵器也不迟。”混沌城主控制那一面盾牌飞到罗峰身前。

“谢谢老师。”罗峰感激地说道。

罗峰伸出双手接过这一面盾牌。

“啧啧，挺重的。”

这一面盾牌不愧是给宇宙尊者使用的制式兵器，罗峰感觉这一面盾牌的重量都比得上地球大涅槃前的一艘驱逐舰了。但到了罗峰这个境界，这点重量对他来说不在话下。

“老师让我达到界主级再过来，主要是想提点我一番，然后给我这兵器？”罗峰暗想，同时将兽神兵收入世界戒指中。

“你达到了界主级这个修炼中最重要的阶段，作为老师，自然也得给你一件宝物。”混沌城主说道。

“老师给出一件兽神兵都没当回事，我还以为老师赠送的礼物就是兽神兵呢，看来还是太小瞧老师了。”

“这是一件难得的珍宝，就算是为师也无法炼制出来，如果它的特殊性被公开，足以引起宇宙尊者们的抢夺。”混沌城主微笑道，“不过这件珍宝从未面世，一直在我手上，所以还没有其他宇宙生命知道这件珍宝的存在。当然，它对我的作用可以忽略掉。”

罗峰听得屏息：“可以忽略掉？代表这件珍宝对老师还是有那么一点儿作用的。能引起宇宙尊者们的抢夺，这到底是什么珍宝？老师出手真大方。”

“轰。”混沌城主一翻手，周围空间一阵震荡，庞大的珍宝悬浮在上空。

“啊！”罗峰看着这件珍宝，呆滞了。

这是一对非常精美的银色羽翼，高约80米的庞大羽翼在半空已经引起空间微微震荡，羽翼上的一根根“羽毛”都清晰可见，而且能够辨别出这些“羽毛”都是由一些奇异金属构成，而非真正的羽毛，根根锋利得很。这对羽翼称得上是一件兵器。

“这么大！”罗峰轻声嘀咕。

“你炼化后融入身体，它便可大可小，大到覆盖面积有亿万平方千米的拉斯奥大陆都是小事，小到比一个细胞还小。”混沌城主说道。

“这么厉害的兵器！”罗峰完全被震撼了。

小到可比细胞还小，大到可比拉斯奥大陆还大？难怪可以引起宇宙尊者们的疯狂抢夺。幸好，它从未面世，没有其他宇宙生命知道它。

“它叫弑吴羽翼。”混沌城主道，“你可以用它飞行、逃跑，也可以用它战斗，至于它的真正用途，我会透过虚拟宇宙送一本典籍给你，你好好参悟。”

“是。”罗峰恭敬地说道。

记录弑吴羽翼使用方法的典籍是不能外泄的，还是在虚拟宇宙中给罗峰为好。

“记住，切勿泄露它的信息。单单看外表，甚至看你使用，就算是宇宙尊者都无法确认弑吴羽翼真正的用途。”混沌城主郑重地说道，“可如果你泄露它的信息，为了实力变强而疯狂的宇宙尊者可是有很多的。”

“弟子明白。”罗峰恭敬地说道。

“嗯。”混沌城主微微点头，心中暗自叹息，科谛死了，罗峰有了这弑吴羽翼，生存概率会大很多吧。

“你去吧。”混沌城主挥手说道，“要离开混沌城去进行生死磨炼时，再来见我一次。”

“是，老师。”罗峰恭敬地说道，随即就被混沌城主移出了混沌墟。

获得制式兵器兽神兵和弑吴羽翼，罗峰颇为激动地离开了城主府，回到了自己幽静的修炼居所。刚一回去，他就立即让意识连接虚拟宇宙网络。

第742章

极限

虚拟宇宙，雨相山原始区，罗峰的庄园中，书房内。

“罗峰殿下，你申请将营养舱送到混沌城？”屏幕中传来清脆的声音。

“是的。”罗峰坐在书桌前，点头，“尽快将营养舱送来。”

“是。”

随即，通话结束。

罗峰露出笑容，地位不同，权限自然不同。第一次来混沌城时，罗峰做什么都得听从命令，像送营养舱这等事情根本不可能服务得这般好。但现在不一样了，罗峰的权限比其他原始秘境界主要高得多。

“《衍神七变》。”罗峰一招手，放在书架上的厚重的书直接飞过来，落在他面前的书桌上。至于笔记本电脑，被他一扔，落在沙发前的茶几上。

“之前只是粗略地看了一下四种特殊秘法，没有好好地研究。我现在既然练成了第一层鳞甲篇，懂得了部分兽神之道，自然该学其运用之法了。”罗峰翻开厚重的书，虽然书有半米厚，但每一页都超级薄，第一册就有近万页。

第一册的前三分之一讲的是法则感悟方面的内容，也是鳞甲篇的内容，后三分之二讲的是四大秘法。

第一种秘法兽神变学起来最简单，只要感悟了法则即可学会，但它依旧是一种绝世秘法，而且是一种非常重要的绝世秘法。

这种绝世秘法让罗峰知道了宇宙中的大秘密。

按照希罗多所说：100%利用身体力量是每一个不朽神灵肯定能做到的，而真正超级强者的身体能超限爆发，比如爆发出2倍或者3倍的攻击力。

像金角巨兽的天赋秘法是强化，而且是全方面强化，其中身体力量更是强化了2倍。

又比如本尊天地，是一种非常珍贵的秘法。一旦施展这种秘法，金角巨兽的身体会不断地缩小，筋骨的密度也会不断地增大，这样就能令实力瞬间提高数倍，而传说中更是能提高到36倍。

这都是特殊秘法，能够瞬间增强身体攻击力。

身体能够振幅的宇宙极限就是100倍，不管使用什么秘法，极限就是100倍。同样的道理，灵魂能够振幅的宇宙极限也是100倍。罗峰的念力振幅是3200多，因为正常状态是100，所以罗峰现在的灵魂振幅是正常的32倍了。根据罗峰推测，魔音神将传承的终极目标就是将振幅提高100倍。

100倍，这是宇宙极限，无法超越。修炼本尊天地大成可以让振幅提高到36倍，然而罗峰从传承记忆中得知，除了当年创造本尊天地秘法的那一只金角巨兽外，历代那么多强大的金角巨兽没有一个能够练成第三层，就连修炼到第二层大成的都是少数。振幅提高到36倍，显然是极难的。

兽神变是希罗多所创，一共六层：

第一层，振幅能提高2倍。

第二层，振幅能提高4倍。

第三层，振幅能提高8倍。

……

第六层，振幅能提高64倍！

也就是说，那位宇宙霸主希罗多，堪称宇宙之主之下无敌的存在，施展兽神变振幅能提高64倍，但在他之后，能够练成第五层让振幅提高32倍的人，屈指可数。

由此可以看出，想要达到宇宙极限是何等艰难，不管是灵魂振幅，还是身体振幅，单单提高50倍就足以让无数超级存在止步了。

至于魔音神将传承，很多封王级不朽神灵都会去接受传承，但即使有这番奇遇，这些不朽神灵大都无法完成第一阶段。

魔音神将传承留在魔山的无限岁月中，没有一个人能接受其完整的传承。

万心控魂秘法的巅峰层万心境，能让念力振幅达到10000，也就是能让正常振幅100提高100倍，然而这个境界就连创造者都没达到，只是他的想象。

振幅提高100倍，难！难到极限！

所谓宇宙极限已然拦住了希罗多、万心控魂秘法的创造者等无数超级存在。而罗峰的金角巨兽分身，真正能提高其振幅的也就是本尊天地和其本身天赋秘法强化，本尊天地能将振幅提高5倍，本身的天赋秘法强化能将振幅提高2倍，所以凭借着这些，金角巨兽分身只能将振幅提高10倍而已。

因为神秘黑色金属板中的《无名秘典》令金角巨兽分身的基因进化了，它的能力提高了3倍，但这只是基因进化，属于提升自身基础，而不是提高振幅。金角巨兽分身还可以凭借血洛之力瞬间改变右蹄爪的基因，令右蹄爪朝兽神蹄爪靠拢，攻击力达到改变前的11倍，但这也属于提升自身基因，而非提高振幅。

“所以说基因、血统很重要啊！”罗峰心中暗道，“基因、血统好，那么在基础上就远远超越了对手，所以同样是界主级巅峰，金角巨兽分身的身体攻击力是人类的10倍。不得不说，那黑色金属板中的《无名秘典》真可怕。”

地球上得到的黑色金属板，让罗峰得到了残缺的《无名秘典》。虽然只有第一劫，但价值颇高。

一般达到域主级巅峰、界主级巅峰，身体力量就无法提高了，可凭借这套《无名秘典》，身体素质可以在正常的基因极限上，再提高3倍。这可不是振幅提高，而是真正的基因进化，硬是拔高了身体素质的基础，这绝对是违背宇宙法则的。

“这是一套违背宇宙运转法则的秘典，可惜仅仅有第一劫。”罗峰暗叹，“如果九劫都有，这套《无名秘典》的价值绝对远远超过我所知的任何秘法。”

第一种绝世秘法兽神变，是能提高身体振幅的，它类似于本尊天地、魔音神将传承等。

第二种绝世秘法兽神兵，是运用念力兵器兽神兵去攻击的秘法，这才是希罗多真正纵横宇宙的绝世秘法。那件看似简单的制式兵器兽神兵，如果到了希罗多手中，就拥有毁天灭地、纵横宇宙的能力。

第三种绝世秘法兽神吼，是一种灵魂防御类秘法，有点类似于罗峰现在修炼的虚空之塔，不过比虚空之塔要高明得多。不管是谁，只要是拥有灵魂的人，这灵魂防御秘法几乎是必学的。希罗多是精神念师流派，他创出的灵魂防御类秘法，威力自然极强。

第四种绝世秘法兽神奔，是一种用来逃命的秘法。宇宙广袤、神秘，危机四伏，面对这种情况，战斗力强是一方面，可真正决定能活多久的其实是逃命的本领。

不死尊者一次次历经各种险境，将宇宙秘境当作自己的后花园，依旧能不死。

混沌碑守护者，拥有很多强大分身，也是一种保命方法。

所以，这兽神奔修炼好了，遇到危险，自身活命概率将提高数十倍。

四种绝世秘法：一种是提高身体振幅的，一种是运用念力兵器去攻击的，一种是灵魂防御类的，一种是用来逃命的。

“四种绝世秘法的名字真有意思，兽神变、兽神兵、兽神吼、兽神奔。哈哈，不愧是以兽神为终极目标创出的一系列秘法。”罗峰微笑着。

坐在罗峰肩膀上的巴巴塔忽然喊道：“怎么没有灵魂振幅类秘法？”

“我不知道。”罗峰摇头。

他不知道，兽神是走身体流派的，而非灵魂流派，所以修炼融合法则并以兽神为终极目标的这一全套秘法中，仅仅有身体振幅类秘法兽神变，没有灵魂振幅秘法。至于希罗多本人，当然有一些其他际遇，是懂得灵魂振幅类秘法的，只是，那不是希罗多本人所创的。

四种绝世秘法都很重要，都博大精深，细细研究后，罗峰更是惊叹，暂时根本没心思去创造秘法。

老师说得很对，先学习前辈的强大秘法，完全研究透了后，等哪天突然觉得不太适合自己了自然水到渠成去自创秘法。现在还是脚踏实地，先学希罗多所创的四种绝世秘法吧。

“丁零零——”

“罗峰，有通话申请。”巴巴塔连忙喊道。

“接。”罗峰手指轻轻点击半空，屏幕自动浮现。

屏幕上出现了一位须发皆白的白袍老者，正是原始区的管家艾陀尔。艾陀尔微微欠身：“罗峰殿下，这里有一个存放秘法典籍的箱子。”

“哦？”罗峰眼睛一亮。

混沌城主说过会将讲解弑吴羽翼真正用途的典籍派人送来。

“我就来。”罗峰关掉通话，直接穿过窗户飞出去了。他朝原始区的入口闪电般飞去，眨眼便到了。

原始区的正门入口有一些女仆站着，那名须发皆白的不朽神灵艾陀尔也在那里，手上正拎着一个银色箱子。

“制式兽神兵，老师是不在乎的，却说那弑吴羽翼是珍宝，且从未面世，不知道到底有什么奥妙。”罗峰清楚，那等珍宝凭自己的能力要琢磨明白恐怕要很久，还是看典籍快一些。

“谢了。”罗峰伸手接过银色箱子。

“哈哈，听说罗峰殿下成了混沌城主的亲传弟子，恭喜恭喜。”艾陀尔热络地说道。

罗峰惊讶地看了他一眼：“这个原始区管家的消息很灵通啊。”

第743章

悠悠三百年

罗峰拎着银色手提箱回到自己的庄园中。

“啪。”罗峰坐在沙发上，打开了箱子，箱子内摆放着一本灰色封面的书。

他拿起书，打开一看：“原来是这样。”

罗峰微微点头，继续看下去。

弑吴羽翼，一件适合修炼空间法则与金之法则相融合后形成的融合法则的强者用的珍宝。正因为最适合修炼融合法则的人，所以混沌城主才选这件宝物送给罗峰。这弑吴羽翼的来历是个谜，材质非常坚韧，就算宇宙之主那等霸主，也休想毁掉这弑吴羽翼。

混沌城主走的不是兽神之道，自然无法完美地使用弑吴羽翼，可是混沌城主慧眼识珠，他看出了弑吴羽翼的特殊之处并分析出了弑吴羽翼的真正用途。

弑吴羽翼主要是用来逃命的。

混沌城主研究发现弑吴羽翼应该有三种形态：

第一种形态，就是正常形态。修炼《衍神七变》第一层鳞甲篇后，就能正常施展了。凭借这弑吴羽翼，人飞行起来将会如鬼魅般怪异。

第二种形态，弑吴羽翼本身会发生变化。成功修炼《衍神七变》第三层骨篇后，就能施展其第二种形态。一旦施展将会形成可操控的空间乱流，空间乱流所在之处都是拥有弑吴羽翼者的领地。

第三种形态，成功修炼《衍神七变》第五层独角篇后，就能施展其第三种形态。一旦施展，会形成空间潮汐，但拥有弑吴羽翼的人在空间潮汐中飞行不受任何影响。

因为弑吴羽翼材质特殊，宇宙之主都无法将其毁掉，所以只要羽翼一合，包裹住身体，便是防御宝物，对卸去对方攻击力也有一定的效果。

而且弑吴羽翼的“羽毛”并非真正的羽毛，每一根“羽毛”都锋利如刀，所以人在飞行状态下完全可以用羽翼攻击。

“书后附有一套秘法，人类等绝大多数族群是没有羽翼的，而且施展羽翼的秘法非常少，我估计你也从未修炼过这类秘法。这弑吴羽翼应该是你手中最强的宝物，为了更好地发挥弑吴羽翼的威力，为师给你准备了一套秘法列宇，这是一套以空间法则为主兼有金之法则的秘法。”

……

逃命的能力真的很重要。

研究兽神奔和列宇后，罗峰立即从金角巨兽分身传承的记忆中寻找秘法。金角巨兽是有鳞甲翅膀的，而且传承的记忆中有海量秘法，其中自然有一些运用翅膀的秘法。

罗峰仔细地搜罗。

看过兽神奔、列宇后，眼界变高的罗峰很快就从传承记忆中找到一套专门利用飞行逃命的秘法。这套秘法和兽神奔、列宇颇有共通处，它的名字叫三振穿梭宇宙。

“我现在的本体和分身中，金角巨兽分身最强。

“自然是强强联合，这弑吴羽翼就给金角巨兽分身用。

“而且这三振穿梭宇宙本就是金角巨兽历史上某一位先辈所创，最适合金角巨兽施展，那么我便以三振穿梭宇宙为主，以兽神奔、列宇为辅去修炼。”

……

书房中。

屏幕中有一道朦胧的身影，那身影声音低沉，说道："原始秘境界主级成员罗峰，你闯过了域主级原始通天山，所以虚拟宇宙公司奖励你30亿积分，你应靠这30亿积分提升你的实力，只有这样，你才能在即将参加的域外战争中有更大的生机。"

"明白。"罗峰站在屏幕前。

"预祝你能够活着度过域外战争生涯。"那身影说完，便直接断了与罗峰的通话。

罗峰咧嘴一笑，眼眸中有一丝兴奋。

"总算来了，30亿积分啊！"罗峰查了一下自己的积分余额，果然30亿积分已经到账。

"先查找修炼本尊天地的许多材料。"罗峰连忙坐在笔记本电脑前，开始收集资料，他之前虽然也查过，但没有好好研究过怎样用尽量少的积分达到最好的效果，"巴巴塔，仔细计算下，我这30亿积分能让我的本尊天地提高到什么地步。"

"是，正在计算。"肩膀上的巴巴塔眼睛眨巴下，"已经计算完毕。"

"30亿积分，能让金角巨兽分身修炼本尊天地后，实力提高7.9倍。"巴巴塔说道。

练成本尊天地第一层后实力能提高3倍。

练成本尊天地第二层后实力能提高9倍，可要上百亿积分才能将第二层完全练成。

"7.9倍？"罗峰眉头微皱，"7.5倍需要多少积分？"

"21.2亿积分。"巴巴塔回道。

"很好。"罗峰点头，"帮我换取。"

毫不犹豫地去换取这些材料，因为罗峰很清楚强强联合的道理，那金角巨兽分身比地球人本尊强了上百倍，就算让地球人本尊增加几倍实力对自己也没有什么用，还不如让金角巨兽分身实力得到飙升。

“成功，共花费21.2亿积分。材料会在六个月内陆续送到混沌城。”巴巴塔刚刚说完，便忍不住尖叫起来，“啊，21.2亿积分啊！这还是因为罗峰你权限高才有的折扣。如果是花费金钱，就算50亿混元单位都不一定够，这能让不够富裕的封王初等级不朽神灵倾家荡产了。”

罗峰一笑，继续在屏幕前查找让摩云藤、食星草、虫族母皇进化成不朽级的详细资料。要让摩云藤、食星草进化成不朽级，代价是很大的，而且没有任何一种方案有100%的把握。

比如，百藤食星草突破到不朽级使用最佳方案有80%的概率会成功，需要花费1086万积分。

三百藤食星草突破到不朽级使用最佳方案只有60%的概率会成功，却需要花费9.2亿积分。

千藤食星草突破到不朽级使用最佳方案只有30%的概率会成功，却需要花费近1200亿积分。

越往上代价越可怕，而且突破到不朽级的概率也越低。如果谁花费了1200亿积分，千藤食星草却突破失败，恐怕要心痛死。

又比如，有108条主藤蔓的摩云藤突破到不朽级使用最佳方案有80%的概率会成功，需要花费1810万积分。

有216条主藤蔓的摩云藤突破到不朽级使用最佳方案只有50%的概率会成功，却需要花费15.3亿积分。

有360条主藤蔓的摩云藤突破到不朽级使用最佳方案只有40%的概率会成功，却需要花费近116亿积分。

想花费少，只能使用差一些的方案，那么成功突破到不朽级的概率就更低了。当年呼延博成功培育出一株不朽级摩云藤有很大的运气成分，因为当年他选择的方案并不好，成功的概率只有40%，最后却意外成功了。

之后，罗峰兑换了许多材料，兑换了《时空随笔》的第四册、第五册、第六册，还兑换了机械族的一些特殊武器。

许多武器虽然在表面上是禁止购买的，但以罗峰的权限是能够购买的。这些机械族武器虽然价格高昂，但能够让实力弱者使用，更能让使用者以弱胜强。

……

罗峰大批量地花费积分，那30亿积分硬是被花费得只剩下2亿多了，其他全部被换成各种物品。这些物品会让罗峰的实力不断地变强，应对危机的手段也变多了。

时光如流水，一晃，罗峰成为界主已经三百年了，原始宇宙的时间也已经过去一千年了。

混沌城内，罗峰正盘膝坐在阳台上，仰头看向高空上的一些空间裂缝中外显的宇宙运转法则。

“哈哈哈……”罗峰忽然笑了，起身。

“这些年，我去九宇混沌碑参悟了足足十八次，总算悟透了第四幅图《星辰图》和第五幅图《恒星系图》。”罗峰心中喜悦。正常悟透九宇混沌碑五幅图大概是需要闯过通天桥第十五层的能耐，难度和悟透《衍神七变》第一层差不多。

然而，对于罗峰来说，悟透第四幅图和第五幅图却比悟透《衍神七变》第一层要容易不少。

因为罗峰之前早就悟透了一百零八种本质，加上他连续去参悟九宇混沌碑十八次，效率当然高。

罗峰若非需要分心修炼《衍神七变》第二层，恐怕还要不了三百年。

“可惜《衍神七变》第二层要比第一层难得多，我花费三百年不过琢磨出一点皮毛。”罗峰暗自摇头。

“嗖！”罗峰一跃而下，落到楼下，随即走到自己的门前，手轻轻按门。

门的颜色开始缓缓变化，变回了淡白色。

“我在这儿居住超过一千二百年，原始宇宙都过去四千年了。”罗峰说道，“我出生到如今大部分时间都是在这儿苦修，现在都有点儿舍不得走了。

“该走了。”

罗峰摇摇头，转身便朝离这儿不远的真衍王府邸走去。离开混沌城之前，他得拜别两位老师。

“罗峰师弟。”

“师弟。”

罗峰走在府邸中，偶尔能看到一些师兄热情地和他打招呼。他们个个都知道罗峰现在成了混沌城主的亲传弟子，对待罗峰自然更加热情些。

“老师就在那边。”师兄们指道。

罗峰来到一座庭院前。

“进来吧。”庭院中传来声音。

罗峰步入庭院，只见真衍王正坐在酒桌旁，面前放着竹节状酒壶。

“老师。”罗峰恭敬地行礼。

“要走了？”真衍王继续喝酒。

“是。”罗峰恭敬地回道。

真衍王看了一眼罗峰：“去吧，别给为师丢脸就行。”

“嗯。”罗峰恭敬地跪伏下去，非常郑重地拜别真衍王，随即起身，“老师，弟子走了。”

他转身便朝外走去。

真衍王看着罗峰的背影，忍不住喊道：“活着回来，顺便再带点儿美酒，老师还没喝过你什么好酒呢。”

“弟子一定带美酒回来。”罗峰的声音传来，人却已经走远了。

第744章

离开混沌城

走出真衍王的府邸，罗峰暗暗下定决心，一定得闯出一番天地来。

“自己真正拜的三位老师，一是呼延博，二是真衍王，三是混沌城主。论感情之深，真衍王排第一，因为和真衍王相处的时间实在是太长了，而且真衍王对待弟子是非常用心的，仿佛父亲对待儿子，就单单说购买《衍神七变》上篇送给自己这件事，就是自己难以报答的恩德。”

真衍王不是宇宙尊者，购买《衍神七变》上篇，代价是极大的。

“罗峰殿下。”

“罗峰殿下。”

城主府内府的不朽级守卫们热情地喊道，同时为其让开了路。

罗峰步入内府，很快就走到混沌墟前，深吸一口气，一步迈入。

……

这片浩瀚的废墟大陆上，各种强者的尸体随处可见，要知道这可是现实世界而非虚拟宇宙，所以这些尸体每一具都是真的，而且无数年来一直不腐烂，显然这些尸体生前个个都已经是不朽层次，而其中有些尸体单单散发出的气息就让罗峰心惊。

“老师。”罗峰走到盘膝而坐的混沌城主身后，恭敬地行礼。

混沌城主站起，转头看向罗峰。

“准备离开混沌城了？”混沌城主眼眸平静，幽深似海。

“是的。”罗峰应道。

“嗯，也该出去闯闯了。”混沌城主微微点头，“你准备先去哪儿？宇宙秘境？域外战场？”

“域外战场。”罗峰恭敬地回道。

界主必须进行生死磨炼，这是虚拟宇宙公司亿万年来的规定。

进行生死磨炼的地点主要有两个：一是域外战场，二是宇宙秘境。这两个地方都非常危险。域外战场中，发生的是族群与族群的战争，里面潜伏的异族强者无数，而且可能遇到一个军团士兵的合击，即使个体比罗峰弱，可士兵合击的威力照样能让罗峰瞬间完蛋。

宇宙秘境的危险丝毫不比域外战场少，在一些危险的宇宙秘境中，宇宙尊者都是有可能陨落的，罗峰的师兄科谛就是在宇宙秘境中陨落的。

“域外战场？”混沌城主眉头一皱，“那里异族强者潜伏，而你现在是我的亲传弟子，更是早就被誉为人类族群千万纪元一出的绝世天才，无数异族强者早就想对你下杀手了。一旦你到了那域外战场，恐怕……”

罗峰微笑道：“弟子明白。弟子曾经遭受过虫族暗杀，那时候弟子名气还没有现在这么大，那时候虫族就不惜代价在毋窿星域对我下手，而现在恐怕它们愿意付出更大的代价对我下手了。”

“虫族！”

混沌城主冷哼一声，周围无尽的苍茫大陆的空间都产生了震荡。

罗峰暗惊。

他感觉得到混沌城主提到虫族时内心的愤怒。

“机械族、妖族、虫族，这三大巅峰族群的疆域和我人类族群的疆域毗邻。”混沌城主冷冷地说道，“因为疆域毗邻，各自想要扩张或者说不想被侵吞，只能发动战争。这三族中，论阴险程度，虫族排第一。这虫族诸多手段都阴险得很，你去了域外战场最要小心的就是这虫族！”

罗峰点头："是，老师。"

"必须谨记，因为你科谛师兄就是栽在这虫族手上！"混沌城主郑重地说道，"他的实力、自保手段等可比你现在强多了。你不过是得到了30亿积分后购置了大量物品，而你科谛师兄当年是闯过界主级原始通天山的，他得到了1000亿积分，宝物比你多多了，奇遇也极多，却还是陨落了！"

罗峰心一颤，连忙应道："弟子谨记。"

"是啊，我自认有诸多手段，可是从未亲自教过我的师父呼延博在死前通过巴巴塔给我留话，要我必须对宇宙心怀敬畏，必须一直保持谦虚的态度。这是一个独行者般的不朽神灵闯荡宇宙得出的经验。"

"千万不能骄傲，一大意，命可能就没了。"罗峰暗自告诫自己。

"族群与族群的战争，非常残酷，因为这是关乎生存的战争，而且无限岁月里，战争导致各族群内无数强者陨落，导致族群与族群的仇恨越来越深，早就达到无比可怕的地步！"混沌城主转头环顾周围苍茫大地上的无数尸体，"看到了吗，这些尸体？"

"嗯。"

罗峰环顾无数异族强者的尸体，有的尸体庞大，高达千米；有的尸体矮小，不足半米长；有的尸体原先是金属生命；有的尸体原先是能量生命……尸体散发的气息有强有弱，有的甚至不比活着的蚀火尊者弱。

"这些都是我亲自动手杀死的。"混沌城主轻声说道，"这里仅仅是我一人杀死的异族强者的一部分，这一部分在我杀死的异族强者中占不到一成，更多的早就在战争中被能量余波给击碎了。"

"我们人类仇恨异族，异族仇恨人类。说不清谁对谁错，或许谁都没错，大家都是为了生存。弱的族群想要变强，强的族群想要遏制其他族群变强。"混沌城主轻声说道，"杀戮无尽，仇恨无尽。虽然我有让死者复活的能力，但是这代价太高了。"

"让死者复活？"罗峰暗惊。

混沌城主看了一眼罗峰：“宇宙之主掌控时空，自然可以逆转时空。”

“即使你死了，我也可以逆转时空，将你复活。”混沌城主摇头叹道，“道理很简单，可是代价很高。毕竟让魂飞魄散的人复活是违背宇宙运转法则的，会遭到宇宙运转法则的反噬。”

“我复活封侯级、封王级不朽神灵，倒是能扛住宇宙运转法则的反噬。若是复活宇宙尊者，就算是我也得受重伤。若是复活宇宙尊者中的一些巅峰人物，比如媲美希罗多的，单单反噬，恐怕就足以让我陨落。”混沌城主说道，“如果我死了，可就没人能将我复活了。”

罗峰一惊：“好大的代价！复活宇宙尊者遭到的反噬竟然能让老师受重伤，若是复活希罗多级别的宇宙尊者，反噬竟能让老师直接陨落！”

“逆转时空、复活死者，不单单会遭到宇宙运转法则的反噬，这一逆天手段还有很多缺陷。”混沌城主摇头说道，“这其中奥妙一时间说不清，并非你死了，我就一定有把握将你复活，比如你科谛师兄，我便无法复活他。所以你得谨慎，异族若对你下手，肯定会让我无法复活你。”

“弟子明白了。”罗峰连忙点头。

“记住，”混沌城主郑重地说道，“最重要的一条，千万别被灵魂侵袭控制住，成了灵魂奴隶。那样老师也没有任何办法。”

罗峰暗惊：“原来成了灵魂奴隶就完蛋了。”

“你如果遭到灵魂侵袭又抵挡不住了，那宁可自爆或自杀也别成了灵魂奴隶。”混沌城主盯着罗峰。

“自爆？”罗峰疑惑，然后点头。

“这是我的信物。”混沌城主一翻手，手中出现了一块金色令牌，令牌上有浅浅的雕刻痕迹，隐约是一座城池。

罗峰恭敬地接过。

“你如果遇到危险扛不住了，就立即毁掉这块令牌。这块令牌材质很脆弱，是C9级合金，你能轻易地捏碎它。这块令牌上有老师的精神印记，一旦你捏碎它，老师会立即知道，会在极短时间内赶到。”混沌城主郑重地说道。

罗峰点头。

“当然，老师不希望你遇到被迫使用这块令牌的情况。”混沌城主看着罗峰，“老师希望的是，你能靠自己，成为绝世强者，让异族撼动不了你。在你走之前，老师还有最后一点要告诉你。”

“记住，保命是第一。”混沌城主郑重地说道，“有了绝顶的保命手段，其他强者根本不敢招惹你。像巨斧斗武场的不死尊者，虽然只是宇宙尊者，但是他保命能力很强，就算宇宙之主想要真正杀死他，都很难。遇到保命能力强的人，你一旦杀不死他，就会遭到报复。他或许不是你的对手，却能报复到你的弟子、族人身上。”

罗峰听得豁然开朗。

“是的，保命能力强的强者最好不惹，你杀不死他就别动手，否则惹了这种堪称不死的大敌，麻烦可就大了。”

“我暂时不指望你能拥有不死尊者那样的保命能力，可是你也要尽量提高自身的保命能力。”混沌城主郑重地说道，“不管什么时候都别认为自己是绝对安全的，就算到了为师这个层次，都不敢说这话。”

“弟子谨记。”罗峰恭敬且感激地说道。

“去吧，出去闯荡吧。”混沌城主挥手道。

罗峰跪伏下去拜别混沌城主。

“嗖！”

罗峰被移出了混沌墟。

……

罗峰看了一眼这混沌墟，转头离开了。

初始宇宙的混沌城与原始宇宙的虚拟宇宙公司总部，是经常有宇宙飞船通过宇宙通道往来的。罗峰决定今天离开，自然是查看了信息后才申请的。

“嗖！”

罗峰飞向混沌城上空，上空正停着一艘梭状的庞大宇宙飞船。

“罗峰殿下，我们都准备好了。”舱门口正站着一名不朽神灵，紫衣人热情地笑道。

罗峰回头俯瞰了一眼这混沌城，这里是他生活了一千二百年的地方，是他的两位老师真衍王和混沌城主所在的地方。

“走吧。”

罗峰直接飞进宇宙飞船中。

舱门关闭。

“轰隆隆——”宇宙飞船飞向混沌气流深处。

第745章

虫族军团

原始宇宙，虚拟宇宙公司总部。

这是一片广袤的大陆，比金角族群的家乡还要大，这里就是虚拟宇宙公司总部。

“轰隆隆——”

总部的中心处，两道高高的闸门自动打开，露出了一条绚丽的通道。

这便是宇宙通道，是连接原始宇宙和初始宇宙的通道。

只见一艘宇宙飞船缓缓地飞入通道，而后加速。飞行数分钟后，终于降落在一个集散中心。

舱门开启。

“罗峰殿下，请。”

“罗峰殿下。”

舱门口的人都显得热情且谦恭，甚至连一同乘坐这艘飞船的两名封王级不朽神灵也站在一旁，让罗峰先行。混沌城主的每一位亲传弟子的身份都是会公开的，而每一位亲传弟子的身份都无比尊贵，所以罗峰的地位、权限比绝大多数封王级不朽神灵都要高。

罗峰一步跨出，直接落在地面上。

“罗峰殿下，沿着这边走可以迅速离开总部，而这条通道则是通往空间通道3号集散群。”那艘宇宙飞船的船长在一旁热情地解释道。

“谢了。”罗峰微笑说道。

“应该的。”船长连忙回道。

罗峰转头便独自走向那条通往空间通道3号集散群的通道。

沿着这条通道前进，罗峰的速度轻易便达到了10万千米每秒，数分钟后便出了这条通道。

“啊！”罗峰看着眼前这一幕，忍不住惊叹，“三十六条固定空间通道！”

这三十六条固定空间通道分别可以通往人类疆域的36个分部。这固定空间通道连接总部和诸多分部，虽然工程量大、成本高，但是因为有很多不朽神灵通过，投资者的成本反而回收得特别快。

神国传送花费的能量是非常惊人的，而走这固定空间通道很省钱。

罗峰当然不缺钱，而且他培育了三株食星草和摩云藤，并且总算将那株百藤食星草培育成了不朽级。百藤食星草的确能够进行神国传送，无奈那株百藤食星草突破到不朽级的时间太短，并没有留下信物，所以无法将罗峰传送到需要的地方去。

“百藤食星草突破到了不朽级，我得弄些藏匿点藏匿百藤食星草的不朽晶。”罗峰暗道，“这样，在关键时刻，我就能将自己传送到那些地方了。”

“罗峰殿下。”

远处走来一名穿着很精致的绿色皮肤男子，他全身散发着无尽的生机。

“嗯？不朽神灵？”罗峰疑惑地看着他，周围服务人员大多是界主、域主，很少有让不朽神灵做这些事的，所以看样子，这位不朽神灵应该是这边的一个首领人物。

“殿下申请去9号分部，我们这边早已得到了消息，所以我浦浦卡什一直在这儿静候殿下，殿下请随我来。”绿色皮肤男子微笑着说道。

“谢了。”罗峰一笑。

“哈哈，应该的。”听到罗峰这一声感谢，负责空间通道3号集散群的浦浦卡什顿时满脸笑容，热情地带领着罗峰来到一条空间通道前。乍一看，这条空间通道就好似一直在荡漾的水幕。

“9号分部是离毋窿星域最近的地方。”浦浦卡什热情地说道。

罗峰点头，一步迈出便进了那水幕中。

……

固定空间通道以神国为中转站，是拥有神国的不朽神灵奉献出了自己的神国。这种情况下，他们的神国无比安全。

透过固定空间通道，瞬间便到了上亿光年外的地方，随即，罗峰乘坐陨墨星号开始前往毋窿星域。

飞船控制室内，罗峰正端着果酒品尝，同时思考着事情。

“陨墨星号现在正以50倍光速稳步前进，一个半月后可抵达毋窿星域。”巴巴塔说道。

“嗯。”

罗峰点点头，同时意识连接虚拟宇宙网络。

虚拟宇宙，雨相山原始区，罗峰坐在书桌前，轻轻点击笔记本电脑屏幕。

“购买1万单位界主级巅峰虫族的尸体。

“确定。

“打完六折后，是6000万积分。

“积分已经扣除。”

罗峰看了一眼屏幕上显示的剩余积分，现在只剩余约1.8亿积分。罗峰不由得暗叹积分不够用，不过好钢得用在刀刃上，购买1万单位界主级巅峰虫族的尸体，早就在计划当中了。

“嘟！”

“罗峰殿下，你刚刚购买了1万单位界主级巅峰虫族尸体，请问送到哪里呢？”屏幕中传来悦耳的声音。

“我会直接去毋窿星域选。”罗峰说道，随即结束了通话。

罗峰脸上露出一丝笑容，随即意识回到脑海。

罗峰的体内世界，广袤无尽。

虫族岛屿，无数身高达到30米的界主级巅峰虎甲虫生活在这片岛屿上，还有少量身高约20米、身体呈流线形状的猎螳虫族王者，还有极少数身高仅有6米的锋影虫族王者。虫族岛屿中央是一个海拔高度过千米的虫族母巢。

“嗖！”

魔杀族分身黑衣罗峰出现在虫族岛屿上空。

“伊琳娜。”罗峰俯瞰下方。

“主人。”一道身影从那虫族母巢中飞出，正是容貌绝美的母皇伊琳娜。

“轰隆！”

数百万个界主级巅峰虫族全部恭敬地行礼，向罗峰表示尊敬。

“300万个虎甲虫族军团，1万个猎螳虫族王者军团，1000个锋影虫族王者小队。”罗峰面带笑容，“伊琳娜，你做得很好。”

“为主人效劳，是我的荣幸。”伊琳娜声音柔柔的。

罗峰点头。

上次自己从毋窿星域共带走400单位界主级虫族尸体，其中自己遭到刺杀时顺手杀死并带走的虫族尸体有300单位，这些尸体算得上不错，却算不上最上等。这些尸体大概能制造出300多万个虎甲虫，而自己购买的100单位虫族尸体则非常好，大概能培育近180万个虎甲虫。

二者结合，最终培育出300万个虎甲虫族军团、1万个猎螳虫族王者军团、1000个锋影虫族王者小队。

虫族母皇控制的虫族战士数量其实是有限的，比如说，若令麾下每一个虫族战士都能施展法则攻击，那么最多控制1万个。数量一旦超过1万个，就无法让每一个虫族战士都施展法则攻击了。

虫族母皇控制的虫族战士数量越多，其控制力会越弱。

当数量达到100万时，虫族母皇最多让虫族战士集体进行攻击、集体后退……无法做到精准地攻击。

假如数量超越100万，达到数百万乃至上千万，虫族母皇就无法让所有虫族战士集体攻击某个点。

“1万是一个坎，100万也是一个坎。”罗峰暗道，“虫族战士数量在1万内，每一个虫族战士的攻击都无比精准，甚至蕴含法则，能够媲美人类。虫族战士数量在100万内，堪称最完美的军团，配合默契。虫族战士超过100万后，指挥就显得乱了。”

这也是不朽级虫族母皇控制的不朽级虫族战士不会超越1万的原因。

“伊琳娜。”罗峰说道。

“主人。”伊琳娜恭敬地回道。

“我准备制造出一支由100万个虫族王者组成的军团。”罗峰说道。

“由虫族王者组成的军团？”伊琳娜一惊。

“嗯。”罗峰点头，“由虎甲虫族王者组成的军团。”

虎甲虫族，体形大、防御强、力量强。

和猎螳虫族比，虎甲虫族仅仅速度、灵活性上稍微差点儿，其他方面丝毫不差。对于军团而言，速度、灵活性不是那么重要。

“主人，制造出一个界主级巅峰虎甲虫族王者的代价，相当于制造出100个界主级巅峰普通虎甲虫。”伊琳娜连忙说道，“虎甲虫族王者的全身甲壳硬度、力量、能量攻击，大概是普通虎甲虫的10倍。”

由100万个虎甲虫族王者组成的军团与由1万个虎甲虫族王者组成的军团战斗，肯定是由100万个虎甲虫族王者组成的军团获胜。

可是——

由1亿个虎甲虫族王者组成的军团与由100万个虎甲虫族王者组成的军团战斗，则是由100万个虎甲虫族王者组成的军团获胜。因为数量超越了100万，单单伊琳娜这个虫族母皇根本无法精准操控那么多战士。

“主人，你确认要制造？”伊琳娜问道。

“嗯。”罗峰点头，“大概要多久才能培育成？”

“培育王者反而更快些。”伊琳娜说道，“我可以源源不绝地培育出大量恒星级、宇宙级虎甲虫，只是在它们彼此厮杀、吞噬过程中损耗极大。我在它们厮杀中培育出界主级巅峰虎甲虫族王者，一天大概能培育100个。”

“一天培育100个，那么培育出由100万个界主级巅峰虎甲虫族王者组成的军团就要三十年。”罗峰点头。

“辛苦你了。”罗峰说道。

“不辛苦。”伊琳娜喜道，“培育虫族战士是虫族母皇强化自己的一种方式。过去我没有这么多材料，也培育出了这么多虫族战士呢。”

罗峰一笑：“虫族尸体大概一个半月后到。”

……

飞船不断前进，在历经一个半月的飞行后，罗峰终于抵达毋窿星域。

“毋窿星域。”罗峰站在宇宙飞船控制室内，遥看远处星空中无穷无尽的货物，货物堵住星空，“由百万个界主级巅峰虎甲虫族王者组成的军团和由银色甲壳形成的神秘铠甲，这两样可是我计划中极为重要的王牌，终于……快要到手了。”

第746章

五大管理者

毋窿星域，隆厥王的宫殿内。

此刻，毋窿星域五大管理者齐聚于此。

“世事无常啊，上一次那罗峰还被魇烛王欺负得那般可怜，这才多久，几千年时间而已。”隆厥王摇头笑着，“局面扭转，魇烛王身陷第九星域牢狱，而罗峰突飞猛进，成了混沌城主的亲传弟子。”

“隆厥王，这次你可得稍微帮衬着我们点。”身材高瘦的达撵王放下酒杯，“上次魇烛王对付罗峰，我等都未曾阻拦魇烛王，恐怕……罗峰会记恨在心。”

“嗯。”隐戈王微微点头。

“隆厥王，就靠你从中说和了。”蹭雨王说道。

能够成为管理公司商务的负责人，说明他们都是很懂得做人的，他们清楚虽然现在的罗峰还无法拿他们怎么样，他们暂时不怕，可是将来呢？罗峰这般成长下去，说不定又是一个新的蚀火尊者，而且他们和罗峰不是同属一个势力。罗峰一旦权势大了，要对付他们可就容易了。毕竟心胸狭窄、睚眦必报的强者，也是有不少的。

“哈哈……放心。”隆厥王笑着点头，心中却是暗自得意，自己帮忙从中化解一些矛盾，那等于是隐戈王、达撵王、蹭雨王三人欠了自己人情。

“我得感谢罗峰殿下。”旁边一直坐着的容貌俊美的男子笑道。

说到俊美，魔烛王的俊美可是到了男女难辨的地步，而这名俊美男子能让人看出他是男人。

“如果不是罗峰，我可坐不到这个位置。”俊美男子微笑说道。

“哈哈，奇礼王，你是得感谢罗峰。”

“嗯，的确。”

“否则魔烛王哪能这么容易被赶走。”

忽然——

“大人，大人，”从外面冲进来一名穿着银色铠甲的界主，恭敬地道，“罗峰殿下的飞船已经到了。”

“罗峰？”隆厥王等人都是一惊。

五人同时起身。

“走，我们去迎接。”达撵王说道。

“嗯。”五位负责人同时朝外面走去。

因为他们清楚罗峰和隆厥王的关系，也预测罗峰会最先来隆厥王这里，所以其他四人早早聚集在这里，就是为了迎接罗峰。

宫殿外。

罗峰已经收了陨墨星号宇宙飞船，正站在宫墙正门外。

“罗峰。”一道粗犷的声音传来。

罗峰转头看去，看到一起走出来的五人，顿时笑了：“隆厥王，哦，达撵王、隐戈王、蹭雨王也在。”对于那三位封王级不朽神灵，罗峰虽然算不上怨恨，但也没有一丁点儿好感。

当初魔烛王要将自己关押到星域牢狱，那三人在一旁仿佛透明人似的，根本不阻拦。

“知道罗峰殿下你要来，我等几人早就在这儿等着你了。”身材高瘦的达撵王笑道。

“哦。”罗峰点点头，没说什么。

“罗峰，我给你介绍下。”隆厥王笑着指着旁边的俊美男子，“这位是来自巨斧斗武场的奇礼王。”

“奇礼王？”罗峰看去。

“又是一个俊美的家伙。”

“巨斧斗武场派出的封王级不朽神灵怎么都是美男子？”罗峰暗自嘀咕。

“见过殿下。”奇礼王微笑着，“我刚刚上任，哈哈，说起来，还得感谢殿下你。如果不是因为殿下的事，让那魔烛王被关押到第九星域牢狱，我也不可能坐上这个位置。谢谢殿下了。”

罗峰听完，顿时露出笑容：“哦，看来这奇礼王和那魔烛王并不合嘛。”

“罗峰，走，我们进去坐下谈事。”隆厥王说道。

“走走走，进去聊。”

“殿下，请。”

一个个都热情万分。

罗峰也给他们面子，在这五位管理者的迎接下进入了宫殿内。

这一幕让那些看门的界主级守卫一个个暗自嘀咕：“这人什么来头啊，竟然能让五大负责人这么恭敬地迎接。”

大厅内。

丰盛宴席摆下，六人分别坐下。

“转眼已过去四千年，四千年前，你还是一个普通的原始秘境成员，现在居然成了混沌城主亲传弟子。”隆厥王端起酒杯，“罗峰，我佩服你。来，为了这个，干杯。”

“干。”

五人举杯，罗峰也随之举杯。

他们一饮而尽。

“罗——”隆厥王刚要说话。

罗峰却笑道：“隆厥王，别的事我们等会儿再说。这次我来毋窿星域主要是为了购买虫族尸体，当然也想去垃圾山觅宝。我们先谈正事吧，将正事解决再说。”

“好好好，先谈正事。”隆厥王连连点头。

“是该先谈正事。”

“正事要紧。”其他四位负责人都很给罗峰面子。

罗峰见状暗叹：“地球上有句俗语‘穷在闹市无人问，富在深山有远亲’说得好，现在自己真切感受到了这个道理。自己实力弱时，这些身居高位的封王级不朽神灵哪会重视自己。对待自己，一个个或是冷漠，或是摆谱，总之很难有人会面带笑容来迎接自己。可是等自己成了混沌城主亲传弟子后，自己随便说一句话，他们却个个附和。”

“算了。”明白这个道理后，罗峰心中对他们的不满也就消散了，“他们这种人，本就习惯这么做事。”

“罗峰，你要购买1万单位界主级巅峰虫族尸体，并且已经支付了积分，那就简单了。”隆厥王笑道，“我们会安排人直接去货物储藏区，将那1万单位界主级巅峰虫族尸体给你带过来。但这笔生意数额巨大，也得问一下其他四位负责人。”

“没问题。”

“我们当然会选出最好的1万单位界主级巅峰虫族尸体给殿下。”

“放心吧。”

奇礼王的态度还好，而达撵王、隐戈王、蹭雨王三人明显热情过了头，显然想借此消除之前双方的一些隔阂。

他们的目的达到了，罗峰见到这一幕气也顺了。

“大概多久？”罗峰问道。

“十天。”隆厥王自信地说道。

“这么快？”罗峰惊讶。

上次选购100单位虫族尸体都是要好久的，这次可是1万单位界主级巅峰虫族尸体，选购时间反而比上次短。

“我们会安排一百名人员，分别直接去每个地点收集那些最优的虫族尸体。”隐戈王笑道，“这样速度当然快，殿下只需要在这儿休息，等到十天后即可带走那些虫族尸体。”

罗峰在毋窿星域的十天里，那隆厥王等人是想方设法地让罗峰玩得开心。短短十天，罗峰愈加认识到实力、地位的重要。

“罗峰。”隆厥王的声音回荡在整个宫殿内。

罗峰从住处走出。

两名女仆在门口随时听候其召唤，远处隆厥王正迅速走来，一迈步便是上千千米。

“隆厥王，”罗峰笑着说道，“什么事，难道是虫族尸体全部收集齐了？”

“齐了。”隆厥王微笑着点头，一翻手就拿出了一枚黑色的世界戒指，“1万单位界主级巅峰虫族尸体都在里面。”

“哦？”罗峰十分高兴地接过，这枚世界戒指是无主的，他轻易便将自己的世界之力渗透进去了，然后开始仔细探查那1万单位界主级巅峰虫族的尸体。这一看，罗峰忍不住露出一丝喜色。

“他们这五人还真是大方豪爽。”罗峰暗喜，“这1万单位界主级巅峰虫族尸体的平均质量竟然比我上次购买的100单位界主级巅峰虫族尸体要好。”

上次购买的100单位界主级巅峰虫族尸体，能培育出约180万个虎甲虫，属于极为优异的了。罗峰当时透过虚拟宇宙网络订购1万单位界主级巅峰虫族尸体时，已经得知了将得到的虫族尸体的大概质量。如果当时直接要求送货到住处，大约能培育出100万个虎甲虫族王者。

而罗峰惊喜地发现——

自己亲自来这儿选购，五大负责人给自己的1万单位界主级巅峰虫族尸体，足以培育出200万个虎甲虫族王者。

“足足翻了1倍。我只花了6千万积分，却买到价值1.2亿积分的货物。这五大负责人真是给我面子。”罗峰暗喜，“当然，这也是因为这是人类族群的总财富，不是他们自己出钱。”

让达撵王等人出钱，他们恐怕就不会这么大方了。

隆厥王见到罗峰脸上的喜色，便哈哈笑道：“怎么样，还成吧？”

“很好，这些虫族尸体品质都很不错。”罗峰点头。

“虫族尸体有的好有的差。这次达撵王、隐戈王、蹭雨王都出力不少，将手上一些优质虫族尸体都拿了过来。”隆厥王笑道，“他们三人其实也是想弥补上次的事，希望你别计较。”

“我明白，魔烛王背后是蚀火尊者，他们那么做我明白。”罗峰点头一笑，“我已经不怪他们了。”

“哈哈，那就好。”隆厥王点头。

拿了对方给的好处，就是接受了对方的赔礼，罗峰当然明白。

“我记得你要去垃圾山觅宝。”隆厥王问道，“你准备觅宝多久？”

“不超过一百年。”罗峰说道。

这次的目标是收集银色甲壳，组合成一套银色战甲。

按照罗峰预估，十几年时间大概能凑齐一套。

“哦，这里是一百枚世界戒指，一枚世界戒指代表你可以在那儿觅宝一年。”隆厥王一翻手，就取出一百枚银色戒指，“等会儿我传送一份监控网络图给你，以你的权限，可以观看监控网络图。到时候，你就自由地在毋窿星域内觅宝吧，可以不用其他人跟随。”

第747章

银色战甲

罗峰伸手接过这一百枚世界戒指。

一般来购买虫族尸体的都会得到附赠的觅宝机会和暂时附赠的世界戒指，罗峰这次这么大额的交易当然也有，他这次购买1万单位界主级巅峰虫族尸体可是上次的100倍，能免费觅宝百年。

“自由地在毋窿星域内觅宝比较爽。”罗峰一笑。

“哈哈，你连接虚拟宇宙网络，我将监控网络图发送给你。”隆厥王说道，“这个是必须经过虚拟宇宙系统审核的。”

“嗯。”罗峰点头。

虚拟宇宙系统具有诸多功能，比如见证、审核，等等。

像宇宙第一银行、宇宙星河银行、宇宙佣兵联盟、巨斧斗武场都必须借助这虚拟宇宙网络做事。罗峰明知虚拟宇宙系统的厉害，也忍不住再一次惊叹。

……

片刻后，罗峰得到了授权，光脑屏幕上有了整个毋窿星域的监控网络图。

“隆厥王，我就先进去觅宝了。”罗峰微笑道。

“预祝你获得奇宝。”隆厥王说道。

“哈哈……”罗峰一笑，便化作一道流光离开了宫殿。

隆厥王目送着罗峰离去，忍不住暗道：“竟然浪费时间去垃圾山觅宝？

嗯，他已经达到了界主级，马上要进行生死磨炼，估计是想在生死磨炼前，尽情放松吧。可怜的家伙，不知道能不能熬过生死磨炼。”

历史上，在生死磨炼中陨落的超级天才太多了。

人类强者明知这么做有危险，依旧让界主级天才都去经历生死磨炼。

因为不经历磨炼，永远无法成为真正的强者。

毋窿星域，几乎整个星域都储藏着族群战争导致的无数残骸，各种残骸快要塞满星空了，但还是被有条理地分出一块块区域来。

“上次我寻找甲壳碎片，那引领者一直跟着我，真麻烦。这次好，就我一个人，自由自在。”罗峰乘坐宇宙飞船，低头看了一下光脑屏幕上的监控网络图，“嗯？监控网络图上有那么多白色光点？哦，应该是内部人员。那这红色光点……咦，我所在位置也是红色光点，看来这红色光点是代表外来者。”

很快，罗峰就弄懂了这监控网络图。

其实获得监控网络图并不要多高的权限，那些内部基层人员人手一份，所以，以现如今罗峰的权限自然能轻易得到授权。

“巴巴塔，就在这儿停吧。”

“明白。”

陨墨星号立即减速，然后停止，穿回原始宇宙。

“砰！”

毋窿星域的其中一个停靠点突然出现一艘红色的三角形飞船。

“嗯？”罗峰从舱门飞出。

“召唤。”罗峰感觉到了那股召唤，转头遥看远处，“就是那个方向，那里有甲壳碎片。”

罗峰翻手就收起了陨墨星号飞船，迅速朝那个方向飞去，速度迅速飙升，很快就飙升到接近光速的地步，以约28万千米每秒的速度在前进。

……

光速是原始宇宙内速度的极限，加速到光速后就会被踢进暗宇宙，完成宇宙穿越。

不朽神灵个个都能做到肉体穿越宇宙。

但界主几乎都无法做到这一点，甚至人类界主级巅峰强者的速度极限都只有15万千米每秒，主要原因是界主身体素质不够强。如果单凭身体加速，那么随着速度越来越快，身体负荷也越来越大，是呈几何倍数增加的。

金角巨兽身体强大，是能做到肉体穿越宇宙的。

但这只是极少数金角巨兽。

就算修炼了《无名秘典》的罗峰，身体素质比正常界主级巅峰强者提高了3倍，依旧无法达到肉体穿越宇宙的地步。可是罗峰拥有宝物兵甲，当年罗峰达到域主级巅峰时，无法发挥兵甲的所有实力，可现在可以了。

兵甲能发挥出1000倍界主巅峰力量。

而且在加速中，这兵甲能抵抗九成以上的身体负荷，令罗峰的速度轻轻松松就达到28万千米每秒，若是想要达到光速，也非难事。

“哈哈，运气不错。”

“这次一来，就发现了2块银色甲壳。”罗峰在一座垃圾山中，满脸喜色，“上次我花费两年时间也只觅到232块黑色甲壳、12块银色甲壳、1个破碎刀片，凑齐了两套兵甲。”

兵甲，很神奇，不仅防御强、可附加力量，而且对念力攻击有阻挡效果。

一套兵甲能附加给使用者1000倍界主巅峰力量，对当年的金角巨兽分身而言是不错，可是在混沌城度过一千二百年后，现如今的金角巨兽分身已经更加强大了，单单一套兵甲，对金角巨兽分身的实力提升效果已经不明显了。

单单金角巨兽分身自身的基础力量就是人类的30倍。（普通金角巨兽自身的基础力量是人类的10倍，使用《无名秘典》能将振幅提高3倍，共30倍。）

使用血洛之力驱动右蹄爪，能将振幅提高11倍。

使用本尊天地能将振幅提高7.5倍，使用天赋秘法能将振幅提高2倍，所以使用这两种秘法，能让振幅提高15倍。

全部加起来就是4950倍。能将实力提高4950倍！之所以这么离谱，主要原因是《无名秘典》和血洛之力。如果没有这两样，金角巨兽分身的实力也就是人类界主的150倍，属于一只正常的界主级巅峰金角巨兽的实力。

血洛之力和《无名秘典》，令金角巨兽分身的身体素质暴增，所以那套兵甲的作用也就显得小了很多。

……

罗峰在毋窿星域内仿佛一只寻宝鼠，在一座座垃圾山中寻宝。

寻找银色甲壳难度很大，刚开始效率还行，可时间越长，效率越低，甚至都凑集了几套黑色兵甲。显然黑色甲壳容易找到，可是这次主要目标是寻找银色甲壳。

罗峰丝毫不放弃。

这个时候罗峰分出一丝意识来觅宝，而金角巨兽分身、魔杀族分身则是继续研究《衍神七变》第二层。

虚拟宇宙，黑龙山岛屿九星湾。

“爸。”

“爸。”

罗平和罗海在门外喊道。

“罗平，罗海，你爸刚回来，就不让我和你爸单独聚会儿？”徐欣假装没好气地说道，“进来吧。”

“这二十一年，爸不是经常回来吗。”罗海哈哈笑着，大步迈入。

两名青年一道走进来，即使四千多年过去了，可他们丝毫不见衰老，其中罗平显得有些雍容，因为现在整个罗家的大事主要都是他在管。行使家主大权，令罗平显得很沉稳，自然有雍容华贵气质。

罗海则相反，仿佛一个野蛮人，眼眸中燃烧着战意。

两个儿子，两种完全不同的性格。

“爸，你这二十一年还在毋窿星域吗？”罗海问道。

“嗯。”罗峰微笑着点头，“要凑集一套银色战甲不容易，我到现在都没成功，更何况我的计划是凑齐两套。所以，我在毋窿星域是要待些日子的。所谓磨刀不误砍柴工，诸多准备全部做好，才能全心全意去域外战场闯荡。”

“在毋窿星域觅宝结束就去域外战场？”罗海忍不住问道，“老爸，你能不能带我一起去？我有界主级植物生命辅助，很安全的。”

“你？”罗峰摇头，“你还差得远，虽然你有植物生命辅助，但你本身只有域主级九阶实力，去域外战场你相当于炮灰，异族强者一个横扫的精神攻击，一旦波及你，你命就没了。我上域外战场也得小心翼翼，根本没办法分心保护你。你还是安心修炼，在人类疆域内部冒险，暂时别想着去域外战场，等你哪天达到界主级巅峰，有媲美不朽神灵的实力再说。”

“哦。”罗海垂头应道。

家族内，除了父亲罗峰，他天不怕地不怕，霸道蛮横。

“静下心。”罗峰嘱咐，“你的资源，别人想求都求不到，你得珍惜。”

“明白了，爸。”罗海应道。

罗家现如今是乾巫宇宙国中数得着的大家族，自然有些资源。当年地球遭受很多宇宙尊者垂涎，罗峰和虚拟宇宙公司进行交易时，便将大概价值1000万混元单位的洛克神水留在家族了，好帮助家族子弟培育植物生命。

1000万混元单位的洛克神水，足以培育出上百个界主级九阶植物生命。

而罗峰的洛克神水多的是，这点只是九牛一毛。

家族现在还弱，都没有不朽神灵，罗峰不敢留太多宝物在家族。不过家族总部在地球，地球现在的安全性是毫无疑问的。

“嗯？”罗峰脸上忽然露出一丝喜色。

“怎么了，老爸？”罗海问道。

“爸？”罗平也疑惑地看着罗峰。

“好事。”罗峰一笑。

毋窿星域，一座垃圾山内。

“这些年，在搜集了足足1985块黑色甲壳后，我才终于搜集到这第113块银色甲壳。”罗峰站在垃圾山里，早已经将兵甲珠逼出体外，那大量的银色甲壳融入身体，已经开始发生特殊的变化了。

“融合。”

这种变化罗峰经历过一次，很清楚这代表什么——一套银色战甲正在融合。

大量银色液体在体内汇聚融合，已然融合到极限。

“轰！”

瞬间发生剧变。

罗峰感觉到全身都是微微一阵战栗，紧接着胸膛上就浮现出了一个神秘的文字印记。这是一个很淡的银色文字印记，正是燚神族文字——将。

罗峰低头看着胸膛上这银色文字印记，轻声念道：“将？”

第748章

仓鸟星

审视着这个焱神族文字印记，罗峰心中浮现诸多念头：“之前的黑色战甲是兵甲，这次的看来是将甲。”

印记随着罗峰的心意消失不见，潜藏于皮肤下。

“感受一下力量。”罗峰心意一动。

“轰！”

无数银色丝线迅速以“将之印记”为核心，蔓延开来，迅速蔓延全身，似乎在融入罗峰的每一寸肌肉、每一寸皮肤，同时罗峰的皮肤表面浮现出一套银色铠甲，脚上也自动生出一双银色战靴来，面部出现银色面具，头戴战盔。

“哧——”罗峰倒吸一口凉气，他感觉全身每一寸肌肉还有脏腑都在疼痛，仿佛要撕裂他似的。

这套将甲远远超过兵甲拥有的力量。

罗峰这一催动就已经到身体力量的极限了，身体无比疼痛。

“我大概只是催动了界主力量的1200倍。”罗峰做出判断，达到像罗峰这种境界，对力量判断是非常精准的。

“嗯？我使用兵甲，能轻易催动兵甲的所有力量——界主巅峰力量的1000倍。”罗峰思索着，“而且按照当年金角巨兽分身催动将甲的情况来看，一般正常人类突破到界主级巅峰即可催动这将甲，而我比正常人类要强3倍，却只是催动了界主力量的1200倍……”

罗峰有些明白了，越往后，对身体素质要求就越高。

“看来我身体素质还是太弱了，用兵甲刚刚好。这将甲对我而言不太合适。”罗峰暗道。

其实罗峰没猜错，那兵甲属于最基础的战甲，本来就是给界主级巅峰者使用的，而将甲是给不朽神灵使用的，要求自然高得多。

“将甲珠。”罗峰心意一动，便将体内的将甲逼出体外，化为一颗将甲珠。这是一颗银色圆珠，比兵甲珠反而要小上一号，圆球上隐隐有“将”这一文字印记。

“让金角巨兽分身试试看，金角巨兽分身的身体素质比我地球人本尊强多了。”罗峰暗道。

“嗖！”他将将甲珠先收入暗红色世界戒指中，魔杀族分身和原核就是藏在这里面的。这暗红色世界戒指是罗峰在混沌城中专门订购的，是为了安全考虑专门订购的，花费了1.8万积分。

体内世界，苍茫大草原上。

“嗷——”宛如山脉般的金角巨兽分身仰头嘶吼一声，吼声中满是兴奋，同时一颗黑色兵甲珠被逼出体外，直接掉落在一旁的草地上。

金角巨兽分身低下宛如巍峨山峰般的头，看向地面上的小不点将甲珠，伸出右蹄爪轻轻触碰这将甲珠，顿时“哧——”的一声，将甲珠化为银色液体瞬间融入金角巨兽分身体内，仅仅刹那，金角巨兽分身胸腹部位的鳞甲隐现出炎神族文字“将”字，而后消失。

“将甲，催动。”

金角巨兽分身双眸发出金光，低吼一声。

“轰隆——”

胸腹部位的将之印记瞬间被催动，无数银色丝线瞬间发散开，融入金角巨兽分身每一寸肌肉、每一寸皮肤，顿时一股股强大力量进入金角巨兽分身的身体，这惊人的力量不断增强再增强！

1000倍、2000倍、3000倍、4000倍、5000倍！

疼痛，剧烈的疼痛，全身肌肉仿佛要被撕裂一般。

“嗷——”

金角巨兽分身发出一声愤怒的嘶吼，以它的身体强度竟然都无法完全催动这套将甲，要知道金角巨兽分身正常形态下的力量就可媲美界主巅峰力量的30倍。

“嗷——”

金角巨兽分身咆哮着，直接施展起秘法本尊天地，顿时全身鳞甲、筋骨、脏腑、角都开始发生改变，密度不断递增，身体不断压缩。在身体逐渐缩小的同时，金角巨兽分身也在不断催动着那将甲。

筋骨的密度、脏腑的密度、鳞甲的密度、角的密度不断递增，的确可以催动将甲更强的力量。

6000倍、7000倍、8000倍、9000倍、10000倍！

“轰！”

金角巨兽分身再无丝毫吃力的感觉，这套将甲的力量已经完全被催动，而这时候金角巨兽分身体长已经缩小到大概300千米，要知道界主级巅峰状态下的金角巨兽体长可是近1000千米的。

“使用本尊天地能将振幅提高3.3倍多，金角巨兽分身的身体素质之前就是正常人类界主的30倍……一共是100倍。”罗峰暗自点头，“这大概是普通不朽神灵最低的一个层次吧，看来，这套将甲，是给不朽神灵准备的。”

“缩小，再缩小。”

金角巨兽分身发出吼叫，庞大的身体不断缩小，筋骨、鳞甲的密度也不断递增……终于停下，已经达到本尊天地这套秘法的极限。

花费21.2亿积分，罗峰将本尊天地从当初能将振幅提高5倍，修炼到现在能将振幅提高7.5倍的地步。

“轻轻松松就催动这套将甲。啧啧，界主力量的1万倍，这大概是封侯巅峰级实力吧，勉强够到封王级的门槛。再配合撕天一爪……再配合老师给的弑吴羽翼，啧啧……”

罗峰满意地点头。

虽然离实现他的中期目标还有段距离，而且在真衍王那等存在面前，也可能瞬间就被灭掉，但至少现如今的金角巨兽分身，已经达到短期目标了。

“不错。”罗峰满意地点头。

金角巨兽分身算是他的底牌之一了，被混沌城主指点了一番后，罗峰再也不敢有丝毫骄傲。

“自己夺舍金角巨兽肉身这等奇遇只能算作还不错的际遇，而且自己仅仅得到30亿积分，科谛当年可是得到过千亿积分的。

“所以还是得谦虚点儿啊，至少现在的自己，还没有击杀拥有不死之身的封侯级不朽神灵的能力。”

……

搜集并融合成了一套将甲，罗峰可不会就这么结束。现在地球人本尊用不上将甲，可将来呢？他可不想再花费时间跑来觅宝。

一年年过去了。

罗峰地球人本尊在毋窿星域内四处寻找，不断寻找着银色甲壳，金角巨兽分身、魔杀族分身则持续修炼提升。

转眼，罗峰在毋窿星域已经待了近六十年。

“哈哈，终于、终于让我搜集到第二套将甲了。”罗峰体表浮现出一套银色战甲，脸上满是笑容，“这将甲是越往后越难搜集啊。”

搜集第一套将甲花费了二十一年时间，第二套将甲花费三十九年时间才搜集齐了。

“将甲只搜集到两套，这兵甲倒是搜集了足足五十八套。”罗峰摇头一笑，“那神秘的破碎刀片，加起来也只弄到9个，而且可惜的是，自己一直弄不懂这到底是干什么用的。虽然我能感觉到其呼唤，但无法融入体内，滴血没用，精神印记又无法融入其中。”

罗峰摇头。

已知的认主方式，都无法唤醒这9个刀片。

将甲两套，兵甲五十八套，加上第一次来毋窿星域搜集的两套兵甲，一共是六十套兵甲。

“六十年，两套将甲弄到手，我的另外一张底牌虫族军团也是虫族王者军团了。”罗峰露出笑容。

体内世界，虫族岛屿。

“嗷——”通体暗红色、体长大概26米的虎甲虫族王者，显得非常敦实和野蛮，一双复眼满是凶残，但论高度，它其实比普通虎甲虫还要矮上4米，体形整个都缩小了一号。可是不管甲壳强度、力量、速度、世界之力凝聚度……都远远超过普通虎甲虫。

每制造出1个虎甲虫族王者付出的代价都很大，用宇宙晶制造的话需要2500混元单位，足以让相对贫穷的普通不朽神灵倾家荡产。

六十年的岁月，伊琳娜一共制造出了由150万个虎甲虫族王者组成的军团、由20万个猎螳虫族王者组成的军团以及由20万个锋影虫族王者组成的军团，剩余的虫族尸体都被拿去制造普通虎甲虫了。

“由100万个虫族王者组成的军团。”罗峰很激动。

强者都喜欢率领军团去战斗的那种快感。

由100万个虫族王者组成的军团的确很强大，比由100万个普通虫族组成的军团强数十倍，它们的一个合击，假如被击中，封王级不朽神灵也得完蛋。虽然被击中概率很低，但是有虫族母皇的指挥，它们自然也是有诸多手段的。

“我来到毋窿星域，将甲、军团，这两大目标都已完成。

“一切搞定，该离开毋窿星域，前往域外战场了。”

罗峰要离开毋窿星域，自然受到隆厥王、奇礼王、隐戈王、达撵王、蹭雨王的热情招待，专门为其准备了丰盛的送别宴席。

“从我们毋窿星域去域外战场，最近的路线是先去仓鸟星。”隆厥王说道，“仓鸟星是后勤基地，也是兵员输送站。宇宙大军中很多有意参加族群战争的独行者都可以去仓鸟星，先被分派，然后被传送到域外战场。”

罗峰点头。

他既然来到了毋窿星域，选择的路线自然是从仓鸟星被传送到域外战场。

“感谢诸位招待，我就先出发了。”罗峰笑着起身。

“务必小心。”隆厥王说道。

“域外战场很危险，需要无比警惕。”隐戈王郑重地说道。

“别大意。”

五位封王级不朽神灵都郑重地提醒道。

“哈哈……我一定活着从域外战场回来。”罗峰一笑，随即离开宴席，乘坐宇宙飞船前往兵员输送站仓鸟星。

第749章

界主级战将

仓鸟星，人类疆域内八大后勤基地之一，也是宇宙军队固定输送点，大量宇宙军队从这里源源不绝地被输送到域外战场，其重要性可想而知。

“那就是仓鸟星。”

红色的三角形宇宙飞船的控制室内，罗峰正遥遥地看着远处星空中那颗巨大的星球，那就是仓鸟星。仓鸟星直径102.8万千米，是一颗人造星球，本身是一座星空堡垒。

“嘟。”

“罗峰，收到仓鸟星发来的信号。”控制台的屏幕上，巴巴塔喊道，“信号已经接入，就按照指引进去啦。”

“嗯。”罗峰点头。

“嗖！”

陨墨星号飞船迅速飞入仓鸟星中。

仓鸟星的飞船停放平台上。

“啊，F级宇宙飞船通体赤混铜母，这么一艘宇宙飞船得值数百万混元单位啊！”一名穿着银色制式战甲的男子惊呼道。

而这时候罗峰从陨墨星号飞船舱门飞出，同时顺手收起陨墨星号飞船放进世界戒指中。

“你好，我是这边的工作人员。”那穿着制式战甲的男子连忙笑道，心中则是暗惊，“看眉心印记，是一名得到法则承认的界主级强者。一名界主竟然开得起一艘这么昂贵的宇宙飞船，估计来历不一般。”

罗峰看了他一眼，那穿着制式战甲的男子的头仿佛水母，有点透明。

“我是申请进入域外战场的，不知道走哪边？”罗峰问道。

“宇宙军队可以集体出发，而独行者们得先统一沿着这条通道前往集中地。”那穿着制式战甲的男子遥指远处一条由透明玻璃构成的宽阔通道，“这条通道有3000多千米长，走到尽头，就是集中地了。”

“谢了。”罗峰点头。

罗峰直接沿着这条通道前进，每一步都是十几千米，片刻后便走到尽头。那是一座景色优美的广场，正聚集着上万人，因为广场很大，直径上百千米，所以上万人聚集在这儿并不显得拥挤。

“你好，请在这边先歇息。”一名有毛茸茸尾巴的妖娆女子是接待员，她走过来说道。

“什么时候能去域外战场？”罗峰问道。

“需要凑集到一定人数，否则后勤的运作成本就过高了。”这名女接待员微笑道，“界主，你来得算是比较巧了，像你们这批人，最早的已经在这儿等了十二天了。独行者们想要聚集起来，不像各个宇宙国的军队那样快。宇宙国的军队过来，都是浩浩荡荡的，即刻就可以出发，而独行者们就得慢慢等，必须凑集到一定人数。”

罗峰点头，走到一边。这广场上有很多合金长凳，很多想要参战的宇宙战士坐在合金长凳上，罗峰也随便选了一把凳子坐下。

……

“嘿，你好。”

“一个人来？”

两名长相相似、脸上都有鬃毛的狼人界主走过来。

罗峰抬头，饶有兴味地看了二人一眼，一眼就辨别出这二人都是界主级巅峰强者，而且看二人眉心，显然都是得到了本源法则承认的。虽然整个广场上有上万人，但是大部分是域主级，少部分是界主级、宇宙级。

宇宙级比域主级少，主要是宇宙级实力弱，很少有宇宙级独行者专门跑来参加域外战场的，单单那遥远路途的飞行费用，很多宇宙级战士恐怕都舍不得。

罗峰点头："一个人。"

"一个人赶到仓鸟星，不容易吧。我们兄弟二人乘坐宇宙飞船赶到这儿，足足花费了十二年才到。"身材略显粗壮的狼人界主笑道，说着他和他弟弟便坐在了罗峰对面的合金长凳上，翻手便拿出一瓶酒和三个杯子。

这是世界之力的操控。

然后他倒酒，三杯酒出现在三人面前。

"谢了。"罗峰端起酒杯，说道，"我还好，星际旅途的时间没有十二年这么久。"

"哦。"身材粗壮的狼人界主哈哈笑道，"我叫克拉里士，这是我弟弟巴迪。"旁边身材精瘦的狼人界主略显内敛，朝罗峰点点头，只说了句"你好"。

"我叫……"罗峰略一思考，"疯子。"

"疯子？"

两名狼人界主一听，就知道这只是个外号，而疯子这种外号实在太普遍了。宇宙军队里的士兵一般很少称呼别人真名，都是称呼别人外号，而一百名宇宙战士中恐怕就有一个是叫疯子的。

他们俩都感觉到了罗峰不想说出真名，自然不会逼问。

"咦，看，又一名界主来了。"狼人界主克拉里士看着远处。

罗峰也看了一眼，的确是一名界主到来了。

"现在界主已经凑了九十六人。"狼人界主巴迪声音低沉，说道，"快出发了。"

“每次都得凑满一百名界主才能运送，真是的！星际旅途上花费了十二年，到了这里还要等，这么多年没杀戮，我的战刀早就饥渴了！”狼人界主克拉里士不爽地说道，罗峰也有一句没一句地和这两人说着，不过关于自己的信息罗峰没泄露。

因为罗峰很清楚，作为混沌城主的亲传弟子，想要杀死自己的异族强者多的是，谨慎起见，还是别暴露身份为好。

域外战场强者如云，如果早早就暴露身份，危险程度恐怕就得增加数倍。

……

罗峰等了一天，这广场上聚集的欲参战的界主总人数便达到了一百人。

“宇宙级，全部到这边集合！”

“域主级，这边集合！”

“界主级，全部到这边！”

通道闸门开启，上万人迅速被分类，罗峰也起身和其他界主聚集在一起，而分类时竟然又来了一名界主，界主数量达到一百零一人，惹得其他界主议论最后来的那名女性界主运气够好，不需要在这儿等。

“各位界主级战士，你们即将前往最荣耀也最残酷的域外战场。”一名浑身满是煞气，整个人仿佛金属铸造的不朽神灵郑重地说道，“不过你们要明白，军队有军队的规矩，不可能像你们之前独行那般自由！”

罗峰等上百名界主在那儿听着。

“在出发之前，需要对你们进行传统的权限授予仪式。”不朽神灵郑重地说道。

“权限授予仪式？”

“什么意思？”

“干什么的？”

这群界主中很多人都彼此传音悄然议论着，显然这些独行者绝大多数对参加域外战场的细节一无所知。

那不朽神灵显然知道这一点，继续说道："权限授予，就是确定你们在军队中的准确地位。军队是等级分明的地方，下属必须服从上司，所以必须明确你们在军队中的地位。那怎么确认呢，就是看你们的实力。"

"难道让我们彼此对战吗？"

"考核？"有界主喊道。

"错。"不朽神灵摇头，"你们每一个界主都肯定在虚拟宇宙中进行过一次次的修炼，虚拟宇宙会根据你们的表现，对你们的实力进行一个评级。这个评级对你们进入军队后的地位区分，很重要 。

"这次评级分成了三个级别，一是界主级普通战士，二是界主级精英战士，三是界主级战将。

"大部分界主，都是界主级普通战士。

"能得到本源法则承认的界主，勉强算得上界主级精英战士。

"上百个界主级精英战士中一般能出一个界主级战将。"不朽神灵说道，"相信你们每个人都在虚拟宇宙中展露过自己的最强实力，如果说你们中有谁没在虚拟宇宙中展示过最强实力，担心权限授予不公平，那么，可以现在就进入虚拟宇宙发挥出最强实力。

"没问题的话，等会儿，就开始进行权限授予仪式。"

……

那不朽神灵沉默十秒，随即开口："应该都没问题了，一个个依次过来，接受权限授予。"

只见一百零一名界主依次走向那名不朽神灵，那名不朽神灵的光脑屏幕上射出一道道蓝光，向走来的界主笼罩过去。

"界主级精英战士。

"界主级普通战士。

"界主级精英战士。

"界主级精英战士。"

不朽神灵的光脑自动发出一道道声音，同时接受权限授予仪式的每一个界主都得到虚拟宇宙系统传达的信息。权限越高，在军队中地位自然越高。

罗峰看着这一幕暗自惊诧：“界主级精英战士真多，按理说应该是界主级普通战士占大多数的。哦，也对，敢独自来参加域外战场的人都是对自己的实力有信心的，而且大多都是得到本源法则承认的。”

界主排队接受权限授予，很快就轮到了罗峰。

那蓝光笼罩着罗峰，同时发出声音。

“界主级战将。”

“啊！”

这一幕顿时引起周围大量界主看向罗峰，远处正在给域主级、宇宙级战士进行权限授予的仓乌星内部人员都惊诧地看过来。

“这一百零一名界主中竟然有一名界主级战将！”

“不错。”那不朽神灵惊诧地看了罗峰一眼，赞叹点头。

罗峰很平静地走到一边。

界主们继续接受权限授予。

“界主级精英战士。

“界主级普通战士。”

……

“界主级战将！”

又一名界主级战将！这再次引起周围人群的惊诧，这仅仅一百零一名界主中竟然有两名界主级战将，罗峰也看了过去。

那是一名身高3米、身体精壮无比的年轻界主，双眸中偶尔迸发的光就仿佛两柄战刀，让人不敢和这名青年对视。

第750章

数十万名界主

“看上去有点儿能耐，不知道是什么来历。”罗峰看了青年一眼，不再多想。

权限授予仪式很快就结束了，一百零一名界主中一共有两名界主级战将、六十二名界主级精英战士、三十七名界主级普通战士。

“权限授予仪式，全部结束！”不朽神灵声音陡然大起来，回荡在上万名宇宙战士耳边，“全部跟我来，等会儿将你们集体传送到域外战场。这族群战争，参与战争的战士非常多，所以共有十一个战场，全部都是在我人类疆域之外，所以才被称为域外战场，你们去的是第七战场。”

“第七战场？”

“全部在人类疆域之外？”

“啊，我老师是在第二战场，看来是没一点儿希望碰到老师了。”

顿时，各种议论声响起。

罗峰却暗自思索：“第七战场？死亡率96.8%，在域外战场的十一个战场中排名第三，嗯，算是一个不错的历练地方。”

“出发！”不朽神灵命令道。

当即，上万名浩浩荡荡的战士随之前进，界主们当然走在最前面。片刻后，便来到一座大殿中，这座大殿直径得有上千米，殿中有十一条巨大的水幕般的空间通道。

“这就是通往第七战场的空间通道。”不朽神灵走到其中一条空间通道前，“第七战场是一个最大直径约110万光年的宇宙秘境，亿万年来的杀戮，这宇宙秘境本身的危险度已经削弱到极低了，主要威胁来自异族的敌人。在第七战场共有一百个兵营，你们现在将要抵达的是026号兵营。”

这条水幕般空间通道的宽足有1千米，高也有1千米。

界主们一个个走了进去，罗峰也随之踏了进去，上万名士兵很快全部进入其中。

以神国为中转站，上万名士兵抵达那座神国后，再进入空间通道，然后被传送到人类疆域之外的第七战场026号兵营中。

……

罗峰在那神国内，一步迈出，就感觉到眼前时空变幻，然后就到了另外一个地方。

“哈哈，新兵来了。”

“有新兵了。”

“快快快，都别睡了，赶紧做事。”

呼喝声接连响起。

罗峰第一眼便看到十几名穿着白色战甲的士兵，不对，士兵们并非全部穿着白色战甲，其中有一名白发、穿着白袍的不朽神灵。那不朽神灵微笑着，眼眸中隐隐有电，笑着说道：“新兵们，欢迎你们来到第七战场026号兵营，界主全部跟他走，域主全部跟这个小家伙走，宇宙级的全部跟这个小姑娘走。”

穿着白袍的不朽神灵迅速指定三名引领者。

宇宙级、域主、界主分别沿着不同的通道走。

“各位界主，前面就是界主营地。”引领者说道。

片刻他们便抵达了一个装潢典雅的大厅，大厅内摆放着上千万个座位，不少座位上都有人。罗峰一眼看去，目测得有数十万名界主坐在这儿。

“怎么这么多界主级士兵？”罗峰大吃一惊，“一个宇宙国也就数百万名界主，人类疆域一共才一千零八个宇宙国，而域外战场一共有十一个战场，每个战场有一百个兵营，那么平均每个基地能有多少界主？而且总不可能人类所有界主都参加族群战争吧。按理说应该有很多界主出去厮杀，留在基地内的是少数才对，怎么这儿有数十万名界主？”

其他一百名界主同样震惊了。

“嘿，”引领者高声喊道，“新兵来了。这批新兵当中可是有两个界主级战将的，哈哈……”引领者说完便掉头离开了。

“界主级战将？”

“界主级战将？”

那些原本在喝酒聊天的界主级战士中有上万名跑了过来。

当界主级士兵们彼此距离靠近时，他们携带的智能光脑就会提示对方权限，所以这上万名界主级老兵的目光瞬间落在罗峰和另外一名高大青年身上。

“加入我们精英小队吧，我们精英小队是由不朽神灵率领的，这样获得军功更多，遇到危险活下来概率也更高啊。”

“我们小队更强大。”

“你们俩……”

这些界主级老兵疯狂地邀请罗峰和另外一名高大青年，根本懒得理会其他的九十九名界主级新兵。

……

片刻后。

罗峰和那高大青年都坐在一个餐桌旁，他们旁边坐着一名穿着红色战铠、有一条鳞甲尾巴的不朽神灵。这名不朽神灵，名叫泰沃，是一名大地不朽神灵。正因为这名不朽神灵最先赶来亲自邀请，罗峰和那高大青年在面对上万名界主级老兵的邀请时，最终选择跟这名不朽神灵先聊聊，至于是否加入，谁都没给个准信。

“泰沃队长，这里怎么有这么多界主？”罗峰问道，“域外战场共有十一个战场，每个战场有一百个兵营，怎么单单在这里休息的界主就这么多？”

“我也很疑惑。”旁边高大青年也疑惑地道。

“哈哈……”泰沃亲自给他们倒酒，“边喝边聊，疯子，岩石，不单单你们俩，其实很多界主级新兵刚来时都很疑惑，怎么会有这么多界主？如果你们接触的界主级士兵多了，和他们闲聊，你们就会知道原因了。”

罗峰、高大青年岩石看着他。

“其实一千零八个宇宙国中的人类只是人类族群的一部分。”泰沃笑道，“据我所知，一些宇宙秘境中是有很多陆地的，那些超大型陆地上也生活着无数的人类。据说有的大型陆地直径就有上千亿千米，有的大型陆地上的人口就能媲美一个宇宙国。”

罗峰一怔。

“陆地？是啊，金角族群生活在拉斯奥世界，拉斯奥世界就是一座超大型陆地，血洛世界也是一座超大型陆地，这两座超大型陆地上的强者数量，的确是远远超过一个宇宙国的。”

“人类疆域中，那种宇宙秘境中的陆地有很多，那些地方弥漫着充裕的宇宙本源能量，生活在那里的人类几乎成年就是行星级，所以培育出很多强者。”泰沃笑道，“这是一方面。人类有大量的不朽神灵，不朽神灵的神国中，也生存着大量的人类。

“神国、宇宙秘境、宇宙国中的人类加在一起，才组成了整个人类族群。”泰沃笑道，“像我们很多生死兄弟，有的从小就生活在一个神国中，有的生活在宇宙秘境的一座大型陆地上，不过他们的物质生活是远远不如宇宙国的人类的，比如，他们只有达到宇宙级才能有机会连接虚拟宇宙网络。”

罗峰听得震撼不已，立即意识连接虚拟宇宙网络，去探查信息，以他的权限，顿时查得清清楚楚。

人类按照生活环境区分，的确可分成神国人、宇宙秘境人、宇宙国人。

宇宙国人类的数量并不多。那些宇宙秘境的大陆，一座陆地的面积就媲美一个宇宙国的面积，而在宇宙秘境中建造上万个大陆，也很轻松。不朽神灵的神国同样无比广阔，里面可以生活大量的人类。

“既然宇宙秘境的陆地上可以生存大量的人类，为什么还要发动战争，去争夺疆域？”罗峰当初在拉斯奥世界的时候，就疑惑过这个问题，待成为混沌城主亲传弟子后，罗峰才有权限查到答案。

“战争，争的是疆域，但为什么争？”

按照罗峰查到的资料所述：

植物生长需要足够的阳光，一旦植物太密集，所有植物都生长不好。同样的道理，生命的形成是非常特殊的，不管是血肉类生命、机械生命、植物类生命……只要是生命，孕育时就会吸纳宇宙能量。

生命成长也是要吸纳宇宙中特殊能量的。

比如1000光年范围内就只有一颗生命星球，这颗星球上有一百亿人，那么1000光年范围内的宇宙能量几乎都用来培育这颗生命星球了。

而宇宙秘境上一座大陆的人口能媲美宇宙国的人口，这么多人却挤在一座大型陆地上，人口密集度不知道比宇宙国大多少倍，所以每个人所得到的能量自然就少得多。

而神国是在空间夹缝中的，都不在原始宇宙空间，所以神国上的人所能吸纳的宇宙能量，比宇宙秘境中的人类还要少。

神国上的人类，数量最多，最高却只能修炼到界主级。无数年来，出现的不朽神灵仅仅九千零八十二位，他们都是有特殊际遇的，若无特殊际遇，神国上的人类注定无法成为不朽神灵。

宇宙秘境陆地上的人类，数量排第二，他们和宇宙国上的人类一样能修炼成为不朽神灵，可是想要出一位宇宙尊者，概率低得让人吃惊。

宇宙国中的人类，数量最少，占的疆域却最多。历史上出现过大量的不朽神灵，足有98.2%的宇宙尊者是来自宇宙国。

疆域就是沃土。疆域越大，这个族群的潜力就越大，出现超级强者的概率就越高。

……

大厅内。

“界主级士兵中，最多的是神国中的人类吧？”罗峰问道。

“对。”泰沃点头。

罗峰暗叹：“恐怕那些神国中的人类并不知道这个秘密吧，毕竟成为不朽神灵的概率本来就超低。”

“神国中的人类士兵，数量最多，所以很多界主级强者，都是来自神国。”泰沃笑道，“经历一次次生死磨难，多次面临死亡威胁，他们实力获得突破，同时又积累出巨额军功，可以去换取宝物，强化自身。虽然只是界主，但是有些完全能匹敌普通不朽神灵。”

第751章

加入小队

三人边喝边聊。

就在这时，一名界主级战将走过来，罗峰一眼看去，这是一个身高仅有1米的小家伙，他有可爱的脸蛋，脸颊上有绿色纹路，仅仅1米高的他仿佛一个孩童，可是他身上穿着的战铠显然不凡。

“队长，拉拢到手了吗？”矮小界主拉来一把椅子，大大咧咧地坐过来。

“哪有这么容易，界主级新兵战士中大部分是界主级精英战士，只有两名是界主级战将，而能够在新兵时期就是界主级战将的，个个都不凡呢。不凡的人总是没那么容易被拉拢。”泰沃微微一笑，随即转头看向罗峰二人。

“我给你们介绍下，这位——”

“我自己来。”矮小界主直接拿起酒杯，给自己倒了满满一杯酒，微笑看着罗峰、岩石，“我是泰沃队长率领的编号026-2089491小队队员，你们可以称呼我——毒药。我是一名药剂师，当然，我也是一名界主级战将。”

“毒药，药剂师，界主级战将。”罗峰有些吃惊。

强者主要分为武者、精神念师、幻术师这三大流派，而傀儡师、药剂师、驯兽师等流派的人极少，特别是药剂师想要获得高成就是非常难的。

当年自己还是宇宙级时，认识一个名叫愚风的人，他是太初秘境宇宙级的天才，也是药剂师。

药剂师能以弱胜强，是最不可小觑的对手，就算不朽神灵面对药剂师，也得小心点儿，因为药剂师的战斗力主要取决于他们的药剂。

“我们小队包括我一共八个人，我是不朽神灵，手下另外七人都是界主级战将，其中两名是武者，两名是精神念师，两名是幻术师，还有一名药剂师。”泰沃略显自豪，“毒药在我们小队是很重要的。”

“两位新来的朋友，来，我们干一杯。”毒药微笑着举起酒杯。

罗峰、岩石二人都举起酒杯。

“我手下七人虽然都是界主级战将，但是几乎都是经历过无数次生死战斗后，实力一次次突破，才获得界主级战将权限的，唯有毒药，新兵时就是界主级战将。”泰沃看着罗峰、岩石二人，“不知道两位是否愿意加入我的小队，我的小队还差三人才满员。像我们这样的小队，绝对属于最优秀的那种，你们加入绝对不会失望。”

“泰沃可是个好队长。”毒药连忙说了一句。

岩石点点头：“我岩石愿意加入。”

“哈哈，好。”泰沃笑得很开心，转头看向罗峰，“疯子你呢？”

“嗯……”罗峰脑中掠过诸多想法。

军队有军队的规矩，军队对每一个参加域外战争的战士都是有军功要求的。在积累足够多的军功前，是必须加入编制、服从命令的。既然如此，加入一个非常优秀的小队，似乎是一个不错的主意。

“愿意。”罗峰点头。

“哈哈……”泰沃笑得更开心。他直接转头遥看远处某个角落，以神力传音：“全部过来。”

很快远处便走来六道身影，有的高大壮硕，有的窈窕充满魅惑，有的冰冷满是煞气，有的笑眯眯地审视着每一个人……

他们中有身高超过6米、全身仿佛赤红色岩石、额头有两根弯角、眉心有菱形晶石的炎婆罗族人；也有充满着魅惑、整个人被雾气隐隐环绕的魔女族人……

六人都走来，同时拉来椅子，坐在周围。

此刻，小队十人齐聚。

“我给你们介绍下。”泰沃指着罗峰说道，“这位是刚刚来的新兵，他是界主级战将，你们可以称呼他疯子。”

“疯子？够嚣张的称呼。”那坐在一边仿佛骷髅的人说道，他怀中抱着一只白色皮毛的猫咪。这只猫的瞳孔是紫色，它躺在主人的怀中，似乎很享受主人的抚摸。

“卫，别捣乱。”喝酒喝得很畅快的药剂师毒药眉头微皱，轻喝一声。

“卫，小辰辰说得很对呢。”魔女族人微笑道。

“别叫我小辰辰！”毒药有些恼怒，“你可以称呼我本名铸辰，别称呼我小辰辰，我更喜欢毒药这个称呼。”

“小辰辰生气喽。”魔女族人捂住嘴巴轻笑。

毒药无奈地看了她一眼，低头继续美滋滋地喝酒。

泰沃笑看着这一幕，随即指向岩石：“这位也是刚来的新兵，他也是界主级战将，你们可以称呼他岩石。”

“疯子，岩石，”泰沃又道，“毒药你们认识了，我给你们介绍下另外六名老队员。”

“魅女是一名优秀的幻术师，界主级强者中能够逃脱她魅惑的是少之又少。你们应该知道，魔女族人天生就具有魅惑能力。”

那个时刻被雾气隐隐环绕的魔女族人微微一笑，虽然因为雾气显得朦胧，但更增添她的魅惑之意。

“旋风，一名强大的界主级武者。”

脸上戴着面具、耳朵尖尖的武者只是看了罗峰、岩石二人一眼，没说话。

“狂舞，精神念师。”

一名面带微笑的俊朗的紫发界主朝罗峰、岩石二人点点头。

“神灵，就是这个总是穿着白色战铠的家伙，明知战场上处处是危险，还是穿着最显眼的白色战铠，毕竟他可是自称神灵的，哈哈……他也是一名精神念师。”

穿着白色战铠、头上有银色鳞片，整个人面带微笑，仿佛一颗太阳，给人温暖的感觉，罗峰瞬间确认这名精神念师绝对是修炼光线法则的界主，而且在光线法则方面的成就超高。

“卫，就是抱着那只流浪猫的瘦得跟个骨头似的家伙，那只流浪猫跟了他很多年了，他自从养了它后就一直带着。他的实力也不可小觑，他是幻术师，他的灵魂攻击可是非常强的。”

抱着紫瞳白猫的男子卫，只是看了罗峰、岩石二人一眼，咧咧嘴。

“最后一个，你们可以称呼他‘锤’，是一个很沉稳的炎婆罗族人，也是强大的界主级武者。”

那身高超过6米的界主，朝罗峰、岩石二人露出了笑容。

“毒药、魅女、旋风、狂舞、神灵、卫、锤，这就是小队的七名队员，个个都是界主级战将，而且绝对都是从成千上万次生死战斗中闯过来的。”

“我是精神念师。”罗峰说道。

“我是武者。”岩石说道。

自此，这支小队多了两名新成员。

罗峰递交申请后，就加入了这支编号026-2089491的小队。

在接下来的日子，罗峰、岩石这两个新兵虽然都有些来历，但也都仔细地聆听老兵们的指导。

……

“什么，盟军？”岩石惊呼道。

“对，盟军。这族群战争的主角当然是四大巅峰族群，不过，四大巅峰族群都有很多族群盟友。我们进入战场，就会碰到很多盟军，虽然他们是异族，但是我们的战友。你们放心，如果是盟友，虚拟宇宙系统会提前提醒你们的；如果没提醒，直接杀就是。”

“哦。”岩石还有些发蒙。

罗峰坐在一边不说话。

盟军，人类作为巅峰族群当然是有很多附庸族群的，如金角族群就是一个，那些附庸族群当然也得上战场，这点罗峰早就知道了。

……

“战场好残酷，死亡率这么高，竟然超过95%！”岩石再度惊呼。

“死亡率高才能磨炼出强者，二十个士兵死得只剩下一个士兵，若那二十个士兵是界主级普通战士，那么或许就能出来一个界主级精英战士甚至界主级战将。这种超高死亡率的可怕战争，加上可以有不少宝物辅助，又可兑换一些秘法，这域外战场，可是整个人类疆域造就最多强者的地方。

“而且95%的死亡率高吗？不高。据我所知，每1000纪元会爆发一次大规模族群战役，那是属于大决战，那可是浩浩荡荡的强者之间进行对决，就算封王级不朽神灵，一不小心也得完蛋，那死亡率才叫高，据说高达99%！不过那种大规模战役不可能经常出现，因为就算是巅峰族群也经不起这样的消耗，每1000纪元来这么一次，也在四大巅峰族群承受范围内。”

“大规模战役，大决战……下次大决战是什么时候？”

“早着呢。”

“哦。”岩石依旧乖乖听着。

坐在角落的罗峰却是眉毛一皱，心中感叹道：“这长期又持久、死亡率超过95%的域外战争，却是用来磨炼出一个个强者的啊！仿佛制造虫族王者一样，损失大量的普通界主，产生少量的强大界主，而这些强大界主突破成不朽神灵的概率，可就高多了。”

长期、持久、残酷的域外战场，只能叫磨炼？

每1000纪元一次的大对决，那是族群毁灭。

……

在兵营待了八天，这八天中岩石知道了很多让他震惊的信息，而罗峰则很平静，大多数信息他自己都能查到。不过关于一些在域外战场上战斗时的保命细节、经验，罗峰也是仔细地听这些老兵叙说。

罗峰可不敢有一点儿骄傲。

这战场上异族强者无数，各种杀戮手段诡异莫测，处处潜伏着不朽神灵，连封王级不朽神灵都可能陨落，罗峰岂敢大意？

待到第九天，这支吸纳了新兵得到扩充的小队终于要出发去战场了。

第752章

AAA神灵基地

“人好多！”

“这么多飞船！”

罗峰等人都惊叹地看着眼前的场景，这是一个直径超过3万千米的大厅，这么庞大的大厅足以容纳数十亿名宇宙战士。

“这得有数百万人吧！”

“嗯，绝对有。”

“前面都有数千艘飞船在排队了。”

只见一艘艘飞船按照次序停在大厅内，这些宇宙飞船有的有上千米直径，有的仅仅有百米直径，所以容纳的宇宙战士数量也不同，有的宇宙飞船能容纳百万名宇宙战士，有的仅仅能容纳几名宇宙战士。

“别傻站着了，上飞船。”泰沃一声轻喝，同时迅速从随身携带的世界戒指中放出一艘直径百米的宇宙飞船，飞船出现在大厅中。

“是。”

“来了。”

泰沃率先进入舱门，手下九名界主级战将也一个个迅速登船。

“材料是E9级合金。”罗峰登船时目光一扫，仔细看了一眼飞船表面上的法则纹路，“竟然是最基础、最普通的法则纹路！泰沃毕竟是一名不朽神灵，而且是在域外战场活了很久的不朽神灵，弄个好点儿的飞船应该不难。”

罗峰不再多想，迅速登船。

舱门关闭。

只见一艘艘飞船密密麻麻地停在这大厅中，随后缓缓朝前方飞行，依次进入通道。

……

罗峰他们一群人刚刚进入飞船，走在最前面的泰沃就说道：“去休息厅。”

“不去控制室？”罗峰笑着问道。

“反正是智能控制飞船，在休息厅，一样能够命令智能。”走在罗峰旁边的狂舞笑道。

狂舞是一名俊美的紫发青年，为人和气，是整个小队中和罗峰走得最近的一个。之所以走得近，其实是因为狂舞、罗峰都是精神念师，且长相也比较相似。人类族群中族群间的长相差异很大，长相相似也是容易亲近些的。

片刻后，众人抵达休息厅，休息厅最大直径大概有20米，高大概10米，有很大的空间，十名界主坐着算是非常宽敞。

“来到安全小窝，心底就是舒坦。”毒药一跃，直接跳到一个沙发上，在沙发上打滚。

“安全小窝？”岩石朝四周一看，略显疑惑，“这休息厅的墙壁材料似乎是……”

“F9级金属钨炎石母。”罗峰轻声说道。

“F9级金属？”岩石惊愕地看着罗峰。

“对。”总是面带着灿烂笑容、穿着一身华丽白色战铠的神灵微笑道，“休息厅是整个飞船最安全的地方。飞船主体材料是E9级合金，这在战场上根本扛不住异族的一些可怕攻击，所以队长订购了这个完全由钨炎石母铸造的休息厅。这是我们的安全小窝，遇到危险也能有反应的时间。”

罗峰点头：“聪明，买不起F级宇宙飞船，就将其中一个休息厅弄成F级金属铸造的。”

“单单一个休息厅，我还买得起，可飞船就不行了。”泰沃笑道。

“外景虚拟100%。”

虽然罗峰正坐在沙发上，但肉眼已经看不到沙发、地面，只看到广阔的大厅和正在排队的一艘艘宇宙飞船。随着时间推移，一艘艘飞船迅速飞进通道中，很快，罗峰他们乘坐的这艘飞船也飞进了通道内。

沿着通道直线飞行数十万千米后，飞船开始转弯，沿着一条弧形通道飞行，所有的宇宙飞船都是沿着这条弧形通道飞行。

“轰隆！轰隆！轰隆！”

仅仅片刻，那条数十万千米长的直线通道，一道道闸门落下，开始关闭。

同时，整个巨大兵营最外围通道的闸门开始开启，上万条密密麻麻的通道，却仅仅开启了数百道通道闸门。

“开启能量防御。”

“出发。”泰沃下令。

罗峰他们乘坐的这艘宇宙飞船，从巨大兵营的其中一个通道口瞬间飞出。

飞船从巨大兵营瞬间飞到虚空中，整个小队十名成员全部转头看向后方的巨大兵营，就算是已经出去战斗过很多次的老兵们也忍不住回头观看，因为太壮观了！

“这就是兵营！”罗峰震撼地说道，透过外景虚拟，可以清晰地看到那悬浮在虚空中的巨大兵营。

整个兵营，根据罗峰目测，直径有数百万千米，这个战争基地太大了！

这庞大的战争基地表面笼罩着一层彩色能量罩，这一层彩色能量罩，实在太庞大了。如果近距离观看太阳，何等震撼？更何况近距离观看如此庞大的战争基地。

彩色能量罩、神秘又强大的固化法则纹路、一个个直径数百千米的机械炮口、密密麻麻的通道点、无数的能量点……

"太壮观了！"泰沃赞叹道。

"看那炮口，宇宙飞船都是使用能量光柱，而这神灵基地，使用的依旧是看起来很落后的巨大炮口。看似落后，可真正发挥其威力的时候，那可真是让人心颤的一幕啊！一炮出，一片星空完全化为虚无！"穿白色战铠的界主神灵的眼眸中有一丝狂热。

岩石完全惊呆了。

罗峰何等眼界，但此刻也处于震撼中。

"神灵基地，这是什么规格的神灵基地？"罗峰忍不住问道。

"AAA神灵基地。"毒药眼神迷离，轻声说道，"域外战场是族群和族群的战争，而整个第七战场总共才这么一百个兵营，这兵营可是人类战场上的大本营，当然得是最高规格的神灵基地。这神灵基地是连宇宙国主那等强者也休想破坏的AAA神灵基地！"

罗峰轻轻点头。

他查过机械族的一些可怕武器，一些超大型武器是很昂贵的，像星空堡垒，就昂贵得不可思议，可那仅仅是堡垒，而神灵基地是巅峰的超大型武器，每一座神灵基地的价值都无法估量。

而AAA神灵基地，属于最高规格的神灵基地，至少是他已知的最高规格神灵基地，或许在机械族驻地，还有更可怕的吧。

……

在兵营是最安全的，因为兵营作为AAA神灵基地，任凭亿万个强者杀来，也能瞬间将其以及其周围庞大星空化为虚无。

"兵营是宇宙战士们的港湾。"毒药躺在沙发上，端着酒瓶，"在兵营就是最安全的，你根本不需要担惊受怕。可是一旦离开兵营，那就是危机四伏了，毕竟这里是直径上百万光年的宇宙秘境，整个庞大星域都是战场。"

罗峰却看着外面的虚空。一眼看去，以罗峰的视力，能够清晰地看到外界情景，如一些破碎的虫族尸体、飞船残骸、人类残骸等飘浮在虚空中，有些直接被宇宙飞船一撞而化为碎片。

“一些飞船残骸、尸体等，也是值钱的吧？”岩石皱眉问道。

“没有谁是傻瓜。”低沉的声音从那炎婆罗族人锤的喉咙中发出，“宇宙飞船的探测信号早就扫描过了，那些在虚空中飘浮的残骸等都是不值钱的。如果值钱，早就被抢夺走了；如果没被抢夺走，那么反而有可能是一个陷阱。新兵岩石，你有没有发现我们的宇宙飞船，并没有按照直线前进，而是避让开一座座陆地、大型飞船残骸？”

罗峰听得眼睛一亮，的确是这样。

“因为那些地方很可能藏匿着敌人。你要知道，整个星域，除了兵营，其他地方都是战场。”锤声音低沉，说道，“别看我们老兵表面上很轻松，可是我们每一个人都做好了马上就战斗的准备。”

“好了，别吓唬新兵了。”泰沃一笑，“我们这次的目的地，是一个距离026号兵营约8万光年的地方。那里是诸多强者厮杀得极为惨烈的地方，而像我们这等精英小队，干的就是刀口上舔血的事情。等会儿抵达的一片区域，那里没有残骸，也没有垃圾，可以肆意加速前进，进行宇宙穿越。一进入暗宇宙，那就安全了，可以好好歇息了。飞船在暗宇宙中前进，大家有三天休息时间，抵达目的地后，就是血腥的战斗了。”

罗峰点头。

宇宙秘境不同于正常的宇宙星空，各种尘埃、残骸太多，所以必须清空一大片区域，让飞船飞行没有任何阻碍并进行加速，进行宇宙穿越。

在第七战场，这样的宇宙穿越点数以亿计。

“轰！”

“砰！”

宇宙飞船尽量避开一些危险区域，片刻后便抵达了那片被清空的区域，然而仅仅这么点距离，罗峰就多次看到了强大能量轰击爆炸的余波，其他那些界主级战将个个神经紧绷，因为他们清楚战斗是随时可能发生的。

“进入暗宇宙，大家就不必紧绷着弦了。”

“10、9、8、7、6、5、4、3、2、1，穿越！”

第753章

遇到袭击

飞船在暗宇宙中飞行三天，随后进行宇宙穿行。

“都谨慎点儿，别大意。”休息厅中，泰沃喝道，同时指着外面一片没有任何残骸阻碍的虚空，“从这片被清空的区域抵达目的地，还要飞行两个多月。这两个多月里一直是在危险之地飞行，战斗随时可能发生。”

“知道啦，队长。”毒药拿着酒瓶，笑道，“我们七名老兵中在域外战场待的时间最短的也超过八千年了，就算喝醉了也会保持警惕的，这都成为习惯了。要说……这两个新兵才得小心点儿。”

“可别拖我们后腿。”抱着紫瞳白猫的卫冷哼道。

“算不上拖后腿。”毒药看了二人一眼，“老兵都是从新兵过来的，岩石、疯子，你们俩可记得前段时间我们跟你们说的各种战斗经验，可别瞧不起那些小经验，那都是经历一次次生死之战总结出来的。”

“明白。”岩石点头。

罗峰也轻轻点头。

关于这七名老兵，罗峰发现这七人中似乎毒药地位最高，就算是队长对他也很客气。平常，毒药会偶尔训斥其他老兵，其他老兵却没有丝毫怨言。

这完全是经过无数次生死断杀，自然形成的一种权威。

其实当初泰沃邀请二人加入小队，毒药就第一个跑过来，这也能证明罗峰的发现。

“岩石，疯子，警惕点儿即可。”

“如果发生战斗，”泰沃嘱咐道，“不求你们二人和其他人配合得多好，暂时当机动人员，你们俩看七名老兵谁有危险，就立即去支援。刚开始，战斗主力还是七名老兵。”

……

飞船以亚光速小心地在虚空中前进，避开一个个可能隐匿着强者的地方。

……

一艘残破的宇宙飞船内有三名机械族人。这三名机械族人全身仿佛金属铸造而成，模样非常相似，乍一看就仿佛三个金属人似的，正分别坐在三把合金椅上。

“哈哈，这次我们三个联手将那异族不朽神灵率领的队伍全部歼灭了，那异族不朽神灵应该有封侯级实力吧。”其中一名机械族人咧嘴笑道。

“这次帕剌提你立了大功，重创且牵制了那异族不朽神灵，我们才能趁机灭杀其他界主，而后联手干掉了那异族不朽神灵。不愧是封侯级不朽神灵啊，财产就是多！帕剌提，我们还是进行一下宝物分配吧。”

这两名机械族人，都看向第三名机械族人。

这个叫帕剌提的机械族人体表有一层暗红色铠甲，非常精美，他正平静地看向其他两名机械族人，随即翻手，取出两枚空间戒指，朝这二人一扔。

“合作到此结束，你们俩可以走了。”帕剌提冷漠地说道。

两名机械族人都咧嘴一笑，分别接住一枚空间戒指，同时迅速探查了一下，这一探查，顿时这两名机械族人眼眸中都有着怒火。

“帕剌提！”

“帕剌提！”

两名机械族人都压抑着怒火。

“还不走？”帕剌提目光冷厉，扫视着这两名族人。

“这次我们可是联手的，击杀那封侯级不朽神灵的军功也是算在你一个人身上，你竟然还要独占超过95%的战利品？”那穿着深青色战铠的机械族人咆哮着。

另外一名穿银色战铠的机械族人也怒道：“你太过分了！”

帕剌提冷漠地看着二人，就这么冷漠地看着。

两名机械族人都强压怒火。

“我们不求多，共让出40%给我们两个分，我们两个各占20%，你独占60%！”穿深青色战铠的机械族人连忙说道，旁边另外一名机械族人点头，表示赞同。

“滚！”帕剌提猛地大吼一声，“没有我，你们俩还想对付那封侯级不朽神灵？虽然是刚刚才达到封侯级的异族不朽神灵，但是已经拥有不死之身，为了杀死他……你们以为很容易，你们俩知道我付出了多大的代价！还想跟我分战利品，给你们一点儿是看在你们是我族人的分上。如果不是因为杀死你们俩会遭到族内的严惩，像你们这样的，我早就解决掉了！”

两名机械族人对视一眼，一咬牙。

“哼！”

“希望你能活得久一点儿！”

两名机械族人瞬间化作流光离开了这个残破的飞船。

“哼！”帕剌提冷哼道，眼眸中掠过一丝锋芒，虽然看起来仿佛金属人，但实际上他确实是一种生命，身体虽然坚韧无比却也柔软得很，很奇特。

“这次我损失不小，不过击杀那异族不朽神灵获得的军功也足以弥补，加上战利品……还算不错。不过我手下军团实力大损，该回神灵基地了，回去后好好休整一下，恢复实力。”帕剌提思索着。

每一个机械族人，实际上都称得上是一个机械帝国。

机械帝国的强弱，取决于控制指挥能力，以及富有程度，二者缺一不可。假如你有一个庞大的机械军团，单单靠智能去控制是不行的，得靠机械族人控制整个军团，并且得让机械军团施展出蕴含法则的攻击。如此精妙的配合，可使战斗力提高数十倍乃至百倍。

机械族人，本质上就是智能生命。

而智能生命，一旦懂得法则，配合其天生的计算指挥能力，这样的军团是非常可怕的，再配合各种机械武器，就能将战斗力发挥到一个可怕的地步。

这是一个丝毫不弱于虫族的巅峰族群。

虫族母皇，战斗时更趋于本能。

机械族人，战斗时彰显其智慧、技巧、谋略。

“嗯？

“有一艘人类的宇宙飞船？”坐在这残破的飞船内的帕刺提眼睛一亮，“E9级合金制造，表面固化纹路很低端，看起来是一艘界主级普通小队乘坐的飞船。不过不排除是界主级精英小队伪装的。

“不过——

“只要实力在我承受范围内，一样可以解决。这次结束，就直接回基地恢复实力。”帕刺提咧嘴一笑，“可笑的人类，妄图靠宇宙飞船发现我的侦察。哼，科技能力和我们机械族比，太一般了！”

……

从虚空中一眼看去，随处可见一些飘浮的残骸，或是尸体残骸，或是飞船残骸、武器残骸，等等。

一块飘浮在虚空中看似普通的金属板，表面纹路却非常特殊，这时候这些纹路上正不断地流动着让人心悸的能量，能量不断地蓄积，渐渐地，金属板表面出现了一颗透明的光球。

“攻击！”远处的机械族人帕刺提发出指令。

“轰！”

一道耀眼的光柱瞬间划破虚空，直接轰击远处正疾速飞行的宇宙飞船，飞船瞬间被击中，部分船体直接熔化，同时那道光柱蕴含的强劲力量直接撕裂那厚实的E9级合金船体，令整个宇宙飞船瞬间就变成了一个爆炸的大火球，“轰隆隆——”轰击波弥漫四周，辐散数万千米范围，将周围大量的尘埃、残骸给震得远远的。

……

飞船内。

“我敢打赌，疯子获得军功多。”

“我猜是岩石，你看岩石，多么沉稳的小伙。哈哈……这一次下来，岩石获得的军功肯定比疯子多。我押1混元单位。”

“真敢下注啊，我押疯子，我也押1混元单位。”

“我押岩石。”

“疯子。”

几名界主级老兵都围在那里押注，因为每一次出来进行战斗短则数年，长则数千年，而这七名老兵显然对罗峰和岩石谁能发挥得更好，产生了打赌的兴趣，由毒药当庄家。

迅速地，他们都已经下了注。

“你们俩不押注？你们俩押注，我照样接受。”正蹲在沙发上的毒药连忙喊道。

岩石咧咧嘴。

罗峰笑了笑。

“警告，遭——”刺耳的智能声音忽然响彻整个休息厅，原本还在谈笑的老兵们脸色瞬间变了，几乎同一时刻，每一名老兵都迅速取出各自的兵器。

“轰！”

警报声刚响起，整个宇宙飞船就猛地震颤起来，这休息厅也猛地震荡起来。整个宇宙飞船外层被轰炸得完全解体，而这完全由F9级金属铸造的休息厅就仿佛一个被踢飞的易拉罐，整个休息厅因为那强劲的冲击力，直接被轰得在虚空中翻滚着乱飞。

因为整个休息厅在不断地翻滚着，厅内的泰沃队长和九名士兵都感到很不舒服。

“轰！”泰沃瞬间辐散开强大的不朽神力，包裹住整个休息厅。

“所有人，出去！”泰沃喝道。

休息厅的四个舱门同时打开。

“走！”毒药一声大喝，身上战甲瞬间包裹全身，只露出一双眼睛，他旁边的炎婆罗族人锤则是一手拿着大锤一手拿着巨盾。这二人沿着同一舱门飞了出去，同时其他老兵们也两两一起飞了出去。

“嗖！嗖！嗖！”

一名名老兵迅速沿着舱门蹿出去，罗峰背着衍神兵也随之蹿出去……

第754章

危局

他们出了休息厅，飞到依旧有爆炸余波的虚空中。

“嗯？”罗峰目光朝四周一扫，只看到被轰炸得解体的宇宙飞船的一些残骸，根本看不到有什么敌人。

“大家小心点儿。”泰沃传音喝道，同时瞬间就将休息厅收入世界戒指。那一艘宇宙飞船被轰炸得解体他并不心疼，因为整个飞船真正昂贵的就是这一个通体由F9级金属钨炎石母铸造的休息厅。

“敌人在哪儿？”岩石双眸如电，站在虚空中朝四周环顾。

“新兵，别慌，小心戒备就行了，其他的交给我们。”魅女笑道。

其他老兵也是一个个面带笑容，可也都是小心地环顾四周，他们经历的大风大浪太多，即使面对危险，依旧能够保持比较平静的心境。

“既然对手不现身，我们走。”泰沃猛地朝前方飞去。

“嗖！嗖！嗖！”

其他九名队员连忙跟着队长，迅速划破虚空，朝远处飞去。

“轰！轰！轰！”

宇宙星空中遥远的九个方位，九个方位分别是在罗峰他们一群人的前、后、左、右、上、下等方向，这九个方位同时射出耀眼的电光，电光瞬间贯穿虚空……在原始宇宙中就算是再强大的不朽神灵，也无法瞬间达到光速。

可是，电、光等一旦迸发，其速度就直接是光速，而罗峰他们是需要一定时间来加速，速度才能逐渐接近光速。至于宇宙飞船，更是要加速好一会儿才能达到光速。

所以那九个方位迸发出的电光，片刻就串联起来，形成了一个巨大的雷电牢笼。

巨大的雷电牢笼，完全将罗峰他们这一支小队给包裹其中。

“哧哧——”雷电牢笼形成的瞬间，无数的电蛇贯穿虚空，整个雷电牢笼直径上亿千米的空间遍布电蛇，毫无疑问，罗峰他们十人自然也遭到了电蛇的袭击。

“雷电狱！”

“是雷电狱！”

老兵们惊呼。

“快走！这是机械族的手段，而且是机械族的强者。麻烦大了！”泰沃传音喝道。

泰沃领头，九名队员迅速跟着他飞逃。

罗峰、岩石这两个新兵都心中疑惑。

“为什么逃？这雷电狱根本没什么威胁啊。”

“如果是那雷电光柱直接轰击我们，恐怕界主都能瞬间被击杀。可是，这雷电光柱组成这雷电牢笼，迸发出的这些电蛇，恐怕连界主级一阶、界主级二阶都无法杀死吧，根本没什么危险。”岩石说道。

“雷电狱有什么可怕的？”罗峰也边逃边传音询问。精英小队中的强者，一心多用是很正常的，边逃边交谈，也很正常。

“新兵，你们等会儿就知道了。这次麻烦大了，这雷电狱不是机械族一般族人能布置得起的！”毒药脸上却是一脸沉重。

罗峰微微点头。

罗峰眼界何等高，瞬间就明白了辐散范围这么大的雷电狱，要布置成功，恐怕器械费用就得以百万混元单位来计算，就算机械族在这方面擅长，可能成本会低些，可估摸着也得超过10万混元单位，这绝非是普通界主级机械族人能够布置的。

至于布置这雷电狱需要花费的能量，并不惊人。

因为那些电蛇是在整个雷电狱中不断流动的，假如雷电狱内没有人，电蛇可以不停地流动，做到能量循环，消耗接近于0。

AAA神灵基地那庞大的彩色能量罩，可是能够抵御宇宙尊者的攻击，但与雷电狱一样，那彩色能量罩只要不遭受攻击，能量就能做到循环无损耗。

……

就在罗峰他们这支小队刚逃时，忽然——

“轰隆隆——”

雷电狱的九个位置突然迸发出密密麻麻的光点，这密密麻麻的光点从九个方向迅速杀向罗峰等人，这逼得刚刚加速逃跑的他们，只能猛地减速。

“是机械傀儡。”罗峰一眼就看出来了。

远距离看是光点，如果仔细看，能够辨别出是身高约12米的银色机器人。这些银色机器人个个背着一柄厚重的合金剑，同时它们的合金身体表面还流动着丝丝电蛇，雷电狱中的无数电蛇触碰到它们时，根本影响不到它们丝毫。

“是雷电机械傀儡。”泰沃郑重地说道，“我们麻烦大了，雷电狱配合雷电机械傀儡军团，是机械族中一个比较常见的组合，但是也是非常可怕的组合。一般有这么大手笔的，应该是机械族的不朽神灵。”

罗峰则是感觉到自己的弱势了，对于人类族群的战斗方式，自己很熟悉，可是对于异族强者的战斗方式，虽然透过虚拟宇宙网络查过一些资料，但资料讲解得太含糊了。如机械族，资料里的描述是“机械族人本质上是智能生命，每个机械族人都代表着一个机械帝国，可以凭借其手中资源，进行各种布局，以其精细且可怕的控制、配合，形成各种可怕攻击”。

九名队员随时准备听从泰沃号令。

“所有人听令，跟随我，以最快速度突破，我们要尽快冲出雷电狱！”泰沃下令。

“是！”九名队员应令。

顿时，整个小队开始以惊人的速度飞逃，拼了命地想绕过这雷电机械傀儡军团。

……

远处，那残破的飞船内。

机械族人帕刺提咧嘴一笑：“还想逃？6号军团，CI9方案，启动。”

……

“这些雷电机械傀儡灵活性比较差，应该追不上。”罗峰他们这支小队避开了追来的雷电机械傀儡军团，迅速逃跑。

而最近的那个雷电机械傀儡军团忽然吸收大量的电蛇，那超过十万名雷电机械傀儡，就仿佛组成了电路，无数电蛇游动其中，且其中二十一个雷电机械傀儡身上出现了耀眼的雷电光球。

“轰！轰！轰！”

二十一个雷电光球彼此形成特殊的纹路，仿佛一张渔网瞬间轰出。

“嗖！”

雷网以光速轰击向罗峰等人。

当追击上罗峰他们这支精英小队时，那强大的压迫迅速降临。这一张雷网，直接罩住整个小队，压迫之力束缚着整个小队，这竟然是一种蕴含空间法则的能量攻击，不由得令罗峰暗惊。

“啊！”泰沃咆哮一声，不朽神力和法则领域同时爆发。

无数土黄色光点辐散在周围数万千米范围内，每一个光点都重得可怕，光点轰击那张巨大的雷网，不朽神力也迅速轰击。

“给我开！”炎婆罗族人锤则是低吼着，用大锤轰击那雷网。

“破！”

界主狂舞操控他的念力兵器，那是精神念师的九大神兵之一的裂神兵，那裂神兵瞬间组合成一个耀眼的光轮，朝那雷网疯狂斩、劈。

“崩裂吧！”穿白色战铠的界主神灵身后悬浮起一柄散发着迷蒙光芒的长矛，周围空间都扭曲撕裂。

……

九名队员都在施展自己的招数，罗峰也施展起衍神兵。

这一张雷网并没大肆攻击他们，却缠住了所有队员，此时远处的九个雷电机械傀儡军团已经有一个军团赶到，剩余八个军团也迅速赶来。

“啊！”泰沃嘶吼一声，终于将他周边数十千米的雷网给轰碎了。

同一刻——

整个雷网瞬间崩裂。

“轰隆隆——”一旦雷网崩裂，其中那强大的雷电能量瞬间爆炸，并引起连锁反应，将周围虚空撕裂，强大的能量余波也冲向罗峰他们小队，却硬是被泰沃给阻挡下来。

“队长。”岩石有些担心地看向队长。

“我没事。”泰沃低喝一声。

“各位，看来这一战麻烦了。雷电机械傀儡军团已经将我们包围了，想避过这一战，看来是不行了。”

“那就不避了，反正前往目的地也是战斗，在这儿也是战斗。”毒药舔舐了一下嘴唇，眼眸中迸发出锋芒。

“嗯。”锤点头。

其他队员眼眸中都燃烧着战意。

“魅女、卫，你们俩小心点儿。”泰沃下令。

“自保没问题，杀敌主要靠你们了。遇到机械族，我们幻术师就一点儿用都没有了。”身材如骷髅一般精瘦的卫传音道。幻术师其实也是懂得操控念力兵器的，只是术业有专攻，操控念力兵器方面肯定不是太擅长。

虚空迅速自动修复。

而精英小队周围已经会合了三个雷电机械傀儡军团，每个军团都有超过十万个雷电机械傀儡，一眼看去，早已将罗峰他们重重包围。而远处另外六个雷电机械傀儡军团也正以亚光速迅速赶来。

“不知道他们怎么应对。”罗峰倒是平静得很，“这所谓雷电机械傀儡军团，自己只要拿出不朽级食星草，不朽级食星草恢复本体，每条藤草长度达100万千米，足以缠绕住所有的雷电机械傀儡。”

……

遥远处那残破的飞船内。

“布局已成，该收获了。”坐在合金椅上的帕刺提轻声说道，“一名不朽神灵，九名界主，最多损失27%的雷电机械傀儡，即可收拾他们。”

第755章

F8级雷电机械傀儡

星空中，包围罗峰他们小队的雷电机械傀儡军团瞬间就发动了攻击。

“杀！”

“死！”

这些雷电机械傀儡全部都有12米高，整齐划一地拔出背后的合金巨剑，随即口中发出各种咆哮声，直接砍向罗峰他们。

十人对战百万个雷电机械傀儡。

在宇宙星空中被百万个雷电机械傀儡围攻，单单这场景就足以让毫无经验的新兵岩石心颤。

“杀啊！”锤嘶吼一声，释放开世界投影，束缚周围的雷电机械傀儡，并且一手持着巨盾，轻易地挡住了那些雷电机械傀儡的攻击。雷电机械傀儡高12米，这般体形，使得同时围攻锤的雷电机械傀儡并不多，武者锤自然能够轻易地挡住。

一手持盾，一手握着大锤。

“轰！”大锤闪电般轰击在一个雷电机械傀儡的胸膛上，那个雷电机械傀儡的合金胸膛硬是被砸得略微凹陷下去，同时整个躯体也被砸得抛飞开去，而后面的雷电机械傀儡则是非常灵活地闪躲，轻易地避开了这一个雷电机械傀儡。

“新兵，用重攻击！这些雷电机械傀儡都是用E9级合金制成，要完全毁掉它们的身体太费力气，不值得。你们直接用重攻击，震坏它们体内的一些精密器件。这种批量生产的机械傀儡，肯定不会花费太大代价。一锤下去，就算身体还完整，可也会一动不动了。”锤直接传音给罗峰、岩石二人。

岩石施展世界投影的同时，手持着两柄战刀。

“明白。”岩石传音应道。

岩石持着两柄战刀劈向正疯狂进攻着的雷电机械傀儡，每一刀都带着奇妙的震动，当劈在那雷电机械傀儡身上时，虽然雷电机械傀儡体表只留下一点儿刀痕，看似无损，实际上雷电机械傀儡内部却是瞬间被震坏了。只要中刀的雷电机械傀儡，全部傻乎乎地站在那儿不动了。

……

一阵狂风在雷电机械傀儡群中乱冲着。

狂风刮着，刮到哪里，哪里便有冷冽的刀光，刀光掠过，中刀的雷电机械傀儡却只有三分之一失去了战斗力。

这是九名界主级战将中的旋风，堪称小队七名老兵中速度最快的。

“旋风，你很吃亏啊。”远处的魅女，操控着如柔和的水一般的念力兵器环绕在自己周围，那念力兵器，轻易将周围那些雷电机械傀儡给挡住了。

“至少比你杀得多。”旋风声音低沉，传音道。

……

界主级战将个个轻松御敌，除了幻术师魅女外，其他界主个个能够大肆攻击，就连幻术师卫也同样操控着一件衍神兵，施展着衍神兵第七重一棍轰天地，只见一根大概20厘米粗、6米长的金柱，一次次轰击周围的雷电机械傀儡。

这招名为一棍轰天地，就是典型的重攻击。

一旦中招，那些雷电机械傀儡自然个个倒下。

“疯子，你在衍神兵上造诣很高嘛，第八重金剑斩虚空层次？还是第九重不朽亦可敌层次？”幻术师卫传音问道。

罗峰杀敌效率极高。

他施展的同样是衍神兵第七重一棍轰天地，可是那施展出的金柱，却是带着巨大虚影。衍神兵金柱一次次在周围扫荡，那衍神兵金柱一滚，便撞毁数十个雷电机械傀儡；那金柱一扫，又是十几个雷电机械傀儡倒下。

这金柱，仿佛包裹着空间，且又十分沉重。

这杀敌效率高得惊人。

只要不是傻子都能看出，能将第七重一棍轰天地施展到这般可怕地步，罗峰施展衍神兵的极限绝非是第七重，应该是第八重，乃至最高的第九重，所以幻术师卫才会那么说。

“这雷电机械傀儡军团应该不会这么弱。”罗峰操控着衍神兵，轻易扫荡着周围的雷电机械傀儡，“估计还有后手。”

“机械傀儡和虫族战士一比，差多了。

“机械傀儡毕竟只是一种机器，一个重攻击，就能震得其体内损坏，无法运转。”罗峰暗道，“而虫族战士其实已经算是生命了。而且虫族战士的造价也高得多。”

E9级机械傀儡，就是由E9级合金制成的大型机器人而已，恐怕就是上千个E9级机械傀儡，其造价才与一艘直径百米的E9级宇宙飞船相当。

一个界主级巅峰虫族战士的造价可能就比一艘E9级宇宙飞船高。

所以，从造价的高低就能看出优劣。

……

“我收，我收，我收收收。”毒药站在虚空中，他身上的铠甲延伸出两条墨绿色的藤蔓，扫荡着周围的雷电机械傀儡。一个个雷电机械傀儡遭到攻击后瞬间失去反抗能力，然后被毒药迅速收入世界戒指内。

“大家毁掉那些雷电机械傀儡后，都收起来，让那敌人心疼死。哈哈，这雷电机械傀儡最值钱的也就是这一身的合金了，一个不值钱，可是上千个就值一艘宇宙飞船了，若是上万个，我们可就是大赚了。”毒药兴奋得很。

“对，收。”魅女连忙点头。

“全部收，让他心疼，心疼了就撤退了，让那敌人知道他踢到铁板了。”泰沃哈哈大笑，大笑的同时，透过法则领域，小心谨慎地注意着周围的雷电机械傀儡军团。

虽然现在雷电机械傀儡军团已损失近万名成员，但是相比于九个军团共百万的数量，现在的损失才1%而已。

……

遥远处那残破的飞船内，帕刺提坐在合金椅上微笑着：“已经会合，先困住那不朽神灵，再杀了九个界主，然后全力去杀不朽神灵。杀戮，开始！”

星空中，被百万个密密麻麻的雷电机械傀儡围着的十名人类，终于脸色变了。

“队长！”

“队长小心！”

队员们清晰地看到，在百万个雷电机械傀儡中突然冒出三千道雷电，围攻泰沃。这三千道雷电全部都是蕴含空间法则的，只见周围无数雷电机械傀儡疯狂吸纳着雷电，同时将雷电传递给三千个核心机械傀儡。

那三千个核心机械傀儡，正围攻泰沃。

“滚！”泰沃大吼一声，一闪便到了其中一个核心机械傀儡面前，一拳轰击在这个机械傀儡身上。

“砰！”

这个机械傀儡被砸得抛飞开去，它体表的E9级合金直接爆裂开来，露出了里面的紫色纯金属。它终于露出了“真面目”，这是完全由紫色纯金属铸造的机械傀儡。这个机械傀儡被不朽神灵一拳砸飞后，竟然毫发无损地飞回来，和其他两千九百九十九个核心机械傀儡联手进行围攻。

远处的罗峰一看，脸色顿时微变：“竟然是F8级纯金属紫丙铁母铸造的机械傀儡，看来那围攻队长的三千个核心机械傀儡都应该是F8级机械傀儡了。这下麻烦了，这种高端机械傀儡，单单靠重攻击是毁不掉的。”

“紫丙铁母！”

“是紫丙铁母！”

“那不是E9级机械傀儡，那是昂贵的F8级机械傀儡！”

七名老兵脸色都变了。

他们再也没有轻松的心情，百万个E9级机械傀儡的造价恐怕也才比得上一百个F8级机械傀儡！这三千个F8级机械傀儡，就足以轻易缠住一名不朽神灵。

“无数E9机械傀儡吸收雷电狱的能量并传递给F8级机械傀儡，令这三千个F8级机械傀儡完全压制住了队长。”罗峰看了暗道。

“小心，还有其他F8级机械傀儡。”泰沃急切地传音道。

的确如此。

“轰！轰！轰！”

无数雷电传递到八百个F8级机械傀儡身上，这八百个F8级机械傀儡瞬间围攻罗峰他们九名界主。

幻术师卫、幻术师魅女分别受到了五十个F8级机械傀儡的围攻。

锤、旋风、神灵、岩石等包括罗峰在内的七人，则都分别受到一百个F8级机械傀儡的围攻，而且施展出的还是联手法则攻击，威力大得离谱。

“这下麻烦了，毒药、毒药，救我！”魅女脸色大变，连忙喊道。

“大家拼吧！”毒药传音喝道，“都拿出底牌来吧，别舍不得了。宝贝没了，可以用军功兑换，可是命没了，就真没了！”只见毒药体表迅速伸出一条条墨绿色藤蔓，朝四面八方蔓延开去，每一条藤蔓都有数百千米长，直接卷住大量的E9级机械傀儡，疯狂扫荡开去。

“啊！”锤仰头怒吼，眉心的那菱形晶石猛地亮起来，整个人直接变大了一号。

“杀！”

穿白色战铠的神灵全身发出耀眼的白光，手中捧着的书本分裂，无数碎片和背后的长矛融合，化为一柄更加古朴的长矛。

“得花费点儿力气了。”恐怕这小队中最平静的就是罗峰了，罗峰目光落在衍神兵上，“第九重不朽亦可敌足以横扫这些蠢笨的机械傀儡。”

“砰！”

罗峰背后的暗金色长棍瞬间化为无数金光，那金光化为无数金色小剑，无数金色小剑迅速组合，化为了衍神兵最完美的形态——衍神金剑，一柄长3.3米看似普通的金剑。

“衍神金剑？”

“不朽亦可敌？”

“第九重？”

这一幕惹得其他界主级战将都大吃一惊。

第756章

战斗

虽然F级机械傀儡的身体是由金属铸造而成，防御很强，但是本身的攻击力超弱，可有无数E级机械傀儡吸收着雷电狱提供的大量雷电能量，而后传递到那些F级雷电机械傀儡身上，使它们的攻击力变得强大起来。

“浑蛋，这些家伙真是难缠！”泰沃暴怒。

三千个F级机械傀儡分布在泰沃周围的各个方位，将泰沃重重包围住。

它们不断吸收着周围无数E级机械傀儡传递来的能量，以此对泰沃进行一次次的轰击。一个F级机械傀儡的轰击他不在乎，可是有三千个会怎样？只要有三分之一的攻击完全轰击在他身上，那就是一场噩梦！

幸好，他闪躲得够快。

“砰！”

“轰！”

泰沃一次次将一个个F级机械傀儡砸飞，这令包围他的F级机械傀儡数量得以下降，可仅仅片刻，那些被轰飞的F级机械傀儡又飞回来了，丝毫无损。

任凭泰沃攻击得再快，同时围攻他的F级机械傀儡就没少于过两千五百个。

就这样，泰沃硬是被这三千个F级机械傀儡给缠住，根本无法闯出这个包围圈。

“大家小心，这些F级机械傀儡，吸收大量雷电能量后每一个的战斗力都媲美界主级战将。”泰沃焦急地传音道。

“毒药，靠你了，敌人不知道你的实力，你拼一把，将魅女、卫他们都收入世界戒指内。”

“还有疯子。”泰沃观察着战场，也发现了罗峰的实力，“你能施展出衍神兵第九重，也帮助下其他队员。”

“明白。”

“明白。”

毒药、罗峰同时应道。

毒药靠着体表铠甲延伸出的大量墨绿色的藤蔓，席卷起周围大量E级机械傀儡，肆意朝四周扫荡开去，顿时整个雷电机械傀儡军团阵营一片混乱，围攻毒药他们的几百个F级机械傀儡也因此无法吸收足够的雷电能量。

其实大家都看得出来，那些F级机械傀儡其实就是大块的金属罢了。

一个死物，是没有很强的攻击能力的。

这些F级机械傀儡之所以攻击力强，是因为无数E级机械傀儡在吸收雷电狱的能量并传递给F级机械傀儡。如果没有雷电狱，那这些F级机械傀儡将毫无威胁；如果没有大量的E级机械傀儡，F级机械傀儡吸收能量的效率或许要降低数倍，那这些F级机械傀儡也将毫无威胁。

“毒药小心。”罗峰传音道。

只见八百个F级机械傀儡中竟然有四百个同时围攻毒药，另外四百个分别攻击其他八人。

“小家伙们。”罗峰脚踏暗云梭，操控着衍神金剑。

“嗖！”

衍神金剑犹如鬼魅，若隐若现，瞬间穿过虚空消失在视野范围内，同一刻就在数百米外出现。

“砰！”衍神金剑直接轰击在一个F级机械傀儡身上，衍神兵第九重可是能够伤害普通不朽神灵的，这攻击力可想而知。

“轰！”那个F级机械傀儡瞬间就被轰击得远远的，并翻滚着乱飞。

“砰！砰！砰！”

衍神金剑穿越虚空，轰击在一个个F级机械傀儡身上。衍神金剑有穿越虚空的能耐，移动速度何等可怕？那是绝对远远超过泰沃的身体移动速度的。只要是没有瞬移能力的不朽神灵，单单比速度，是绝对比不上衍神金剑的。

一眨眼，衍神金剑就已经闪电般攻击五十次了，将围攻罗峰的五十个F级机械傀儡都轰飞了。

“嗖！”罗峰脚踏暗云梭，身影闪烁，迅速向那防御最吃力的魅女靠拢。

“魅女。”罗峰的衍神金剑连续闪烁，那五十个围攻魅女的F级机械傀儡就全部被击飞了。

“疯子、疯子，我爱死你了。”无比狼狈的魅女，顿时惊喜欢呼，“快收我进世界戒指！”

“嗖！”魅女被罗峰收入世界戒指内。

“浑蛋。”毒药一咬牙，手中本来已经拿出一个装着彩色药水的瓶子，可是见到罗峰这一幕顿时笑了，又将药水收了起来。

只见战场上，罗峰快如闪电地穿越在雷电机械傀儡军团群中，衍神金剑更是时而穿越虚空，时而浮现，攻击速度快得可怕。

“哈哈哈……这次队长邀请的新兵真厉害，疯子，我这下是真的佩服你了。”吃力地应付五十个F级机械傀儡攻击的幻术师卫顿时哈哈大笑起来，还给了罗峰一个飞吻，显然，能逃过一劫令他很兴奋。

“嗖！”幻术师卫也被罗峰收入世界戒指内。在毋窿星域罗峰就随手能得到一百枚世界戒指，世界戒指这玩意儿罗峰多的是。

“快来我这儿！”锤急切地大吼着，“我快撑不住了！”

锤是无比彪悍的武者，攻击强、防御强，可是灵活性就差多了，经常被部分F级机械傀儡击中，如果不是因为天赋能力，早就死掉了。

“嗖！”五十个F级机械傀儡被轰飞，锤也被罗峰收入世界戒指内。

……

“疯子，厉害！”新兵岩石敬佩，夸赞道。

“哈哈，我第一次看到疯子，就知道疯子是个高手。哈哈，看看，多厉害，我的眼光多么犀利啊。五十个F级机械傀儡在他的衍神金剑面前就跟玩具似的，这九大神兵达到最后一重果然强啊！”穿白色战铠的界主神灵畅快地笑着。

“啧啧，以后幸福了。哈哈……”武者旋风也笑着。

……

他们一个个都被罗峰收入世界戒指内。

现在在雷电机械傀儡军团围攻下依旧战斗的只剩下四个人——泰沃、毒药、罗峰、狂舞。

狂舞是精神念师，用的是风之法则与空间法则相结合的神兵——裂神兵。现如今狂舞使用裂神兵达到了能媲美衍神兵第八重金剑斩虚空的层次，而且那裂神兵施展开来速度快得惊人，所以狂舞靠自己便轻松地抵挡住了那五十个F级机械傀儡。

“哈哈，疯子，来帮我一把。”泰沃十分兴奋，传音喊道。

“来了。”罗峰脚踏暗云梭，迅速冲过去，同时操控着衍神金剑。

衍神金剑化作无数幻影，眨眼间，上百个F级机械傀儡被轰得远远的，足有数万千米，这还是因为受大量E级机械傀儡阻碍，否则被轰飞百万千米都是非常正常的。

“嗖！嗖！嗖！”衍神金剑快如闪电，时隐时现，那些E级机械傀儡根本影响不了它的速度。

能够穿越虚空实在是太逆天了，它的速度快得可怕，瞬间就将五百个F级机械傀儡远远抛飞开去。

等到第一个被轰飞的F级机械傀儡再飞回来时，罗峰已经足足轰飞了两千个F级机械傀儡，泰沃趁机逃脱开这个包围圈。

“哈哈，疯子，干得漂亮。”泰沃大喜。

“轰隆隆——”

原本围攻罗峰他们小队的雷电机械傀儡军团忽然开始迅速撤退，并直接朝九个方向退去，而之前一直处于开启状态的雷电狱也瞬间关闭。

“走了。”

“撤退了。”

狂舞、毒药、泰沃、罗峰四人都遥遥看着这庞大的雷电机械傀儡军团朝九个方向撤退。

“追不追？”罗峰问道。

“不能追。”泰沃摇头道，“能够弄出这么大手笔的机械族人，肯定有一颗能媲美普通不朽神灵自爆威力的‘源晶’，但就算低等的火神源晶也贵得很，用来攻击我们，对那机械族人而言是亏本买卖。可如果我们继续追杀下去，惹得他拼命……一颗火神源晶爆炸，一不小心，我们恐怕全部都得完蛋。”

罗峰听得一惊。

火神源晶!

自己当初面对魇烛王的逼迫编造说辞的时候，就说过火神源晶。

一颗低等的火神源晶的爆炸威力能媲美普通火焰不朽神灵自爆威力，以罗峰现如今的权限购买，打完折后，60万积分就能买到一颗。

而一颗低等的火神源晶在机械族内部成本可能更低。

能够布置雷电狱的机械族人，有一颗火神源晶之类的玩意儿自保，很正常。

“我猜得不错，这个雷电机械傀儡军团应该在攻击我们之前，损失就很大。”毒药笑道，“我们经历过类似的战斗，看布局者对战斗的控制能力和资本，他完全能做得更好。”

远处，残破的飞船内。

坐在合金椅上的帕刺提大吼一声：“一个拥有界主级九阶辅助植物生命，一个更是将衍神兵修炼到第九重，怎么运气这么差，竟然碰到这样罕见的人类队伍。如果不是上次击杀封侯级不朽神灵我损失太大，导致雷电狱的攻击系统已经不完善，怎么可能让你们逃脱？算你们运气好，希望别再被我碰到。”

虚空中。

泰沃又取出了一艘E9级宇宙飞船。

“队长，这艘宇宙飞船和上一艘一模一样，唯一区别就是休息厅位置空荡荡的。”罗峰笑着说道。

“现在就不空荡荡了。”泰沃站在飞船的内部通道，遥指前方。

“嗖——”那休息厅出现，而后被诸多卡槽卡住，顿时，与飞船组成完美的整体。

当即，四人步入休息厅内。

“哈哈，我当时可是一口气定制了六百艘这种E9级宇宙飞船。”泰沃笑道，“这种飞船进入暗宇宙最大速度也就1.2倍光速，全部一个样式，表层固化纹路也简单得很。不过这么多年过去了，我当年定制了六百艘，现在已经毁掉了一百八十二艘了。对了，你将其他人都放出来吧。”

“嗯。”罗峰点头，心意一动。

顿时旋风、卫、神灵、岩石、魅女、锤，全部出现。

队员和队长，全部聚集在一起。

“疯子，”魅女开心地说道，“我爱死你了！”

“哈哈，我们队又多了一个高手。”

休息厅内欢呼声一片。

第757章

军功额度

E9级宇宙飞船以亚光速在虚空中小心翼翼地飞行着，避开一个个看似危险之地。

飞船的休息厅内。

“大家都坐下。”泰沃笑着坐在沙发上，不朽神力控制着酒瓶和酒杯，一连倒了十杯美味果酒，那晶莹的酒杯悬浮在十人面前。

泰沃端起酒杯。

“让我们举杯。”泰沃说道。

“哈哈……”

九名队员都笑声朗朗，同时举杯。

“为这一战的幸运，为这一战中两名优秀的新兵，干杯。”泰沃高声说道。

“干杯。”

“干杯。”

一群界主都哈哈笑着。如果把他们放在一个个星域中，个个都是一方枭雄，可是他们选择来到域外战场，是因为他们有一颗火热的心，渴望能够成为更强者，渴望能够和更多强者进行对战。

“老规矩，先反思下刚才那一战。”泰沃放下酒杯，“刚才那一战，一切都是在那机械族敌人的控制下，不管是那雷电狱的布置，还是九大雷电机械傀偏军团的围攻，还有三千个F级机械傀儡的围困，甚至集中力量要杀死你们，等等，一切都是在他的计划中。”

九名队员都仔细聆听。

“老兵做得很好，个个都是离我、毒药不远，遇到危险毒药能拼一把，将你们都救下。”泰沃露出笑容，“两名新兵也做得很好，其中岩石做得让我很满意，他丝毫不比老兵们差，相信经历一番磨炼，也能变得更强。”

“当然，刚才这一战，最让大家开心的是，我们发现了一个强大的队员——疯子！”泰沃看向罗峰。

“疯子。”

“疯子。”

一群人看着罗峰，笑着欢呼。在域外战场这种危机四伏的地方，能有强大的队友是一件很幸福的事。

“因为疯子的出现，不需要毒药去拼命，也省了一份珍贵药剂。”

泰沃看着那蹲在沙发上的宛如孩童般的毒药：“毒药，你以后轻松了。”

“嘿嘿。”毒药朝罗峰咧嘴一笑。

罗峰惊讶地看着毒药：“毒药很强？”

“疯子，”魅女的声音听得人身体发软，“毒药可是我们队第二强者噢，他曾经正面击败过一名不朽神灵。”

“击败过不朽神灵？”罗峰吃惊地看向毒药。

“什么！”岩石更是惊呼。

一般来说就算能施展衍神兵第九重不朽亦可敌的界主，与不朽神灵对战也只是能够保住性命，而不是击败。虽然通天桥第十三层、第十四层、第十五层的守关者都是使用的不朽亦可敌这一招，但第十五层的守关者就已经拥有击败乃至击杀普通不朽神灵的能力了。

那可是通天桥第十五层，是封侯级不朽神灵的门槛。能闯过通天桥第十五层的都是绝世天才，这种绝世天才都能成为虚拟宇宙公司界主级核心成员。

“主要是靠我的天赋能力——药剂，以及药剂能与我培育的植物生命相结合。”毒药嘿嘿一笑，“一份药剂，可是花费近80混元单位才能配制成功的。嘿嘿，疯子，你让我省了80混元单位，来，咱们干杯。”

罗峰举杯，心中略带敬佩之意。

毒药作为药剂师能够创造出一些特殊药剂，甚至能根据自己的需要，培育出一些特殊的植物生命。

“能做到这一步，真够厉害的。”罗峰暗道。

“疯子，你是队里的第三号高手了。”狂舞微笑道。

“嗯，第三号高手。”

“而且还不像毒药一样要用药剂。”

其他人笑着说着。

……

这一战，这支队伍也知道了两名新兵的能力，算是真正从心底接纳了二人，特别是新兵疯子，更是被认定为队里的第三号高手。

罗峰倒是淡定得很。虽然说他的地球人本尊就拥有击杀普通不朽神灵的能力，但他不太在乎这些排名的高低。

宇宙飞船继续前进，一晃便过去两个月了，这一路上队伍虽然遭受过两次偷袭，但都轻松解决了，毕竟一名不朽神灵率领九名界主级战将这种精英队伍，不是什么对手都能惹得起的。这也是为什么要前往特定目的地，因为其他地方的对手太弱，积累军功的速度太慢了。

……

“之前两次被偷袭，遇到的对手可真弱啊，而且一看到我们有不朽神灵，都吓得不战而逃。”

“嗯，真没劲。”

“这样的话，积累军功的速度太慢了。”

休息厅内，队员们闲聊着。

“还有两天就能抵达目的地001289038484号星空战斗区域——碎星带。”泰沃说道，“碎星带是一个比较出名的强者战斗地带，有大量异族强者潜伏，在那里，会让大家尽兴的；在那里，不怕没地方积累军功，就怕没能力得到军功。”

“疯子，”一道低沉、厚重的声音响起，整个队伍中最魁梧高大的锤看向罗峰，“你的军功额度是多少？”

“我的军功额度？”罗峰眉毛一皱。

每一个上域外战场的士兵都是有军功要求的，必须积累足够的军功才能获得自由之身。比如一名新兵的军功额度是100万，新兵刚刚来时没一点儿军功，随着在战场上不断地杀敌不断地积累军功，达到100万时，新兵就可以选择退役、兑换宝物、继续战斗，乃至独自战斗等。

这时，新兵拥有自由选择权。而在完成军功额度前，新兵就必须老老实实服从军令。

“对，你的是多少？”

“疯子的军功额度估计比较高。”

一群人坐在沙发上，都看了过来。

“我的……”罗峰随意地说道，“还好吧，军功额度是10亿。”

“10亿！”穿白色战铠的神灵瞪大了眼睛，“我没听错吧？”

罗峰略带疑惑，依旧点点头：“对，10亿。”

“难道自己报的这个数字很多吗，应该在正常范围内吧。”

“天哪，10亿！”

“我的天！”

“是10亿！”

连沉稳的泰沃都站起来了，一群老兵个个惊愕地看着罗峰，正在抚摸紫瞳白猫的卫猛地转头看向岩石：“岩石，你的军功额度是多少？”

“我的是2亿。”岩石说道。

“也算不错了。”

“算很厉害了。”

“可疯子更变态啊，竟然是10亿！”

老队员们议论纷纷。

而两名新兵罗峰和岩石都很疑惑，这军功额度到底说明了什么？罗峰虽然权限高，但也只查了些自己想知道的问题，这军功额度的数值代表着什么含义，他也没查过。

“你们和其他界主接触多了，就知道了。”泰沃感叹道，“所谓能者多劳，越是强者，他的军功额度会越高，所以当新兵加入域外战场时被下达的军功额度，其实也准确说明了这个人的实力。

“而权限授予，只是对其实力的最粗略判定。把你们分成界主级普通战士、界主级精英战士、界主级战将，这是很模糊的判定。

“界主级战士，军功额度最低是100万，最高是1亿。其中，界主级普通战士的军功额度一般是100万～1000万，界主级精英战士的军功额度是1000万～1亿。

“界主级战将，军功额度是1亿～10亿。”泰沃说道，“军功额度在1亿～10亿的都是界主级战将，而界主级战将的实力依旧有强有弱，很显然……岩石，他其实非常优秀了，他是新兵，而且没在域外战场经历一次次生死磨炼。可是疯子……你……你实在是……”

罗峰略微错愕。

“10亿是界主级战将军功额度的上限，被下达这么高的军功额度就代表你拥有不弱于普通不朽神灵的实力。”泰沃郑重地说道。

“嗯。”

“虚拟宇宙系统的判定不会错，你拥有正面匹敌普通不朽神灵的战力。”

这些队员都感到震撼，看着罗峰。

可是他们并不知道，能匹敌普通不朽神灵的界主，的确是10亿军功额度，可是能匹敌并击杀封侯级不朽神灵的界主同样也是10亿军功额度，因为10亿军功额度是界主级战将的一个上限。

他们哪里知道现在罗峰的实力是何等可怕，在他们心底，能正面匹敌普通不朽神灵，已经够逆天了。

“原来是这样。”罗峰摇头一笑。

“经历域外战场的一次次生死磨炼，成为界主级战将的有很多，可是能够正面匹敌普通不朽神灵的，极少，在我们整个026号兵营中，这样的界主，估计也就两三个。”泰沃感叹道，“而我们的盟友，以及我们的敌人虫族的界主级母皇们、机械族的界主们，很多都能匹敌不朽神灵。部分异族强者的天赋的确太惊人，而人类中能匹敌普通不朽神灵的界主，太稀少。”

“不过，我们队内就有一个。”泰沃微笑看着罗峰。

毒药也看着罗峰。

他们眼眸中都有一丝期待，现在队伍内等于是有三个不朽神灵战力了，除了泰沃，罗峰也是真正拥有不朽神灵的战力，不需要像毒药一样花费药剂。这样他们抵达碎星带后，整个队伍的生存概率自然就会提升很多。

罗峰只能咧咧嘴：“10亿军功额度，我真的不认为有多少啊。”

这10亿军功额度是军队通过虚拟宇宙系统下达的。

可是虚拟宇宙公司对罗峰进行生死磨炼也是有要求的，要求就是罗峰需要达到10万亿军功额度。只有达到10万亿军功额度，才能离开域外战场，这就是对罗峰的生死磨炼。

一个是军队的要求，一个是虚拟宇宙公司的要求。

一个是10亿，一个是10万亿。

所以罗峰是真的认为10亿军功额度没有多少。

第758章

碎星带

虚拟宇宙公司对每一个原始秘境界主的要求都极高，而罗峰既闯过域主级原始通天山得到30亿积分，又是混沌城主的亲传弟子，由此可以想象，虚拟宇宙公司对他的生死磨炼要求会高到什么地步，绝对堪称所有原始秘境界主中最高的。

10万亿军功额度，也是经过仔细思考后给出的。

……

时间流逝。

“还有半天时间就可以抵达我们的目的地碎星带。”泰沃目光扫过九名界主级战将，眼眸中满是肃然，“碎星带是极端危险地带，疯子和岩石对这碎星带恐怕知道的很少。在抵达之前，我简单给你们俩说一下。”

罗峰、岩石都仔细聆听。

罗峰丝毫不敢掉以轻心，异族强者手段怪异，如果还大意，就算实力强照样可能完蛋。

“整个星域处处都是战场，处处都可能爆发战斗。”泰沃看向罗峰、岩石二人，“不过战斗分两种，一种是军团间的战斗，一种是精英小队间的厮杀。

“像宇宙级、域主级等实力弱的人，还有一些界主级普通战士，没有精英小队邀请他们的话，他们最终只能组合成一个个军团。”泰沃说道，“这些军团在不朽神灵带领下，和其他异族军团进行战斗。军团的不朽神灵对战不朽神灵，战士对战战士，强者对战强者，弱者对战弱者。

“而我们不同，我们是精英小队，一支小队就能媲美一个军团。”泰沃说道，“但是精英小队毕竟是少数，而且整个第七星域战场，很多地方都是空荡荡的虚空，一眼就能遥遥看到敌人，见到自己打不过的对手能早早逃跑，所以第七战场中，也就有了一个个特殊的战斗区域。四大巅峰族群中为首的大量族群强者，潜伏在一个个战斗区域，彼此厮杀。我们要去的001289038484号星空战斗区域——碎星带，就是颇有名气的战斗区域，亿万年来，不知道有多少异族强者陨落在这儿。”

泰沃轻轻点击半空。

顿时光芒汇聚成一块屏幕，屏幕上自动出现了一幅星图。

“这就是碎星带。”泰沃指着那屏幕上的星图。

罗峰仔细看去。

碎星带就仿佛一个飘浮着大量陨石的区域。

“传说碎星带在这宇宙秘境还没被当成战场时，本是一颗体积超大的星球，据传那星球直径上千万千米。”泰沃感叹道，“后来这颗星球被妖族的王族千足剔蜈族的超级强者，直接轰击爆炸开来，化为无数的残骸，飘浮在周围直径0.8光年的星空范围内。这无数的残骸，经历亿万年的战争，一次次破碎，所以导致这直径0.8光年的星空范围内，各种星球碎片太多。这些星球碎片，被命名为碎星。而这直径0.8光年的星空范围，就是碎星带。”

罗峰听得微微点头：“星球碎片？有多少星球碎片，有人计算过吗？”

“多得吓人，有的地方密集，有的地方稀疏，总之遍布这直径0.8光年的区域。”泰沃笑道，“那些星球碎片，可能是宇宙秘境孕育的缘故，非常冰冷且坚硬，界主全力一击都很难将那星球碎片轰得粉碎。正因为难以毁掉，所以碎星带才成为颇有名气的战斗区域，大群的异族强者潜伏在这儿。”

“你们俩切记，在碎星带，潜伏的异族强者太多，所以禁止战斗时间过长，禁止太过张扬！”泰沃郑重地说道，“如果战斗时间长，那战斗动静会吸引更多异族强者赶来，到时候被围攻就惨了；如果太张扬，就算是拥有不死之身的封侯级不朽神灵，敢嚣张、张扬，也会被围攻得陨落。”

罗峰点头。

这艘E9级宇宙飞船终于抵达碎星带，透过外景虚拟，罗峰朝外面看去，只见遥远星空中随处可见一块块星球残片飘浮在虚空中，一股无形的煞气透过宇宙飞船侵袭进来。

“碎星带陨落的强者无数，这里的煞气非常吓人。”毒药嘿嘿笑道，“如果感觉难受的话，可以分出一丝意识进入虚拟宇宙网络中放松，没人会嘲笑你的，毕竟在这地方不是待一天两天，而是待百年千年。”

“有人类小队。”罗峰看了眼光脑屏幕。

在战场上，人类之间当然是可以互相支援的。

意识连接虚拟宇宙网络，保持开启状态，那么虚拟宇宙系统会将10亿千米范围内的所有战友、盟友的坐标显现出来。如果有人在危急时呼救，虚拟宇宙系统能通知在100亿千米范围内的所有人类以及盟友赶来支援，这是虚拟宇宙网络在战场上的两大作用。

当然还有其他的，比如联系上级、计算军功等附带的功能。

“碎星带，异族强者多，”狂舞微笑着，“人类强者也多，异族盟友也多，出现10亿千米范围内战友、盟友的坐标，是很常见的事。”

一路前进，罗峰的光脑经常显现一些盟友、战友的坐标。

“停！我们在碎星带的驻地暂时定在这儿。”泰沃下令，宇宙飞船迅速停下，“我们出去。”

罗峰等人迅速飞出舱，泰沃先单独收了休息厅，而后再收了宇宙飞船。

一群人站在星空中。

泰沃道：“我们一路飞来，在最近的一大片区域发现了不少人类、异族盟友的坐标，说明这里主要是我们人类的势力范围，我们就选这儿作为驻地。”

九名界主都点头。

罗峰透过光脑屏幕发现，10亿千米范围内就有2处集中坐标，显然在10亿千米范围内就潜伏着两支人类或异族盟友的精英队伍。

“就那块星球碎片。”泰沃遥指远处，“探察发现，里面有一个深洞，估计是过去某支队伍留下的，不用我们自己花费力气了。”

“嗖！嗖！嗖！”

十名强者迅速破空飞去，数百万千米的距离片刻就穿过，一群人直接落在一块不规则的星球碎片上。

这块碎星上面有不少伤痕，显然亿万年来，它受过不少战斗的波及。这块碎星最大直径是1.6千米，最小直径是1.1千米，这颗碎星上有足足二十一条幽深通道，全部都通往碎星内的洞窟。

罗峰他们这支小队，沿着其中一条幽深通道直接抵达碎星内。

这是一个直径在百米左右的空旷洞窟。

“蛮大的。”泰沃一笑，遥指地面。

“嗖！”通体由钨炎石母铸造的休息厅出现在这洞窟地面上。

“开门。”泰沃下令。

休息厅的舱门自动开启，随即一群人便进入了其中。

碎星带，休息厅内。

“刚刚抵达碎星带，大家先休息下。”泰沃笑道，“我先透过虚拟宇宙网络联系下我们的邻居——10亿千米范围内的战友、盟友。虽然周围一带是人类势力占优势，但说不定就有一些异族顶级强者进来，我们可发现不了异族敌人的坐标，而且胆敢杀来的肯定是有信心、有把握的，单单我们这支队伍不一定能应付得了，和战友、盟友沟通下比较好。”随即泰沃便闭上眼，意识连接虚拟宇宙网络，联系邻居去了。

其他人都放松休息，个个静心。

放松休息是为了更好地战斗。

“10亿，10万亿。”罗峰则是坐在沙发上，静静思考着，“军队给我的军功额度是10亿，只要我积累10亿军功额度，那么我就自由了，可以选择退役、兑换宝物、继续战斗，或者选择独自战斗。

“嗯，现在还是与泰沃他们一起，以便我迅速熟悉域外战场，积累些经验，也更早积累出10亿军功额度。”罗峰暗道，“积累出10亿军功额度，我估计也懂得域外战场的生存之道了，就没必要再跟着泰沃了。”

跟着泰沃率领的这支小队，自己的实力无法完全发挥。因为人多口杂，自己爆发出真实实力肯定会令他们惊骇，忍不住会和一些生死好友叙说，这样消息就泄露了，那么自己就麻烦大了。

罗峰很清楚，混沌城亲传弟子这个身份，带给自己的不单单是好处，随之而来的还有危险——异族们的疯狂追杀。

“等到我独自行动时就可以爆发出自己的真实实力，和异族强者进行强强对决。即使身份暴露，我也可以迅速换一个地方。嗯，我现在还很稚嫩，得积累些战场经验。”罗峰默默想着，“在小队期间，也帮他们一把吧。”

这时候，泰沃睁开了眼。

“哈哈，我已经和邻居联系过了，他们也是不朽神灵带队的精英小队。一支小队成员是人类，另一支小队成员是异族盟友。”泰沃笑道，“我们结下了攻守联盟，假如有异族超级强者杀来，我们三方可以联手，这样生存概率大增。大家休息一天，我们明天开始战斗！”

“是！”

九名界主级战将都应道，心里都有一丝兴奋、期待。

第759章

雷泉族

七名界主老兵来到碎星带都很警惕，他们习惯成自然了，因为他们在这种环境下生存太久了。

罗峰刚来时还有些警惕过度，所谓艺高人胆大，加上眼界、心境，罗峰很快就习惯这种时刻存在威胁的环境了。

唯有岩石，既是新人，实力又远不如罗峰强大，只算是极优秀的界主罢了。他第一次当士兵就来到碎星带这种危险之地，一想到时刻就会发生生死战斗，就无法静下心，加上整个碎星带内煞气的确浓厚，他整个人都焦躁起来。

“岩石，你分出一丝意识进入虚拟宇宙网络，玩玩虚拟游戏，放松放松。”泰沃见状，笑道。

“是，队长。”岩石有些惭愧。

“别不好意思，我们在场的诸位，刚刚进入域外战场的时候，那种随时可能遭遇偷袭的感觉，一样是逼得每一个人快要发疯。在我们人类疆域，可没有这么可怕的地方，新人第一次来，几乎都这样，这就是所谓‘新人病症’。”泰沃微笑道。

岩石点点头，意识连接虚拟宇宙网络，放松去了。

“队长，”魅女柔声笑道，“疯子怎么没‘新人病症’，我看他很平静呢。”

“疯子是一般人？”毒药蜷缩在沙发上抱着一瓶酒。整个小队中，这毒药是最喜欢酒的，至于配置药剂，一般试验他都是在虚拟宇宙中完成，因为虚拟宇宙中能够实现的，只要材料足够，现实中一样能实现。

……

一群队员就这么随意聊聊，其中有的人则是闭目休息，很快便到了第二天。

“集合！”不朽神灵泰沃喝道。

毒药、狂舞、神灵、疯子……一个个全部迅速站起来了。

“这是我们来到碎星带的第一次行动，第一次行动务必成功。”泰沃目光扫过九人，“老兵们应该知道规矩，新兵们遇到特殊情况要镇定，看老兵们怎么应对。”

“是。”罗峰、岩石点头。

“好，我们出发。”泰沃笑着下令。

“终于开始积累军功了。”

“哈哈，军功早就用掉不少了，都没得花了。”那些老队员哈哈大笑着。这些老队员经历无数次磨炼成为界主级战将，早已完成各自的军功额度，所以现在是自由之身，可以用军功去换取各种所需要的宝物。

一般是10万军功相当于1混元单位。

罗峰一群人迅速蹿出，泰沃自然收了休息厅。

“C9级宇宙飞船？”罗峰、岩石都站在这星球碎片上，惊愕地看着眼前悬浮着的一艘宇宙飞船。

“对，我们现在就乘坐C9级宇宙飞船出发。”泰沃点头，“这C9级宇宙飞船的缺点是加速要很久，减速也慢，灵活性差，但是一旦加速起来，它的飞行速度还是很快的，能够达到亚光速。这个速度在碎星带中飞行很轻松。”

“最重要的是碎星带中异族强者太多，随时可能被偷袭。一旦偷袭成功，宇宙飞船就会被毁掉，我们可是要在这里待很久的，有可能多次被毁掉飞船，我可舍不得用贵的。啧啧，这种C9级宇宙飞船，便宜得很，就是毁掉十万艘百万艘，我都不心疼。”泰沃微笑道。

罗峰哑然。

C9级啊，的确便宜得很，就算百万艘都不到1混元单位。对于不朽神灵而言，C9级宇宙飞船的确是非常廉价，稍微有点儿势力的家族子弟乘坐的都是C级宇宙飞船。C9级宇宙飞船绝对是大规模生产的，单单一个古老家族的C9级宇宙飞船就上千万艘。

而一般古老家族的全部资产，都是不及不朽神灵的。

……

罗峰他们乘坐着这一艘C9级宇宙飞船，在碎星带中以亚光速飞行着，避让开一块块碎星，并保持一定距离。

“我随身携带的探测仪器价值120混元单位，比千万艘C9级宇宙飞船加在一起都贵。”泰沃坐在休息厅内，笑着说道，“探测仪器能够探测半径1亿千米范围内的生命波动，我们虽然能知道近距离战友、盟友的坐标，但是无法知道异族敌人的坐标，所以只能靠探测仪器。这可不能心疼金钱，好的探测仪器非常重要。”

罗峰一笑。

探测仪器是很重要，所以来域外战场前，他就换取了探测仪器，以罗峰的权限以及折扣，也足足花费了390万积分，当然，这对当初拥有30亿积分的罗峰而言，自然不算什么，还有就是这仪器不管是在域外战场，还是将来去宇宙秘境都用得着。

但折扣后都要390万积分，假如放到一些拍卖场去拍卖，最起码也是千万混元单位，而一般封侯级不朽神灵身家也就这么多，所以像罗峰拥有的这种昂贵探测仪器，一般是封王级不朽神灵才配备的。

“我们用探测仪器探测异族敌人，假如敌人的探测仪器也强的话，就会发现我们的探测。”泰沃说道，“当然，很多异族在科技方面比较弱，直到我们找上门去，他们才被惊动。”

飞船一直在前进。

第一天，飞船经过的地方几乎都是人类族群和其盟友族群的势力范围。

第二天，飞船经过的地方刚开始是人类强者区，后来渐渐发现了不少异族强者。

……

飞船中。

“快，改变方向，远离目标。”泰沃连忙下令，宇宙飞船连忙略微改变方向，继续保持亚光速前进着。

“怎么了，队长？”

“吓成这样？”

魅女和狂舞都戏谑道。

泰沃长叹道：“刚才竟然发现了六股不朽神灵的波动。”

“什么？”除了罗峰只是略微吃惊外，其他人都吓了一跳。

“六名不朽神灵聚在一起？”抱着白猫的幻术师卫更是瞪大了眼睛。

“嗯。放心，我们一直保持亚光速飞行，快达到碎星带中的极限速度了，而且是完全背离他们的方向，他们就是想追也追不到。”泰沃笑道，“估计那六名异族不朽神灵也发现了，所以根本懒得追。”

“六名不朽神灵组成一支小队？”罗峰疑惑。

“嗯，能组成小队，这支小队的队长很可能拥有封侯级实力。”泰沃点头，“像这种可怕的队伍，绝对算是王牌队伍了，而我们只能算是精英队伍。若是对上的话，一名封侯级不朽神灵就能解决我们所有人。”

飞行在碎星带，他们一路上都是小心翼翼的。

在经历数次危险事件后——

“发现目标。”

“距离这里9284万千米，目标共有五名，应该都是界主级。”泰沃说道。

“五名界主？没难度。”穿白色战铠的神灵微笑着。

“大家小心，能来碎星带的都不是好对付的，就算五个都是界主，估计也都有些手段。”毒药提醒道。

“明白。”

“放心吧，小辰辰。”

随即宇宙飞船开始减速转弯，朝目标飞去。

“距离在缩小，9000万千米、8000万千米、7000万千米……那五名界主一直待在一块碎星中，一直都没动静。我估计他们的探测仪器比较一般，所以还未发现我们的踪迹，并且他们的探测信号应该是被我的探测仪器给屏蔽掉了。”泰沃说道。

在域外战场的肯定都有探测仪器，我的能发现你，你的却不能发现我，这就是科技的差别。

像之前他们遭到机械族族人的偷袭，探测仪器没察觉到一丝，就被偷袭了，显然对方的探测仪器的科技含量更高。而这次，似乎是人类这边的探测仪器的科技含量更高。

……

片刻后，距离已经逼近到300万千米了。

“飞船减速，暂时停下。”

“已经探测到目标的准确模样，这五个异族界主，大家看。”泰沃的光脑屏幕射出蒙蒙的光，在半空出现投影，投影上有图像，旁边还有身高、肤色等一些详细资料。

五名异族强者的身高在21米～25米，在人类族群中绝对是一等一的超级巨人，他们全部都穿着厚实的战铠。

他们上半身类似人身，下半身则是爬行动物的身体，都有六只粗壮的蹄爪，还有一条鳞甲尾巴，全身都布满了青色鳞片。

“雷电异族。”泰沃声音低沉，说道。

“是个个都擅长雷电的雷电异族，是虫族一方的。”毒药点头。

“难怪敢来，这雷电异族比较难对付。”

这些老队员一个个都议论起来。

“雷泉族。”罗峰仔细看了看那图像，便清楚地知道这是什么异族了，但泰沃、毒药等并不知道很多异族的准确信息，只是经历了很多次战斗，以及和其他战友交流后积累了很多经验，知道了一些异族的大概本领。

传说雷泉族拥有雷泉这一圣地，每个雷泉族婴儿刚刚出生都会被放到雷泉中，等到这些婴儿能凭借自身能力沿着雷泉里的藤蔓爬出去，才算是“孕育”结束。所以每个雷泉族族人天生就是雷电法则的宠儿，天生就能控制雷电，感悟雷电法则也极为擅长，施展起来威力也极大。

就好像魔杀族是空间法则的宠儿、金角巨兽是金之法则的宠儿一样。

雷泉族人虽然有天赋原因，但主要还是靠雷泉改造，所以论各种感悟、法则施展、振幅，是不及魔杀族的，但相比于人类，已经优势极大了。

不过雷泉族也有一个缺点——数量不及人类的百万分之一。

“大家都下飞船，然后悄悄摸上去，瞬间施展攻击。”泰沃下令。

“是！”

一群人都悄悄离开飞船，泰沃收了飞船，而后一群人便迅速朝那藏匿着五名雷泉族人的碎星悄然飞去。

第760章

第一笔军功

碎星洞窟内，五名雷泉族界主正在谈笑着。

“主上，这一次我们获得的军功不少，按照这个速度下去，十年内，主上就能凑够军功了，到时候回去就能直接被吸纳进圣地了。”一名有六只蹄爪、全身满是青色鳞片、身高约25米的雷泉族人哈哈笑道。

“是啊，当年瞧不起主上的人，肯定会后悔。”

“他们还以为主上会死在域外战场呢。”

雷泉族人哈哈笑着，很开心。

其中身材略显瘦小、面容冷峻的雷泉族人，脸上浮现一丝难得的笑容：“当年我留在族内也是屈居人下，我将自己逼入死路，寻求到了这唯一一丝机会。来到这域外战场只有两个结果，一个是死在域外战场，另一个就是凑够军功回去，一步登天。”

……

星空中，泰沃等人距离那颗碎星也就10万千米了。

“停。”泰沃传音道。

九名界主连忙停下，十人就这么站立在星空中。

“大家别急。”泰沃遥指远处的碎星，“那里面的五名异族界主，应该还没发现我们，他们现在正在碎星内，先让我施展一记攻击，就算他们不死也得损耗大半战力。”

“队长，看你的了。”

“队长的炮击又来了。”

老队员们都传音笑道。

罗峰好奇，认真观看。

“哼。”泰沃微微伸出双手，顿时汹涌的大地不朽神力开始在他双手间汇聚，神力不断汇聚，越来越强，只见他的双手间出现了一颗土黄色的光球，光球内的神力强度在不断提高，罗峰都微微色变。

这是纯粹以“力”压人。

“去！”泰沃猛地向前蹿，一蹿便蹿出近10万千米的距离，现在距离那颗碎星仅仅数千米，同时猛地一挥手，掷出光球就仿佛掷出一颗陨石似的。

“轰——”

这颗光球化作一道耀眼的流光，直接冲进那块碎星内的宽阔洞穴中，那洞穴能让雷泉族人蹿动，自然宽阔。

碎星内洞窟。

“不好，快走！”身材瘦小的雷泉族人脸色大变，连忙下令。

五名雷泉族人的探测仪器，在泰沃冲到距离他们上万千米内才察觉那股能量波动。这探测仪器是在那位主上手里，待主上下令，他们一起往外逃时——

“轰！”

雷泉族人六只蹄爪飞奔，刚刚冲进幽深通道往外跑时，大爆炸就发生了。

“轰隆隆——”强大的不朽神力压缩在一起，瞬间产生爆炸，强大的能量波动早就撕开宇宙空间，沿着幽深通道，朝各个方向猛地冲击开去，自然轰击到了五名雷泉族人身上。

这可是不朽神灵泰沃蓄力很久才发出的一招，虽然雷泉族人只是受到爆炸余波冲击，但如同被十名界主联手攻击。

“噗！”紫色鲜血喷出，身上的青色鳞片破裂。

五名雷泉族人发出怒吼，六只蹄爪飞奔，闪电般冲出了碎星。

而就在这时候，远处一群流光飞来。

“杀！”为首的是一名散发着强大法则波动的不朽神灵，他直接下令。

“是人类。”

“人类的不朽神灵！”

“是法则领域！”

五名雷泉族人脸色大变。

只见不朽神灵泰沃瞬间施展开法则领域，无尽的土黄色光点笼罩开来，每一个土黄色光点都仿佛一座山，疯狂砸向那五名高大无比的雷泉族界主。虽然这法则领域杀不死他们，但是能令他们的速度减缓一半多。

罗峰、毒药等界主，按照计划迅速将他们给包围了。

“大家小心。”

“杀死这五名界主没多大难度，可别有谁栽在这上面。”泰沃传音道。

“放心吧。”

“我们明白。”

九名队员一个个应着，他们知道，陷入绝境的人容易反扑，他们曾经的战友就有过在大好局势下被敌人拖着一起死的情况。

……

看着人类界主队伍围攻过来，为首的还是人类的不朽神灵，五名雷泉族人的脸色再次变了。

“我来对付那个不朽神灵。”身材瘦小的雷泉族人眼眸中有一丝疯狂。

“主上！”

“主上！”

四名雷泉族人焦急。

“记住，不是活就是死！拼吧！”

那名身材瘦小的雷泉族人也是和其他雷泉族人相比显得娇小，如果和人类比，就算是罗峰他们这边最高大的锤也不及那瘦小雷泉族人的蹄爪高。

“是！”

“是，主上！”

四名雷泉族人都是一手持着近15米高的盾牌，一手持着约有60米长的长矛，身体上环绕着电蛇。

“人类！”瘦小的雷泉族人同样手持着盾牌和长矛，可是他的盾牌略小些，长矛达到骇人的80米，而且长矛上有无比复杂的纹路，血腥气息从长矛中散发出来。

“接我一击。”瘦小的雷泉族人咆哮着，六只蹄爪踏着虚空，周围的宇宙星空因此出现了无数条空间裂缝，手中那柄超长的长矛更是瞬间引出了一道巨大的闪电。那雷泉族人怒吼一声，直接就是一刺。

“轰！”长矛尖端化为雷电旋涡，一时间，时间流速仿佛因此变化。

“嗯？”遭到攻击的不朽神灵泰沃在面对雷泉族人的攻击时，感觉自己的反应速度变慢了很多，不由得脸色一变，“不好，是个雷电法则和时间法则都修炼到极高地步的雷泉族天才。”

域外战场上经验丰富的泰沃很清楚，人类中出现媲美不朽神灵的界主极难，但有些异族，出现这种情况的概率高得多。

因为有些异族的基础本来就好些。

“啊！”泰沃瞬间就是一拳砸出。

一拳出，仿佛是无尽大山压迫过去，再加上法则领悟的强烈束缚。

“砰！”

拳头和长矛碰上了。

那瘦小的雷泉族人被震得直接暴退上千千米，一口紫色鲜血喷出，随即又发出一声低吼：“你去死，去死，去死！”

瘦小的雷泉族人面目无比狰狞，六只蹄爪踩踏空间，再度冲向泰沃，手中的长矛好似瞬间变长了一截，他手臂上的鳞片开始破裂，露出了肌肉，显然是这一招超越了他的极限。

“啊！”

长矛瞬间竟然脱手而出，好似旋转起来，隐隐有时空流转的错觉，直接刺向泰沃。

“哈哈……你越强，那么你死后，我获得的军功也越多。”泰沃大笑，大步一跨，宇宙星空直接被踏得爆裂开来，无数空间碎片形成乱流，泰沃在空间乱流中非常平稳，再度一拳轰出。

“轰——”

一次天崩地裂的攻击，周围数百千米宇宙星空直接完全崩塌，无数空间乱流涌动。

那柄长矛竟然被一拳砸得直接反弹，抛飞开去，然后在星空中一个回转，又落回那名脸色难看的瘦小雷泉族人手里。

“可惜，我已不是刚刚来域外战场时的我，如果是当年，我恐怕还要被你压制，处在下风，现在，你死定了。异族天才，你给我当军功吧。”泰沃气势滔天，瞬间仿佛化为了耸立在无尽星空中的巍峨巨山，再度一拳轰向瘦小的雷泉族人。

这一拳，比之前两拳还要可怕。

“主上！”

“主上！”

其他方向传来凄厉的惨叫声。

瘦小的雷泉族人蔓延开的世界之力，早就发现了那边的战斗情况，他的四名属下，现在已经死了两名。

其中一名雷泉族人六只蹄爪飞奔着，长矛直接刺向幻术师魅女，刚才就是魅女施展幻术令那两名雷泉族人迷失在幻术中，然后瞬间就被其他界主击杀了。

魅女脸色微变。

那雷泉族人双眸满是疯狂，多少年了，当年三十名属下跟随他们主上来到域外战场，一路厮杀，一个个陨落，现在只剩下四名，可他们也成功杀死了大量的敌人，积累了巨额军功，估摸着还有不到十年就能回到族内，可谁承想今天就遭到了致命的偷袭。

“嗖！”一道金光一闪。

那雷泉族人先是看到了远处一柄金剑，而后看到那柄金剑直接消失在虚空中，接着再度出现，竟然就到了他的眼前，在惊愕中他瞪大了眼睛。

金剑冲进了他的体内，令其本源珠破碎，然后体内世界崩塌，一些物品直接出现在这满是战斗余波的星空中。

“谢了。”魅女看着死去的雷泉族人，朝远处罗峰看了一眼，眨巴一下眼睛。

罗峰一笑，心中暗道：“这是我来到域外战场杀死的第一个异族。”

“罗峰罗峰，你获得军功了。”巴巴塔提醒。

“哦？”罗峰微微一笑。

战斗时必须连接虚拟宇宙网络，这样判定者才能看到战斗，判定军功。

“军功100万？”罗峰看了一眼光脑屏幕，暗自摇头，“真是吝啬，杀死一名接近界主级战将的敌人，才给100万军功，不过，这是我的第一笔军功。”

第761章

半年

这场战斗进行得非常迅速，特别是魅女和卫二人的幻术轻易影响了那四名雷泉族人，唯有和泰沃进行一次次交手的那名最强雷泉族人能抵御幻术。

“不，不甘心，我不甘心！”瘦小的雷泉族人在生命的最后一刻用本族语言怒吼着。

他想要活下来，可是在法则领域中他受到压迫，逃跑速度减慢，根本逃不掉。

逃又逃不掉，只能应战；战又战不过，只能死！没有其他选择。

“砰！”

在泰沃的又一拳下，瘦小的雷泉族人体内世界崩溃，无数物品出现。

“迅速收拾战利品，我们走！”泰沃下令。

“是！”

九名界主都迅速收拾好战利品，然后一群人化作流光迅速离去。

仅仅数分钟时间，就有好几股异族队伍抵达这儿。

“盟友死了。”

“凶手逃得好快。”

那几股异族队伍稍微侦察了一下，散了。在域外战场上，战士陨落的概率实在太高了，特别是在碎星带这种强者极多的区域，死亡率更是惊人，所以来自诸多族群的强者们早就习惯了。

飞船中。

“我们收获不少。”泰沃笑道，“那雷电异族倒也给我们留下不少战利品，大家一起分分。”

“那最强的雷电异族人，是队长你杀的。谁杀的谁就有优先选择权，队长，你先选。”锤的声音低沉厚重。

“那柄长矛我要了，其他的你们自己分配。”泰沃只收了那一柄雷电长矛。他身为不朽神灵，眼界自然高得多。

一群队员正在彼此协商分配。

“疯子你呢？”

“你要什么？”

罗峰坐在沙发上端着美酒，摇头：“你们选吧，我不需要。”

“这就是强者风范。”魅女朝毒药眨了眨眼，“小辰辰，你也发挥下强者的气度嘛，别跟我们争嘛。”

“我配置药剂不花钱啊？”毒药死死抓着那枚世界戒指，开始探查里面大量的战利品，希望找出一些值钱的，探查许久，拿了两件物品，这才扔给魅女，“你们选吧，我够了。”

“哼！”

“黑心的家伙。”

“真狠，最好的都被他拿走了。”

狂舞、卫、神灵等都鄙视地看向毒药。他们一起经历过无数次生死战斗，早就是生死之交，这般闹腾反而是增近感情，而且关于战利品他们内部早就有了一个规定，大家都是遵循的。

面对伙伴鄙视的目光，毒药丝毫不以为耻，反而扬扬自得：“我可不是疯子，疯子虽然是新兵，但拥有匹敌不朽神灵的战力，所以他就算不是五大势力的核心成员，那也绝对是某个超级强者的爱徒，宝物肯定多的是，他可不在乎这点东西。疯子，我说得对吧？”

罗峰咧嘴一笑。

自从进入仓鸟星，还没人能认出自己真正的身份。

也不奇怪，一是宇宙中人类数量实在太多，长相相似的也多，而且能观看天才战的只是部分人员，而他们恐怕早就将罗峰的长相忘之脑后了。

二是四千多年过去了，罗峰实力、气质等变化很大。过去的他初出茅庐，稚嫩得很，修炼兽神之道后，他收敛实力时仿佛盘坐的凶兽，爆发时那股霸道气息更是让人心惊。四千多年的时间，他的变化是极大的。

三是罗峰也稍微改变了肤色。

深色调与浅色调对比，会自然形成视觉误差，所以即使罗峰依旧是那张脸，只是肤色略作改变，就让人认不出了。

气质、实力等都发生变化，谁会联想到四千多年前那次天才战中的一个恒星级小家伙，会是眼前能媲美不朽神灵的界主级巅峰人物?

……

罗峰他们这支小队乘坐C9级宇宙飞船小心翼翼地闯荡，遇到强敌早早就退避了，遇到可以对付的敌人则是悄然迅速下手，且战斗时间极短，战斗完毕又迅速离开。

转眼，这支小队便已经在这儿闯荡近半年时间了，有了十一次血战，其中有三次比较危险，狂舞和卫都受了重伤，幸好罗峰出手救下。

“疯子，我也欠你一命了。”飞船的休息厅中，狂舞从世界戒指中一出来，便对罗峰感激地道。

“就算我不救，毒药也会拼命救你的。”罗峰笑道。

“别说我，我会救，但付出的代价可不小。”蹲在沙发上喝酒的毒药连连摇头。

“有疯子在就是好啊，疯子的衍神兵能瞬间穿越虚空，快得吓人，用来救队友再好不过了，而且敌人的重点攻击对象都是队长，认为队长是最重要的，根本没重视疯子。”

“他们根本没太重视界主。”神灵的笑容显得很阳光，“没重视疯子，本来那三次……如果没有疯子，我们恐怕拼命才行；可有了疯子，立即轻松了很多。疯子出手，出其不意，令对手布局失败，乱了阵脚，直接让我们翻盘。”

岩石却是坐在休息厅角落，只是偶尔应声。

罗峰看了岩石一眼，他能感觉到岩石的低落。岩石是和自己一起加入这支小队的，自己已经成为队伍中仅次于队长的第二号人物，而岩石有时候还需要老兵们帮衬着点儿，当然会觉得失落。

过去的岩石也是自信满满，是天才人物。

可在罗峰面前，他就暗淡无光了。

“经历一些挫折，他就会明白了。”罗峰默默道，“巴巴塔，我的军功多少了？”

“加上刚刚击杀的两名敌人，你积累的军功为3200万。”巴巴塔说道。

“刚才击杀那二人才增加1100万？”罗峰暗自摇头，“真吝啬。”

确实吝啬。

第一次击杀雷泉族人，加上刚才这次，这半年来，罗峰在碎星带的大战中击杀了不少的异族强者，按照每次增加的军功来看，他也算摸清了军功积累的规则。

单独击杀界主级普通战士，一律是10万军功。

单独击杀界主级精英战士，一律是100万军功。

单独击杀界主级战将，一律是1000万军功。

这是单独击杀获得的军功，如果和其他人联手，那么军功还会更少，只能得到一部分。

罗峰这段时间如果出手自然是对付厉害人物，所杀的不是界主级战将就是界主级精英战士，但也才积累到3200万军功。

“杀死一名界主级战将，军功是1000万，也就是说自己差不多还要杀死一百名级别和自己相当的敌人，才能完成军功额度。”罗峰暗叹，“每次和级别不比自己弱的敌人进行生死对战，对自己而言，每次活下来都是劫后余生，而我至少还要经历100次？”

罗峰暗自摇头。

实力强，要求也高。

军队要求罗峰得到10亿军功，可虚拟宇宙公司要求罗峰得到10万亿军功。

“不离开小队，单单对付普通界主，万年、百万年，都休想凑够军功。”罗峰暗道，“更何况，根本就没这么多界主级战将，一个兵营才多少界主，显然虚拟宇宙公司是逼我去对付不朽神灵。”

在虚拟宇宙公司眼里，罗峰作为混沌城主亲传弟子，界主级就应该能击杀不朽神灵。

半年中，罗峰他们回驻地休息了三次，每次都休息十天乃至半个月。

“再战一次，我们就回驻地休息。”泰沃说道。

“是。”

“再战一次，就能回去休息了。”

队员们哈哈大笑着，显得很放松。

他们小心翼翼地寻找敌人，仅仅过了八个多小时，他们便确定了目标。

一艘通体碧绿色的生物飞船在碎星带中飞行着。

生物飞船也是宇宙中一种较为常见的飞船，但它只在妖族等一些族群中流行，至于人类、机械族，主要使用的是合金飞船、金属飞船。

生物飞船和金属飞船各有优劣。

控制室中，身高仅1.6米、通体布满暗红色鳞甲的雄性生物，正伸出爪子，抓着一杯果酒喝着，在他旁边有一个与他几乎长得一模一样的生物。

他们身上都隐隐散发着火焰法则的波动。

“两位队长，吸收完毕，生物飞船完整度达到100%。”身材同样矮小的一名界主恭敬地说道。

“嗯。”

两名队长都点头。

在控制室内还聚集着同一个族群的二十个界主，这些界主虽然个子都在1.3米～1.7米之间，但目光中都闪烁着凶残，显然这是一个善战的族群。

“夫威撒，探测仪器发现战斗波动了。”其中一名略微壮实的不朽级鳞甲生物说道。

“靠过去。”另外一个鳞甲生物立即下令，“同时探查清楚对方的力量。”

“嗯。”

仅仅十秒种。

“已经发现波动，有一股不朽法则波动，其他都是界主。”那略微壮实的不朽级鳞甲生物立即兴奋起来，“就一个不朽神灵。”

“准备战斗！”另外一个不朽级鳞甲生物直接站起，立即低吼一声。

二十个界主级鳞甲生物全部起身，体表立即浮现出一层护身战铠，手中也都出现了兵器，他们个个目光中都有疯狂和凶残。

第762章

仇敌

“夫威撒，目标的探测仪器应该比我们的差，没发现我们。”略微壮实的不朽级鳞甲生物沉声说道。

“嗯。”夫威撒点头，随即目光扫过那二十个界主级鳞甲生物，“孩儿们，目标没发现我们，那么我们就悄悄过去。记住，你们必须在我和托鲁周围，这样我们的探测仪器才会屏蔽对方的探测信号，让对方无法探测到你们的波动。”

“是！”二十个界主级鳞甲生物答道。

“距离在缩短，1000万千米，800万千米，600万千米……”略微壮实的托鲁声音低沉，说道。

“减速停下！”夫威撒下令。

生物飞船迅速停下。

“全部从飞船上下去，我们飞过去！”夫威撒再次下令。

顿时，这二十个目光中满是杀意的界主级鳞甲生物都冲出了生物飞船，夫威撒、托鲁是一起出去的。

星空中，罗峰他们这支小队正在和另外一支精英队伍厮杀，毫无疑问的是，罗峰他们这支小队是明显占据上风的，因为敌方被杀得只剩下两名界主了。

“嗯？”罗峰目光朝远处黑漆漆的虚空一扫，“敌人？”

泰沃的探测仪器也就花费了120混元单位，而罗峰拥有的探测仪器以他的权限和折扣购买都花费了390万积分。

如果是拍卖，完全是要花费上千万混元单位的。

所以早在敌人逼近他们10亿千米内时，就被罗峰的探测仪器探查到了，只是那时罗峰没太在意，猜测对方很可能只是路过，可是随着距离缩短，发现对方是直接朝他们的战斗方向逼近，罗峰就明白了，对方发现他们了。

“矮小的生物。”罗峰暗道。传承记忆令他知道了这种生物。

虬嗜族是能量类生命千万族群中的一种，嗜血嗜杀，喜欢吞食其他生物的尸体，是一个非常凶残的族群。

岩石类生命，有的族群有灵魂，有的族群没灵魂；血肉类生命，有的族群身体脆弱，有的族群身体甚至比金属生命的身体还彪悍。

生命有强有弱，能量类生命也是一个道理。

能量类生命，作为宇宙中一个很强大的类别，蕴含的族群也是千奇百怪，有强大到号称最强暗杀族群的魔杀族，魔杀族属于能量类生命中的顶峰；也有像虬嗜族这些常见的能量类生命，他们惧怕灵魂攻击，他们做不到像魔杀族那般随意变化，他们的身体结构是固定的。

虽然轰击可致虬嗜族战士身体爆裂，但虬嗜族战士照样能够凝聚起来，这算是能量类生命特点的一种体现。

可每次爆裂，对他们伤害极大。

而且，虬嗜族能够吞食其他生物尸体，将其他生物尸体作为能量吸收补充自身，这也是能量类生命特点的一种体现。

吞食生物尸体，宇宙中有不少族群是喜欢这么做的。

……

远处，正在逼近的鳞甲生物们个个压抑着兴奋，夫威撒下令道：“减速。托鲁，我们俩偷袭一下他们，重伤他们。”

“好。”托鲁很激动。

两个不朽级鳞甲生物都伸出双爪，双爪间开始疯狂凝聚大量不朽神力，不断地凝聚压缩，其实这一招有点类似火神源晶，火神源晶就是把不朽神力压缩到比不朽晶还要小的一种形态，然后突然引爆……

当然，这技术含量实在太高了，就算封王级不朽神灵，也没办法单靠自己就压缩出一颗火神源晶这种密度大又不爆炸的晶体来。

“杀！”

两个不朽级鳞甲生物闪电般前冲，二十个界主级鳞甲生物立即跟上。

距离迫近，两个不朽级鳞甲生物已经准备挥出那充满不朽神力的光球了。

……

“虬嗜族，凶残、嗜血、善战的族群。”罗峰心中默默道，“两个不朽神灵、二十个界主，有些麻烦。嗯？压缩不朽神力？”

“哈哈，赶快收拾战利品，收拾完毕我们就回去。”泰沃哈哈大笑道。

“这一战够轻松的。”幻术师卫笑着。

“回去喽。”毒药欢呼。

“终于可以休息了。”穿白色战铠的神灵微笑。

一群界主迅速将飘散在周围的大量战利品收了起来，而罗峰则是装作环顾四周，忽然瞪眼看着遥远处，急切喊道：“敌人！”

“敌人？”

“哪里有敌人？我们战斗不足三分钟，怎么敌人就来了？”

其他人一颤，连忙顺着罗峰看的方向看去，只见远处两道流光冲来。

“不朽神力压缩体攻击！”泰沃脸色一变，立即伸出双手。

“轰！轰！”

两道光柱直接从泰沃双手射出，直接射向远处那两道流光，同时泰沃喊道：“退，赶紧退！”

小队迅速开始逃窜。

“轰隆隆——”

两道光柱和那两颗充满压缩的不朽神力的光球瞬间撞击在一起，产生了可怕的大爆炸，强大的神力波动瞬间撕裂周围上千千米范围内的空间，可怕的不朽神力波动朝四面八方散开。幸好罗峰提醒得快，泰沃反应得也快，所以罗峰他们这支小队虽在遥远处略微被波及，但无人受伤。

“这不朽神力……”泰沃忽然脸色一变。

“这不朽神力有火焰气息……”原本只是表情郑重的毒药，忽然表情狰狞起来，嘶吼道，“是他们！是他们！”

每个不朽神灵的不朽神力气息都不一样。

整个队伍中最沉默的武者旋风也感应到那不朽神力有火焰气息，旋风也是脸色瞬间变得狰狞，双眸变得通红，嘶吼道：“是那群食尸鬼！是那群食尸鬼！”

“食尸鬼！”魅女、卫，这两名幻术师的表情也变了。

狂舞、神灵、锤、泰沃，也都陷入一种疯狂境地。

“怎么回事？”罗峰、岩石显得错愕。

“疯子、岩石，那队伍是我们的仇敌，不要留手，拼命杀死他们，将那群食尸鬼杀光！”泰沃传音道。

“七哥，七哥！”毒药嘶吼着，眼中泪水不断流着，他永远忘不了那一幕，当年队里实力排第二的七哥为了救他拼尽全力去抵抗那个不朽级鳞甲生物的攻击，最后死去，那个不朽级鳞甲生物在他们面前吃掉了七哥，毒药当时就快发疯了。

“杀！”

“杀！”

泰沃和七名老兵都气势汹汹，全部化作流光冲向远处，罗峰和岩石自然是跟上。

而远处也是一群流光飞来。

“哈哈，竟然没逃走。”

“早早就探察出你们是当年侥幸活下来的人类，没想到你们竟然还敢应战。”

两个不朽级鳞甲生物兴奋地笑着，他们很清楚眼前这支队伍的实力，这支人类队伍仅仅有一个不朽神灵难缠点，当年还有一个武者很厉害，能够力拼不朽神灵，可最后还是被托鲁给吃掉了。

两支队伍，一支中有一名不朽神灵、九名界主；一支中有两个不朽级鳞甲生物、二十个界主级鳞甲生物。

双方在星空中相遇后几乎瞬间就交战了。

“孩儿们，杀光他们，吃光他们！”夫威撒怪笑着下令。

“是！”

“是，大人！”

一群界主级鳞甲生物疯狂笑着，个个手持着战刀、弯刀等，速度极快且很敏捷，直接扑了过去。

“啊！”毒药声音早已嘶哑，面目狰狞，他猛地嘶吼一声，只见原本也就1米高好似孩童的他瞬间身体猛地膨胀，不断变高，也越来越壮实，同时他身上开始延伸出墨绿色的藤蔓，疯狂朝四周延伸开去，此时他翻手拿出一瓶泛着彩色的药剂，那药剂瞬间便被那墨绿色藤蔓给吞噬。

“生！”毒药声音嘶哑，低吼着，“死！”

“轰！”

已经变成12米高的毒药，胸口忽然闪烁着有纹路的刺眼的金光，那金光瞬间射在墨绿色藤蔓上，而刚刚吸收药剂的墨绿色藤蔓与药剂、金光似乎产生了一种特殊变化，顿时原本墨绿色的藤蔓表面增添了一层隐隐的金色薄膜层。

“三千六百二十一年！”

“七哥为我而死，我每天都在拼命配置药剂、研究药剂，终于将药剂、我族天赋与我的植物生命融合成功，就是为了这一天，就是为了这一天啊！去死吧，全部去死吧！”毒药咆哮着，72条墨绿色藤蔓就仿佛72条表面覆盖金色蛇皮的大蛇，贯穿星空，疯狂游动着绞杀过去。

原本扑向毒药的两个界主级鳞甲生物，几乎瞬间就被2条墨绿色藤蔓缠绕住了。

“哧！”两个界主级鳞甲生物直接被绞成粉末，连体内的生命晶核都被绞成粉末，体内世界崩溃，无数物品出现。

“是你，就是你，你吃了七哥，死吧，去死吧！”已经成为狰狞巨人的毒药嘶吼着，扑向托鲁。

“轰隆隆——”72条蒙着一层金色薄膜的巨大的墨绿色藤蔓，全部绞杀向托鲁。

“杀！”泰沃也和夫威撒瞬间交手。

第763章

湮灭

“夫威撒，这小家伙比原来更强了。”托鲁双爪抓着大约3米长的火红色弯刀，同时传音道。

“我缠住这名人类不朽神灵，你解决那个药剂师，所有孩儿一口气杀死人类界主。”夫威撒手中出现了上百米长的黑色锁链，锁链上火焰在不断地燃烧，那条锁链就仿佛一条黑色火龙在星空中飞舞。

“明白。”托鲁嘿嘿怪笑着。

“杀！”

“杀！”

一群矮小、狰狞的界主级鳞甲生物，各自手持兵器和人类界主们交手了。

……

战斗得最惨烈的无疑是毒药与托鲁。

“轰隆隆——”72条蒙着一层金色薄膜的墨绿色藤蔓疯狂绞杀托鲁，周围空间都因此不断裂开，可是那托鲁猖狂大笑着，直接释放开法则领域，令周围星空布满了无尽的火焰，火焰哧哧燃烧着，燃烧在墨绿色藤蔓上，也燃烧在毒药的身体上。

“去死，去死！”毒药咆哮着，硬是扛住了火焰。

“哈哈，小家伙，你一个界主，单凭这植物生命就想对付我？”托鲁咧嘴笑着，脸上鳞片扭曲，同时也猛烈攻击起那些墨绿色藤蔓。

火红色刀光不断闪烁，就仿佛两个巨大的火轮，将那围攻而来的墨绿色藤蔓一次次劈开，甚至劈开了那一层金色薄膜，斩断了一截墨绿色藤蔓。有些墨绿色藤蔓表面的金色薄膜被劈开，却很快出现新的金色薄膜。

强大的攻击下，墨绿色藤蔓表层金色薄膜被一截截劈开，同时藤蔓被斩断。

“啊！”墨绿色藤蔓传出痛苦的意识。

“阿默、阿默，拼……拼吧，就算是死，也得杀死他，杀死他！”毒药面目狰狞。辅助植物生命绝对是最忠诚的，一旦认主，主人一死它也会跟着死。主人既然让它拼命，它自然不会犹豫。

“轰——”一条条带有金光的墨绿色藤蔓，在星空中游动，拼命围攻托鲁。

时而有墨绿色藤蔓被斩断，可有些被斩断的藤蔓会很快连接起来，显然墨绿色藤蔓恢复速度还是挺快的，可是每次被斩断，对墨绿色藤蔓伤害都很大。

“阿默，阿默！”毒药心中号叫。

无力，他感觉到在这个丑陋的不朽级鳞甲生物面前，他还是处于下风的。

“我的实力还不够，还不够啊！虽然我成功击杀过一名不朽神灵，但那名不朽神灵用的是大锤，大锤根本无法斩断阿默，所以他最终被我活活勒死。”毒药双眸流下泪水，心中咆哮，“七哥、七哥，我一定会杀了他，一定！”

……

毒药与托鲁的战斗很惨烈，其他老队员们也个个很吃力。

每人都遭受到至少两名界主级鳞甲生物的围攻，这种界主级鳞甲生物非常凶残且不畏死，或许单个战斗力比不上他们，可是两三个联手拼命攻击，也令老队员们一个个吃力得很。

“幻术的攻击对他们效果很不明显啊。”魅女焦急地说道。

锤则是一手持着巨盾一手持着大锤，在一旁护着魅女：“这些食尸鬼，他们的家乡是一个充满杀戮的地方，他们从小就开始了杀戮，在杀戮中长大，早就陷入疯魔状态，杀戮之心早就深入骨子里，想要迷惑他们很难，只能杀。”

“我杀了一个。”狂舞也陷入危险境地，因为他同时遭到四名界主级鳞甲生物攻击。

“伤他们没用，”岩石急切地说道，“我伤他们没用！”

“岩石，得毁掉他们的命核，因为就算让他们身体爆炸，他们都能再度凝聚，所以一旦刺破他们的身体，必须趁机毁掉他们命核！”神灵焦急地说道。

战斗陷入疯狂。

“疯子！”

“疯子，帮一把！”

“疯子快点，毒药现在是在玩命，他最危险！”泰沃都急得冒火。

刚刚击杀两名界主级鳞甲生物的罗峰目光一扫，那柄衍神金剑瞬间就化为一道璀璨的金光，几乎瞬间就撕裂长空，而后消失。

“呼！”一道金光出现，而后直接贯穿一名界主级鳞甲生物的胸膛，毁掉了那颗能量晶核。“砰！”其体内世界的大量物品出现在四周。

“唰！”金光又是一闪，又是一名界主级鳞甲生物瞪大眼睛，嘴巴张大，露出獠牙，而后眼神暗淡下去……

“唰！唰！唰！”

罗峰发飙了，虽然没有完全发挥出实力，但那也是媲美不朽神灵的战斗力，又是使用的他擅长的能够穿越虚空的衍神金剑，那攻击速度快得惊人。仅仅三秒钟，那十余名界主级鳞甲生物全部毙命。

一个个界主级鳞甲生物的尸体飘浮在星空中，他们体内世界已经崩溃，导致各种物品飘散在四周。

“疯子真猛。”

“厉害。”

其他界主队员忍不住震惊。不朽神灵火杀域外战场上凶残的界主并没这么容易，要看流派。假如是一名武者流派的不朽神灵，要杀掉十几名界主级强者是一件很麻烦的事情，而罗峰使用衍神兵显然非常容易。

“什么?!”正缠住泰沃的夫威撒吃惊地看了一眼远处那名穿黑色战铠的人类，“衍神兵？衍神兵第九重？”

“夫威撒，这队伍中还有个媲美不朽神灵的。”托鲁也大惊，“怎么办？”

“撤！”夫威撒下令。

现在局面扭转，人类这边，有三个不朽战力，而鳞甲生物这边，仅仅有两个。

而且人类这边还有其他界主，界主或许杀不了他们，可是影响、削弱他们还是能做到的。

“逃不掉的。”罗峰刚刚一口气击杀十余名界主级虬嗜族战士，立即操控衍神兵直接飞向那压制着大量墨绿色藤蔓的粗壮的不朽级鳞甲生物托鲁。

“嗖！”

衍神金剑瞬间消失不见，紧跟着就出现在300米外，托鲁的侧后方2米处。

“哧！”

衍神金剑瞬间就刺在托鲁体表的铠甲上，却被铠甲硬生生挡住了，但衍神金剑中蕴含的强大冲击力依旧令托鲁身体一颤，他施展的两柄弯刀也都受到影响了，顿时，墨绿色藤蔓缓过劲来，立即反扑向那不朽级鳞甲生物托鲁。

“嗯，不朽神灵的防御果真强。”远处的罗峰目光冷厉，“看来衍神兵第九重第一层的攻击对不朽级鳞甲生物的效果不大。”

衍神兵第九重不朽亦可敌，其实可分成三层，威力也分别达到了可闯过通天桥第十三层、第十四层、第十五层的程度。

其中第九重第一层施展开来，衍神金剑若隐若现，能够瞬间穿越虚空，但距离较短，一般也就数百米。不仅穿越虚空的距离很短，而且衍神金剑的攻击力也一般，最多能够勉强伤到普通不朽神灵。

一般能施展第一层，就能够影响到不朽神灵，令不朽神灵无法追杀自己，就能在不朽神灵面前保住性命了。

而第九重第二层，攻击力飙升，穿越距离也能更远点。

但前两层都有一个弱点——穿越虚空会产生空间波动。如果对方是一名对空间法则颇有领悟的不朽神灵，就能提前察觉到空间波动，可以立即闪躲、防御。

唯有第九重第三层，攻击力再度飙升，穿越距离能长达100万千米！而且穿越虚空才真正称得上瞬移，没有丝毫空间波动，让人无法察觉！当然，这仅仅是兵器瞬移，兵器瞬移显然要比肉体瞬移容易了不知道多少倍。

即便如此，也已经发挥出衍神兵理论上的极限威力了。

“不过很显然，这不朽级鳞甲生物在空间上的领悟还很弱，似乎难以察觉特殊的空间波动。”罗峰目光冷厉。

……

“衍神兵伤不了我。”托鲁号叫着，欲将反扑的墨绿色藤蔓劈开，好逃跑。“嗖！”金光再度一闪，轰击在托鲁身上，托鲁原本自信满满，可是紧跟着他就感觉到一股可怕的冲击力直接透过铠甲传向全身，可怕的冲击力令他整个不朽神体都瞬间一震，不朽神体好似要崩溃了，双手也是完全麻掉了。

墨绿色藤蔓再次直接缠绕住托鲁。

“嗖！嗖！嗖！”

72条墨绿色藤蔓迅速缩小，变成手臂粗细，全部疯狂地缠绕住托鲁。

“啊——”托鲁疯狂地挣扎。

可是单单比力量，72条在特殊状态下的墨绿色藤蔓，要比他强得多。

“哈哈……去死吧！”毒药陷入疯狂境地，嘶吼着，“上次有个不朽神灵就是这么死掉的，你死定了，死定了！”

“咔嚓咔嚓——”

托鲁体内骨架都直接被……紧跟着“砰”的一声瞬间化为大量不朽神力，那72条墨绿色藤蔓却彼此缠绕成了一个闪烁着金光的墨绿色牢笼，没有一丝缝隙，完全将所有不朽神力困在其中。

若是达到不死之身的地步，那么托鲁完全能不断破碎成微小粉末穿透出去，可托鲁显然没达到那种地步。如果破碎得太彻底，精神印记都会破碎掉的，那就完蛋了。

“啊——”一声痛苦、压抑、不甘的怒吼从那墨绿色牢笼中传出，而后便湮灭了。

“七哥！”毒药仰头嘶吼，喉咙仿佛都破了，眼泪流下，直接跪在身前的墨绿色藤蔓上。

第764章

五阶兵器

三千多年的悔恨一直埋在心底，令毒药疯狂研究药剂提高实力，做梦都想着有一天能够报仇。毒药一直认为假如当年七哥不去缠住对手，完全能够逃掉，保住性命，可是七哥缠住对手，去挡住托鲁的攻击救下他，最终丧命。

“成功了，七哥，我成功了，杀死了那个食尸鬼！”毒药心中喊着。三千多年了，他表面上嬉皮笑脸，可这悔恨一直埋在心底。

这仇总算报了。

“还有一个家伙。”毒药猛地抬头，看向远处和泰沃厮杀的夫威撒。

“去死！”毒药操控植物生命，顿时那72条墨绿色藤蔓迅速朝远处飞去。

不单单是他，罗峰这时候已经操控着衍神金剑，直接飞向最后一个敌人，也是那虬嗜族中最强者。

……

“受死吧！”

“你逃不掉了！”

“死吧！”

幻术师卫、魅女还有精神念师狂舞、神灵等，一个个或是施展灵魂攻击、或是施展幻术、或是操控念力兵器进行远程攻击……他们不求能伤害到那个不朽级鳞甲生物，可只要能够影响到他一点儿，就能令泰沃占据上风。

“托鲁死了！”夫威撒在看到伙伴陨落后，瞥了一眼远处的罗峰和毒药，顿时心中暗惊，“那两个人类界主都很强大，一旦他们和这个人类不朽神灵联手，我就麻烦了，说不定也会陨落在这儿。

“顾不了那么多了。”

夫威撒本来还想不受伤就离开，可现在泰沃拼命缠住他，而远处罗峰、毒药正在杀来。

“啊——”夫威撒狂吼一声，他身上的那条燃烧着火焰的黑色锁链瞬间消失，同时他的双拳猛地轰向人类不朽神灵泰沃的拳头。

“砰！”

夫威撒双拳猛地化为耀眼的火红光芒，要知道不朽神灵的躯体是不朽神体，也是由无尽不朽神力凝聚成的，所以不朽神灵的身体可以轻易化为无尽的不朽神力，无尽的不朽神力也可以化为身体，当然前提是必须保证精神印记的完整。

夫威撒瞬间就舍弃了整个双拳，几乎将他自身不朽神体无数年来积累的能量一次性消耗掉10%，别看这仅仅是10%，要知道不朽神体每一部分都是蕴含精神印记的，在舍弃的同时，也是舍弃了自己的部分精神印记。若他是不死之身，拥有不死之身的不朽神灵只要有一个细胞都能迅速恢复，但他不是不死之身，所以只敢消耗掉10%，这已经是他的极限了。

“轰隆隆——”

强大爆炸冲击向泰沃，泰沃被震得直接飞了出去。

周围星空直接炸裂开来，并撕裂出巨大的沟壑，无数空间碎片形成洪流，强大冲击波更是朝四面八方散去，连原本飘浮在远处的那些界主级鳞甲生物死后体内世界崩溃后留下的无数物品，很多也都因此直接被震得破碎。

“砰！”夫威撒凭借体表的不朽战甲，硬是扛住了那股冲击波，同时借着冲击波，迅速逃跑。

“嗖！”夫威撒瞬间便冲出数十万千米远。

而在他逃跑的同时，那周围海量的物品也被冲击波震得乱飞，谁都没有察觉到，这无数物品中悄然多了一枚看似普通的黑色空间戒指。

“浑蛋，让他逃掉了！”毒药咬牙切齿。

“逃得真快。”罗峰遥看100万千米外以近乎光速逃逸的对手。

当一名不朽神灵一心逃跑，且距离你远时，除非你会施展瞬移，否则就算是封王级不朽神灵也无法追到。

“我们赶紧走，刚才动静太大，时间稍微长点，肯定会有很多异族强者队伍过来。”泰沃连忙下令，“赶紧收拾战利品！”

精英小队迅速将大量战利品收起，而后乘坐C9级宇宙飞船迅速离开了。

碎星带，星空中。

C9级宇宙飞船正在悄然返程，前往他们当初定下的地点。

“就差一点儿，就差一点儿，就能把另外一个不朽级食尸鬼杀死了。”毒药已经恢复正常模样，他眼眸中满是兴奋、不甘。

“好了，已经很不错了，能逼得那家伙毁掉自己10%的不朽神体，这代价已经很大了。”泰沃笑道，“就是花费十万年乃至百万年，失去的精神印记恐怕都难以复原。”

“怎么回事？”岩石疑惑地问道，“这种族群被轰击得爆炸，不是都没事吗，怎么自爆10%的不朽神体，代价那么大？”

“被轰击得爆炸，只是身体破碎开，最多化为不朽神力。”泰沃解释道，“不朽神力蕴含着能量、灵魂印记，算是不朽神灵的最基本构成。将那些不朽神力汇聚起来，可以再度化为一具不朽神体。

“可一旦自爆，那是连不朽神力都完全爆炸，连残片都不剩，化为最基本的粒子流。”泰沃笑道，“所以威力极大。

“这也是被轰击得爆炸，不会产生大爆炸，而自爆却产生大爆炸的缘故。”

泰沃说道：“那不朽神力中都蕴含着灵魂印记，如果只是损失一点点，那么可以恢复过来；可是一下子损失10%，等于是损失掉10%的灵魂。虽然印记还算完整，但是他的实力、潜力等都受到了很大损伤，恐怕要很久才能慢慢复原。”

“当然，如果修炼到不死之身这个地步，即使轰击再猛烈，让不朽神力都开始崩溃破碎，灵魂印记都粉碎了，可只要有一个细胞残留，即可瞬间吸收其他破碎了的能量，恢复成完整的不朽神体。”泰沃说道，“达到不死之身，那就很难被杀死了，别说灵魂损失10%，就是损失99.99%，只要有一个细胞残留，都能完全复原，而且是瞬间复原。”

岩石恍然点头。

……

“我们干杯！”

“为了老七，为了这么多年死去的兄弟姐妹，干杯！”

“干杯！”

他们一群人都举杯，罗峰、岩石虽然是新人，但也能够感觉到此刻老队员们的激动。

“从我们踏入域外战场那天起，死亡就时刻伴随我们。我来到域外战场三万多年，从界主成为不朽神灵，当年的许多兄弟，老大、老三、老四、老五、老六、老七、老九，一个个都死去了。”泰沃看了一眼旁边的毒药。

毒药深吸一口气。

当年泰沃排行老二，毒药都算是后来进入队伍的，一直被七哥照顾着，七哥很喜欢像孩童般纯真的毒药。

“老兄弟死去，新兄弟姐妹进来。”泰沃感叹道，“我们都有自己的目标，我们队中像二傻就是完成目标后就退役了，我预估自己再过两万年也差不多该退役了。预祝在座的兄弟姐妹，都能活着退役！”

“活着退役！”

一群人举杯，一饮而尽。

老队员们都已经完成军功额度，都是自由之身，可是大家都是不甘于平凡的人，都有自己的目标，所以想要获得更多的军功去换取宝物。10万军功就能换取1混元单位，且军功能在军队系统内换取宝物。

积累10亿军功，就能获得1万混元单位，1万混元单位几乎是普通不朽神灵的全部身家。

如果在人类疆域内，这些界主级战将就是用一辈子时间，也就是花费1000纪元去赚，恐怕也没可能赚到1万混元单位，除非有特殊际遇。

而在域外战场只要能活几万年，积累1万混元单位很容易。

当然，前提是活下来。

“毒药，你七哥的仇也报了，以后就少喝点儿酒。”泰沃轻声说道。

“嗯。”毒药点点头。

毒药走到罗峰旁边，仰头看着罗峰，感激地道：“疯子，谢谢！”

“哈哈。”罗峰咧嘴一笑。

而就在这时，精神念师狂舞存放战利品的世界戒指中，那一方世界中有密密麻麻的杂物，其中有一枚很普通的黑色空间戒指，而在这黑色空间戒指中，一些乱七八糟的物品中就有一柄五阶兵器。

生物飞船在碎星带中小心翼翼地飞行着。

“浑蛋、浑蛋，可恶的人类，可恶！”控制室内的夫威撒嘶吼着，疯狂地摔着酒杯等物品，爆裂声、夫威撒的咒骂声，回荡在控制室内。

许久，夫威撒才停下，他的一双爪子已经恢复完好。

他那眸子中满是疯狂、凶残：“10%的灵魂啊，这会令我感悟空间法则的速度慢很多。可恶的人类，我一定要你们死，要你们死！”

“恐怕你们根本没注意到飘浮的无数物品中一枚很普通的空间戒指吧，也不知道，那空间戒指内，有一把兵器吧。”大威撒眼神凶狠，“那把兵器是我的信物，潜藏着我的一丝精神印记，无论距离多远，我都能感应到。

“感应到信物，自然就能确认你们这群可恶人类的位置。”

夫威撒眼眸中满是怨恨。

不朽神灵能够进行神国传送，就是因为有信物。所谓信物，可以是一块不朽晶，因为不朽神力中是蕴含精神印记的；也可以是已经认主的植物生命；也可以是一些特殊制造的物品。

像混沌城主留给罗峰的信物，信物存在一丝精神印记，无论距离多遥远，无论在体内世界、神国，混沌城主都能感应到。

“不能浪费时间，说不定这群可恶的人类，就会发现那把兵器的秘密。虽然被发现的可能性很低，但是我输不起，我必须要报仇，要杀了他们！”夫威撒咬牙切齿，“必须立即联系其他不朽神灵，与盟友、战友一起解决那群可恶的人类！”

第765章

雷克亚

“找谁呢？”夫威撒坐在生物飞船内，利爪敲击着扶手，发出声响。

忽然夫威撒眼睛一亮：“对了，我族族人雷克亚似乎就在碎星带，找他。”当即，夫威撒分出一丝意识透过光脑发送器联系他的族人，一边联系，他嘴里还咒骂着，“妖族好歹也是宇宙中巅峰族群之一，可在信息传送方面，比人类和机械族都差得太远了。特别是人类，据说人类能够让他们的族人在浩瀚宇宙任何一个地方，随时都能进入虚拟宇宙，并且那虚拟宇宙还100%模拟现实，跟真的一样。真是羡慕啊，我堂堂不朽神灵，还从来没有使过那等手段呢。”

意识虚拟技术早已经很成熟，这些异族不朽神灵一般也有机会进入虚拟世界，不过一般那种覆盖范围都很小，像地球上曾经有虚拟世界战神殿，仅仅覆盖了地球。这些异族制造的虚拟世界，最多能覆盖一个星系，这就顶天了，根本不可能像人类那样达到覆盖整个宇宙的地步。

而信息传送，更是丢人。宇宙太大了，信息传送是非常难解决的问题。

他们即使是在妖族疆域内，也只能做到一个星区（宇宙国）内可以意识交谈，就跟地球上打电话一样，只能交谈，却看不到人。如果是在妖族疆域外，他们根本就无法通信。

当然，域外战场因为非常特殊，每个战场都架设了通信网，使得每个战场内，妖族以及以妖族为首的盟友族群都能利用这通信网进行交谈。

……

宇宙庞大，信息传送是至高的难题。

四大巅峰族群中，也就人类、机械族能够做到在宇宙任何一个地方进行信息交流，但机械族的虚拟世界一般只能覆盖一个星区，整个机械族疆域有数百星区，所以每个星区都是一个单独的虚拟世界。

一旦出了机械族疆域，机械族人虽然在宇宙的其他地方也能进行交流，却只能交谈，看不到人，很简陋。

唯有人类，人类拥有虚拟宇宙，一个堪称神奇的存在。虚拟宇宙能够模拟任何宇宙法则乃至融合法则，能够遍布任何地方，甚至覆盖另外一个宇宙，连初始宇宙都在虚拟宇宙的覆盖范围内。凭借虚拟宇宙，人类的力量可以有效联合在一起，独霸宇宙一方疆域成为巅峰族群，这也就不奇怪了。

碎星带茫茫无尽的碎星中，一块碎星内。

一个不朽级鳞甲生物正端着美酒，坐在那儿享用，手下一些界主级鳞甲生物说着歌颂他功德的吹捧之词。

“伟大的雷克亚，你是我们西山领地最伟大的强者，只有您，能够成为西山领地将来至高的领主。”

“雷克亚。”

那些界主级鳞甲生物在那里高声吹捧。

高坐在那里的不朽级鳞甲生物美滋滋地听着，忽然他一挥手，顿时那群界主级鳞甲生物全部闭上了嘴。

“夫威撒这家伙竟然来找我？”雷克亚双眸中闪烁着狡诈的目光，丑陋的利爪握着酒杯，微微荡漾着酒杯中的美酒。

“接。”

“雷克亚。”

“夫威撒，你难得来找我啊，有什么事需要我帮忙吗？哎呀，你要知道，我现在是很忙的，正在碎星带中游荡，说不定就遇到战斗了呢，不能分心和你多说的啊。你有什么事赶紧说，否则我说不定突然遇到战斗，被迫断了通信，那可不能怪我。”雷克亚说道。

“托鲁死了。”

原本还想要戏弄对方一番的雷克亚听到这句话后一怔，表情郑重起来。

虬嗜族是一个凶残嗜血的族群，每个虬嗜族人都是从杀戮中长大，彼此厮杀，踩着无数尸骨最终踏上巅峰。可一旦遇到外部攻击，整个虬嗜族会瞬间变得无比团结，个个不畏死。

“怎么死的？”雷克亚声音低沉，问道。

通过妖族提供的通信系统，二人交谈着。

“被人类杀死的。”夫威撒说道。

“夫威撒，你是不是傻了，这里是域外战场，是四大巅峰族群和诸多附庸族群中无数异族强者相互厮杀的地方，托鲁被人类族群的强者杀死，是很正常的事。亿万年来，我族不知道有多少强者陨落了。”雷克亚说道。

“我想要杀死那支人类小队队员。”夫威撒说道。

“报仇？”雷克亚疑惑，“你能确定他们的位置？”

“能，他们收集的战利品中有我扔出的一枚空间戒指，那空间戒指是我早就设计好的，就是担心有天吃了大亏。那枚空间戒指的精神印记是我手下一名界主的，而戒指内的大量杂物中，有一把武器，那武器乍一看也是界主气息，可是武器内还有夹层，夹层中藏着我的信物，蕴含我的精神印记。除非他们是封侯级不朽神灵或者封王级不朽神灵，否则他们不可能发现我藏匿的信物中无比微弱的印记。”

“你真狡猾。”

“杀我兄弟、手下，我当然得报仇。”

“你应该知道，战斗的时候，人类不仅会开启探测器，而且会开启虚拟宇宙网络的同步传送，以此来判定他们的军功。这两者都会发现星空中飘浮的无数战利品中多了一枚空间戒指吧，那就是疑点。”

“放心，我当然不会犯这么愚蠢的错误。”夫威撒自信地说道，“我当时是和人类不朽神灵进行相互攻击，撕裂了宇宙空间，强大冲击波令大量物品破碎，其中就有一些空间戒指破碎。那些空间戒指破碎，其内部大量物品出现，我自然趁机扔出这枚空间戒指，那探测仪器和虚拟宇宙就算发现了，也判断不出异常。”

“嗯，你很狡猾。”雷克亚承认，夫威撒做的的确没什么漏洞。

“那支人类队伍实力怎么样？”雷克亚追问。

“那支人类队伍，有一名不朽神灵，九名界主。”夫威撒说道，“其中的两名界主拥有超强战斗力，完全能媲美不朽神灵，一名是药剂师，一名是使用衍神兵的精神念师，就是他俩联手轻易击杀了托鲁。”

“三个不朽战力？”雷克亚大惊，随即连忙问道，“都是普通初等不朽战力？”

“是的，你也不想想，再强我能活着回来？”夫威撒说道。

不朽这个级别，又分为军主、封侯、封王三个等级。

而就算是最低等级的军主级不朽神灵，也是有高低之分的，弱的军主级不朽神灵一般仅仅能闯过通天桥第十层，而强的军主级不朽神灵能闯过通天桥第十四层。一旦闯过通天桥第十五层，那就是封侯级不朽神灵了。闯过通天桥第十层到闯过通天桥第十四层的都是军主级不朽神灵，实力差别当然大。

军主级不朽神灵，又被称为普通不朽神灵。普通不朽神灵在域外战场上也被分成普通初等不朽神灵、普通高等不朽神灵、普通巅峰不朽神灵。

“嗯，这还好，不过即使是普通初等不朽战力，也是足足三个不朽战力，你我联手没希望。”雷克亚摇头道。

“放心，我不会让你送死的，我既然布下这个局，那么肯定是有十足把握才动手的。你只是我邀请的一员而已，我听说，你和妖族的蒙维纳殿下关系很好？”夫威撒兴奋地说道，“只要能邀请蒙维纳殿下和我们一同作战，就算不邀请其他人，单单蒙维纳殿下就能灭杀那支人类小队了。”

“蒙维纳殿下？”雷克亚一惊。

妖族虽然通信系统落后，但是自身实力实在是太强了。

论强者数量，丝毫不少于人类；论智慧，最低等的妖族都能和人类媲美。

而且妖族的天赋要比人类的天赋更强，所以论同一等级的战力，妖族是完全压人类一头的，不过人类高层的强者很强，加上虚拟宇宙的有效配合，在宇宙中争霸，从未被妖族压制过。两大巅峰族群，彼此对战不知道持续多少年了。

妖族和人类不同。

妖族更加重视血统，比如星空巨兽的血统，决定了它是上等族群。

妖族血统观念极强，所以有了大量王族，以及传说中的一些皇族。妖族内族群无数，若能名列皇族、王族，则代表血统很高贵。只要是王族、皇族成员，都是被尊称为殿下的。

像虬嗜族这些附庸族群，面对妖族，也是很尊敬的。

就跟金角族群等诸多附庸族群尊敬人类一样。

“蒙维纳殿下是兹潜万蛇王族，邀请他？”雷克亚有些迟疑。

“虽然蒙维纳殿下正常形态仅仅是普通高等不朽级别，但是他的天赋爆发后，战力接近封侯级不朽神灵。”夫威撒说道，“封侯级以下的强者，他几乎能横扫。有他在，绝对有十足把握。”

“我可以帮你说说，可没一点儿把握。”雷克亚说道。

“你把蒙维纳殿下的通信编码给我，你先跟殿下说，然后我再找殿下，我有十足把握邀请蒙维纳殿下出手。”夫威撒说道。

“十足把握？”雷克亚很吃惊。

“很快你就知道了。”夫威撒自信地说道。

第766章

妖族的特殊奖励

当虬嗜族的不朽神灵夫威撒和雷克亚通信时，罗峰他们那支小队还在回去的途中。

C9级宇宙飞船的休息厅内。

“大家分一下战利品。这次可是收拾掉二十名界主和一名不朽神灵，战利品可是有不少，特别是那陨落的不朽神灵留下的世界戒指中宝物极多。哈哈……”泰沃笑着，同时吩咐道，“狂舞，你负责检查一下，战利品中应该没有蕴含那名逃跑的不朽级食尸鬼的精神印记吧。”

“我来检查。”

狂舞拿着面前六枚世界戒指，一枚枚进行探查。一旦敌方小队有不朽神灵逃脱了，那么分配战利品前都要进行检查。

战场上有探测仪器监测，他们又将战利品检查一遍。

虽然中招的概率很低，但再怎么小心也不为过。假如泰沃他们这支小队杀的某个界主很有来历，那界主身上留有的信物是他老师的，这界主一旦死了，泰沃他们谁也辨认不出这信物的问题。

不过域外战场本就充满危险，陨落是常有的事，极少有强者会报复，所以域外战场上的闯荡者也不会太在乎。

“没问题。”狂舞笑道。

“好，那就分战利品。”泰沃说道，“这次疯子和毒药功劳都很大，毒药又消耗掉一份珍贵药剂，你们俩先选。”

“这次没疯子，我杀不了那不朽级食尸鬼，疯子你先选。”

“你来。”

罗峰坐在沙发上，端着美酒笑道，悠闲得很。

……

分了战利品，罗峰他们乘坐的C9级宇宙飞船终于抵达了驻地。回到那块碎星中，他们开始休息；开始反思战斗，汲取经验；在虚拟宇宙中进行修炼，提高自己。

碎星带，一块碎星内。

不朽级鳞甲生物夫威撒坐在碎星内，目光冷厉：“让我损失10%的灵魂，可恶的人类，我会让你们后悔的！”

“雷克亚怎么回事，我都已经回来了，他竟然还没有和蒙维纳殿下说吗？”夫威撒焦急地等待着。作为附庸族群，虬嗜族自然是比妖族低上一大截的，即使同等实力，虬嗜族强者在妖族强者面前也得恭恭敬敬的。

更何况蒙维纳是王族，实力又比夫威撒强，他虽然很想杀死那支人类队伍，但不敢随意打扰蒙维纳。

“通话？”夫威撒露出獠牙一笑，终于有通话来了。

“雷克亚，我都等好久了，你终于联系我了。”夫威撒喜悦地说道。

“哼，在妖族的诸多王族中，兹潜万蛇一族是出了名的阴狠，我虽然和蒙维纳殿下有些交情，但如果随意打扰也会令他恼怒的，我得委婉点。就在刚刚，蒙维纳殿下已经同意和你通话。”雷克亚说道，“这是殿下的通信编码。”

得了通信编码，夫威撒顿时大喜。

“邀请殿下成功后，我再联系你。”夫威撒说道。

“殿下若是同意，我当然会跟随他一起。”雷克亚说道。

“那你就等着我的好消息吧。”

夫威撒直接结束了通话，随即眯着眼思考了片刻，低声说道：“我上次听到的消息应该没错，如果没错，那么就有十足把握请得动蒙维纳殿下了。”随即，夫威撒直接联系蒙维纳，申请通话。

片刻。

“是谁？”声音沙哑低沉还带着厚重的回音，仿佛是在深谷中，这声音直接回荡在夫威撒脑海中。

夫威撒忍不住暗道：“妖族之间虽然仅仅能通话，但好歹能够模拟出正常的说话声音，所以论科技，也比我虬嗜族强多了。我虬嗜族距离稍微远点，就得乘坐生物飞船传递消息了，比这落后多了。”

“伟大的蒙维纳殿下，我是虬嗜族的夫威撒。”夫威撒连忙说道，“相信雷克亚已经向您介绍过我。”

“夫威撒？就是你邀请我一起去追杀人类小队？”蒙维纳声音厚重，道。

“是的。”夫威撒回道。

“域外战场无数强者陨落，难道每死一个人我们都要去追杀敌手吗？那还是战争吗？”蒙维纳声音蕴含着恼怒，“说出你的理由。”

“蒙维纳殿下，”夫威撒连忙恭敬地说道，“我族族人雷克亚并不能向您仔细介绍那支人类小队，我来向您仔细介绍那支人类小队，听完我的介绍，殿下您不会恼怒，反而会开心喜悦。”

“嗯？”蒙维纳声音低沉，说道，“说。”

“那支人类小队中有一名不朽神灵、九名界主，九名界主中有两人拥有媲美不朽神灵的战斗力。”夫威撒解释道。

“两名人类界主拥有不朽战力？”蒙维纳的声音略显急促。

“是的，殿下。”碎星内的夫威撒脸上鳞片皱起，得意地笑，“看来自己听到的消息没错。”

“仔细说说这两名人类界主。”蒙维纳喝道。

“这两名人类，一名是药剂师，他培育出特殊药剂配合界主级植物生命，最终令那植物生命拥有不朽战力；另一名人类是精神念师，使用的是衍神兵，他竟然能够施展出衍神兵第九重不朽亦可敌，重伤了我的族人。”夫威撒说道。

“好，很好，非常好。”蒙维纳声音蕴含着兴奋，“夫威撒，虬嗜族的夫威撒，从现在开始，你就是我的朋友了。当然，你不能骗我。”

“绝对没有。”夫威撒连忙说道。

“听雷克亚说你能确认他们的位置？”蒙维纳追问。

夫威撒当即仔细解释了一遍，自己是何等有把握，全部说完后，才道：“我现在都能清晰感应到他们的位置。”

“在哪儿？”

“准确宇宙坐标范围是在……”夫威撒说道。

一旦信物与主人距离太远，虽然主人能感应信物的大概方位，但无法感应出准确位置。不过碎星带直径是0.8光年，封王级不朽神灵一个瞬移就横贯整个碎星带，0.8光年相对宇宙而言，太短了。

而且罗峰他们的位置离夫威撒不足0.1光年，感应也很清晰，夫威撒这才能确认他们的宇宙坐标。

“那碎星带是极多人类强者聚集的势力范围。”蒙维纳说道，“不可冒险进入。”

“啊？”夫威撒傻眼，“殿下，只要我们小心——”

“不行。”蒙维纳说道，“必须等，等到他们离开那个势力范围，那时我们再行动。”

夫威撒只能应道：“是。”

通话结束。

黑暗的碎星内，夫威撒盘坐在地面上，利爪抓着岩石地面，硬是把地面抓裂了，低吼道：“兹潜万蛇一族，阴狠、小心翼翼，传闻果然没错！哼，看来只能等了，相信那支人类队伍很快就会离开。”

"至少现在已经成功邀请到兹潜万蛇一族的蒙维纳。"

"我听到的消息果然是真的，妖族内部，对于能够击杀人类天才的妖，是有特殊奖励的。"夫威撒得意地说道。

……

人类的天赋，整体要比妖族的天赋弱。

所以人类界主能媲美不朽神灵的这种情况，是非常罕见的，在域外战场第七战场026号兵营中屈指可数。

人类的敌对族群妖族有特别条例，对能击杀人类天才的妖是有特殊奖励的。

兹潜万蛇一族，只是妖族的诸多王族中的一族，且在其之上，还有地位更高的皇族。所以，蒙维纳作为兹潜万蛇一族中一名很不起眼的不朽神灵，拥有的资源并不多，击杀这两名人类天才的奖励足以让他激动万分。

在蒙维纳的命令下，虬嗜族的这两名不朽神灵夫威撒、雷克亚都前往约定好的位置会合。

他们静等那支人类小队出来，一旦那支人类小队离开碎星带那片人类强者聚集的势力范围，他们就可以下手了。

"都八天了，还不出来？"

"夫威撒，你的信物不会被发现了吧，然后他们故意将那信物留在那个地方。"

"放心，绝对不会发现，我的信物是藏在一件兵器的夹层内，除非他们毁掉那件兵器。难不成他们会将所有战利品拆掉吗？"

"都安静，等。"

夫威撒联合蒙维纳、雷克亚，仿佛狩猎者，在默默等待着，等待着机会的出现。

碎星带，罗峰他们待着的那块碎星内。

"这次我们休息了十五天，比往常多休息了五天，大家休息够了吧？"泰沃起身，笑道。

高大的炎婆罗族人锤声音浑厚：“我的大锤，早就饥渴了。”

“我的军功，还差很多。”幻术师卫一边说着，一边抚摸着怀里的猫。

队员们个个起身。

休息这么久，每个人都意气风发。

“经历这大半年的战斗，我对在域外战场上战斗也算知道一些了。”罗峰暗道，“就这么长期跟随泰沃？积累军功的速度实在太慢了。如果我单独一人，我完全可以去猎杀不朽神灵，乃至猎杀更强大些的不朽神灵。

“可10亿军功没有完成，我就不是自由之身，必须得服从军队安排。”

罗峰暗自想着。

“哈哈，上次我们能击杀不朽神灵，希望这次出去，同样也大有收获。”泰沃眼眸如电，下令道，“出发。”

“嗖！嗖！嗖！”

队员们个个迅速沿着幽深通道蹿出，飞到外界星空中，而后一群人乘坐那艘便宜的C9级宇宙飞船，再一次开始了他们的征程。

第767章

傀儡之身

“那支人类队伍已经出发！”夫威撒激动地喊道。

“哦？”

坐在合金椅上、通体呈银色、身高仅仅2米、拥有人类的身躯、蛇头的男子看了过来，在他旁边还有两把合金椅子，分别坐着人类身躯、全身布满鳞甲、恐龙头的男子和人类身躯、鼠头的女子。

“是的，蒙维纳殿下。”夫威撒恭敬地说道。

“刚刚出发，应该需要一天时间，宇宙飞船才能飞出人类势力范围吧。”雷克亚说道，“不急，早着呢。”

夫威撒立即喝道：“我们现在出发，迎着飞过去，也得两天多时间才能碰到他们。现在走，一点儿都不早！”

“嗯，那出发吧。”

蒙维纳站起，旁边的人身恐龙首男子、人身鼠首女子同时起身。

这三人乍一看全身好似合金铸造，有点像罗峰当年使用的流银护卫，根本不像真实的生命。

“嗖！嗖！嗖！”

五道身影先后沿着幽深通道飞出去，当飞到星空中时，蒙维纳一挥手，星空中便出现了一艘直径约百米的生物飞船，飞船自动开启一道舱门。

“真羡慕你们。”蒙维纳俯瞰了一眼虬嗜族的两名不朽神灵夫威撒、雷克亚，低声叹道，“虽然身躯很小，但是能够轻易乘坐宇宙飞船。像我们妖族，特别是妖族中的强者，想要用真身乘坐宇宙飞船是很困难的，就像我，单单能容纳我的身躯的，就必须是星际战舰。”

“嗯。”站在他身侧的人身恐龙首男子也点头，“要让我的真身存放下，也一样，而且舱门也需要特大，否则身体会卡住，进不去。”

“有优点就有缺点。”旁边人身鼠首女子说道。

虬嗜族两名不朽神灵听了，不由得暗骂，夫威撒更是嫉妒：“不仅天生有优势，而且实力那么强大，仅仅是乘坐宇宙飞船不方便罢了。我也想天生就拥有那么强大的身躯呢，不就是真身庞大吗，傀儡身体不是一样可以乘坐宇宙飞船？”

是的，人身蛇首、人身恐龙首、人身鼠首，这三个身体是傀儡身体，有点类似于机械傀儡。

而这妖族的三名不朽神灵真身太庞大，无法乘坐宇宙飞船，所以只能藏匿在世界戒指中。

他们让傀儡身体携带世界戒指乘坐宇宙飞船，一旦遇到危险，他们的真身随时可以从世界戒指中冲出。至于这傀儡之身，是妖族中非常流行的可以透过意识操控的傀儡身体，是合金铸成，内含意识接收器。

分出一丝意识在傀儡之身上，即可操控傀儡之身。

他们藏匿真身的世界戒指早被炼过，里面都是比较小的一方世界，即使遇到特殊困境，以他们真身力量完全可以直接轰掉一方世界，然后出来。

总之，真身藏匿在世界戒指中，让傀儡之身携带，还是很安全的，这也是妖族在宇宙星空中闯荡时乘坐宇宙飞船的常用办法，这样避免了诸多危险。

当然，这种办法只有妖族强者才用得起，因为世界戒指是很贵的。

“真羡慕妖族拥有强大的身躯啊！我们身躯这么小，导致不朽神体都弱小。”夫威撒心中感叹。

“如果有兹潜万蛇一族那般强大的神体……”雷克亚也羡慕。

身体越是庞大，一旦成为不朽神灵，就越占便宜。

因为从界主突破到不朽神灵的那一刻，会引动宇宙本源之地法则之海，那时候会有无穷无尽的能量瞬间将界主的身体直接转换成不朽神体，这种免费得到那般骇人能量直接将身体转换成不朽神体的机会，仅仅一次。

有的生命原本的身高仅仅1米，转换成不朽神体，能吸收多少能量？

有的生命的身体长达2千米，那么转换成不朽神体时需要吸收的能量自然惊人得多。

如星空巨兽，有上千千米的身体，吸收的能量非常多，或许攻击力仅仅增强了10倍，可是不朽神体内的不朽神力多了不知道多少倍。

妖族蒙维纳率领的不朽神灵队伍，乘坐着生物飞船，迅速朝那支人类小队迎过去。

时间流逝，转眼已经两天过去了。

生物飞船的控制室中，三具傀儡之身都坐在合金椅上。

"蒙维纳殿下，预估还有三分钟两艘飞船便将碰面。"夫威撒恭敬地说着妖族通用语，"那支人类队伍的探测仪器比较低端，都赶不上我使用的探测仪器，更别说和殿下比了，他们是绝对不会提前发现我们的。"

蒙维纳点头，发出笑声："哈哈，很好，等这些人类发现我们，就已经逃不掉了。"

"泷图，"蒙维纳看了下身侧的两名属下，"等会儿你们俩和虬嗜族的两位，迅速将那支人类队伍给包围住，不得让他们中任何一个人逃走。"

"明白。"

人身恐龙首男和人身鼠首女都应道。他们只是因为蒙维纳实力比他们强所以才跟随，没有太过恭敬。他们也是妖族一员，论血统，那泷图丝毫不低于蒙维纳。

"即将碰面，60秒、59秒、58秒、57秒、56秒……"夫威撒忽然发出声音。

“夫威撒、雷克亚，毁掉他们飞船的任务交给你们。”蒙维纳下令。

“是。”

夫威撒、雷克亚恭敬地应道。

“人类！”蒙维纳的傀儡之身眼眸中流露出兴奋之色。

距离生物飞船上千万千米处，便是一艘C9级宇宙飞船。

飞船的休息厅内。

一群人都笑闹着，罗峰却坐在角落里的沙发上：“三个妖族傀儡之身？虬嗜族的两名不朽神灵？”在那一艘生物飞船出现在他们10亿千米范围内时就被罗峰的探测仪器给发现了。罗峰使用的探测仪器的昂贵程度比那位蒙维纳殿下用的不知道高多少倍，先进太多了。

“看样子，就是朝着这个方向过来的，目标就是我们队伍。

“当初逃跑的那名不朽神灵竟然还敢来，看来是有把握了，邀请到了厉害的帮手。”罗峰眼睛半眯着，“三个妖族傀儡之身，妖族啊妖族，使用的傀儡之身一般都是人类身体自己的头，哼哼，真是做梦都想压在我人类头上啊。

“看那两名虬嗜族不朽神灵恭敬的样子，那三名妖族应该都是不朽神灵。

“五个不朽神灵，难怪有十足把握！”罗峰暗道，“单单靠队长泰沃、毒药，肯定应付不了。

“需要我出手了，在域外战场我还从来没有杀过不朽神灵呢。上次毒药击杀的虬嗜族不朽神灵，属于普通初等不朽神灵，一共是1亿军功，因为有我的帮忙，我分得1000万军功奖励，毒药分得9000万军功。”罗峰暗道，“更强点的不朽神灵，估计军功更多。”

单独击杀异族界主，最少只有10万军功，最多有1000万军功，罗峰早就知道了。

而单独击杀不朽神灵，最少是1亿军功，最多是1000万亿军功，击杀了封王巅峰级不朽神灵才能获得1000万亿军功。

这早就在兵营中传开了，只要能击杀一名强大的封王巅峰级不朽神灵就能得到那么惊人的军功，可那是封王巅峰级不朽神灵啊！他们最起码得是幻灵王、嗜血王、血魔王的层次，实力强大又是出了名的难杀死。

杀封侯级不朽神灵，一般就得有封王级不朽实力。

杀封王巅峰级不朽神灵？

难，难，难。

击败容易，封印难，击杀最难。

罗峰的10万亿军功额度，估计要很久才能完成，不过仅仅军队要求的10亿军功容易得很。

“五名不朽神灵，不知道是否能凑够10亿军功呢？”罗峰暗道，“希望别都是1亿军功的货色。”

“警告，遭到——”

飞船中忽然响起刺耳的声音。

“什么?!”

原本还很轻松的队员们忽然全部站起，个个体表都浮现战铠，手中出现兵器。

“轰隆！”强大的轰击轰在宇宙飞船上，在休息厅内的罗峰等人都感到猛地震荡，而后休息厅就直接翻滚着飞出去，至于那C9级宇宙飞船舱体在轰击下犹如豆腐一般脆弱，早就完全粉碎了。

休息厅的四个舱门同时开启，精英小队成员两两迅速冲出去，不朽神灵泰沃顺手收起了休息厅。

……

十个人类站在星空中，望着远处的两个不朽级鳞甲生物。

“你竟然还敢来！”毒药咧嘴，死死地盯着远处的夫威撒。

“当然敢来。”虬嗜族人夫威撒说着刺耳的人类通用语，咧嘴一笑，“可恶的人类，竟然让我毁掉10%的灵魂，这次，你们死定了！”

“轰！轰！”

远处另外两个方位忽然爆发出无比强大的气息，这令原本还有信心的泰沃、毒药等人脸色大变，个个转头看去，只见远处星空中出现了两个庞然大物，一个是有独角龙头、全身布满鳞甲的不朽级爬行生物，而另外一个则是全身满是锋利的尖刺，脖颈位置有一圈随风飘荡的薄膜，头仿佛可爱的老鼠头，一双眼睛滴溜溜地转，似乎很可爱，可眼神中的杀意让人胆寒。

“妖族！”

“妖族不朽神灵！”

“四个不朽神灵！”

泰沃、毒药、狂舞、卫、锤、旋风、魅女、神灵、岩石个个脸色变得苍白，罗峰却瞥了一眼远处星空中那个人身蛇首的妖族傀儡。

第768章

不朽级食星草

“完了！”神灵身体一颤。

“不！”魅女死死盯着周围。

“疯子、毒药、狂舞、卫、锤、旋风、魅女、神灵、岩石，”泰沃双眸中隐隐有绝望，传音道，“这次是那不朽级食尸鬼的报复，他见识过我们的实力，所以肯定邀请来了足够强的帮手，不要抱有侥幸心理希望能赢。等会儿我下令，一旦找准机会，大家立即散开逃跑。我们有十个人，只要运气好，还是有人有希望活下来的，大家拼吧。”

“拼！”狂舞咬牙。

“死也得拖一个！”毒药双眸有着疯狂。

就在这时候，那虬嗜族的夫威撒、雷克亚身后飞来一道身影，正是那人身蛇头男子——蒙维纳。

“蒙维纳殿下。”

“蒙维纳殿下。”

夫威撒、雷克亚都恭敬地说道。

这一幕让被包围的泰沃、毒药等人心中直发寒：“天哪，还有个更强的殿下？”

“人类。”蒙维纳在夫威撒、雷克亚前方，面带微笑，目光在罗峰、毒药二人身上掠过。夫威撒早就将这二人清晰的容貌给他看过了，所以他清楚地知道，这群人类中其他人可以不管，可罗峰、毒药，他肯定是要亲手击杀的。

蒙维纳说着纯熟的人类通用语："恭喜你们，能够死在我蒙维纳手上，也有幸能够见到我的真身。"

随即蒙维纳消失不见，同时仿佛巍峨山峰的大蛇出现在了星空中。这条大蛇大约有200米粗、12千米长，直立起来，比地球上任何一座山峰都高得多，大蛇的鳞片呈青色，并且密集的鳞片上有一条条环状纹路，足有上万条。它有六个翅膀，都是筋膜肉翅。独眼，瞳孔呈黑色。

"轰——"当这条不朽级兹潜万蛇出现时，不可思议的寒气瞬间就辐散上万千米范围，水流出现，在上万千米范围内流淌着，紧跟着上万千米区域的水流瞬间被冰封，仿佛是"冰封区域"，即使有泰沃施展开的法则领域抵抗，依旧让界主们感觉到一阵阵刺骨的寒冷。

"五个！"泰沃眼中满是绝望。

"这个比刚才那四个更强。"毒药瞪大了眼，咬牙，"真完了！"

……

大家都从简单的气息感应出那盘在星空中的兹潜万蛇的强大，比其他四个不朽神灵加起来还要强大。

"拼一拼吧，兄弟姐妹们，我们战斗数千年，早就想过陨落的一天，就算是死，也不能让敌人如意！"

"对，杀！"

"死也得拖一个！"

"当年七哥死，我早就想到某天我也会死，来了，终于来了！"

一个个队员包括队长泰沃，这时候根本不再想逃跑的问题了，他们只想着死前再拖一两个陪葬。

"动手！"蒙维纳盘起身子，那独眼冷漠地俯瞰着十个微小的人类，同时传音下令，"那两个人类交给我，其他你们解决。"

“是。”

“轰！”

顿时，妖族三名不朽神灵、虬嗜族两名不朽神灵，全部释放出法则领域，从各个方向闪电般冲向人类。

“兄弟们，杀！”泰沃喝道。

“杀！”队员们带着一丝绝望，疯狂吼道。

两方人马瞬间动了。

而就在这时候，一股无比可怕的气息从人类队伍中蔓延开来，几乎瞬间便让泰沃、毒药等人猛地转头看向散出气息的源头，也令远处杀来的五名不朽神灵惊愕地看向那爆发气息的源头，此刻不管是人类、虬嗜族，还是妖族，都震惊地看着眼前的一幕。

罗峰面前悬浮着仿佛水草般的草类植物，它通体金色，长得很茂盛，足足有上百条藤草。

“生长吧。”罗峰轻声念叨。

仿佛一株小草瞬间生长为参天巨物一般，这水草般的金色食星草疾速朝四面八方生长开去，那些藤草都在疯狂地变粗变长，每条藤草边缘仿佛锯齿似的锋利，几乎瞬间，它便变成了真正的堪称巨型天体般的存在。

每条藤草都长数十万千米，藤草上还有无数小叶子，那就是用来缠绕、吞噬的。

完全爆发的不朽级食星草悬浮在星空中，就仿佛无比茂盛的水草，只是这不朽级食星草有媲美太阳的体形，而蒙维纳等不朽神灵离人类队伍仅仅数万千米，自然是瞬间就被这疾速生长的不朽级食星草的无数藤草给淹没了，仿佛拼命在水草中挣扎的小鱼儿。在媲美太阳体积的不朽级食星草内，他们又怎能逃掉?

“天哪！”

“我的老天！”

“这……”

“这简直……”

泰沃、毒药、锤、旋风、魅女等一个个完全被震撼了，亲眼看到一株仅仅有半人高的金色水草瞬间变大，变成一株媲美恒星的巨大水草，那雄浑而可怕的不朽气息让所有人胆寒。

不朽级植物生命！这是不朽级植物生命！

“植物生命，这……这是不朽级植物生命！”夫威撒眼眸中满是惊恐，“怎么会有不朽级植物生命，每一个植物生命都很难培养成不朽级别的！就算低等不朽级植物生命，都拥有很可怕的实力，需要付出无尽代价的，碎星带怎么还有人拥有不朽级植物生命！”

“麻烦大了！”看着周围无数锯齿般的巨大叶子环绕着自己，全身满是鳞甲的独角龙以及旁边全身满是尖刺的鼠类妖族都有些绝望了，它们身体一个长约8千米，一个长5千多米，如果和人类、虫族等生命比，算是庞然大物了，可是和植物生命一比……

上百条藤草散开去，可是能覆盖直径近百万千米的范围，即使一片锯齿般的金色叶子，都比它们的身体还要庞大。

“食星草，不朽级食星草。”蒙维纳盘旋在周围，警惕着周围环绕的大量巨大的金色叶子，随时准备出招抵抗，可当它回忆起食星草的来历后，它根本没有信心单靠自己逃掉，“这可是号称最坚韧的攻击类植物生命，无比坚韧，一旦被它困住，就算封侯级不朽神灵也休想在短时间内逃出，更别说我了。呼救、呼救、呼救，遇到一个拥有百藤不朽级食星草的人类界主！”

……

泰沃等人的目光都落在了罗峰身上，那三名妖族不朽神灵、两名虬嗜族不朽神灵，都透过巨大的叶子间的缝隙，看向远处的罗峰，他们都知道不朽级食星草就是那个穿黑色战铠的人类放出来的。

罗峰轻声赞叹道：“盛开的食星草，真美！”

“死在食星草下，你们也值了。”罗峰轻声道。

“不！”妖族、虬嗜族的不朽神灵顿时尖叫嘶吼起来，瞬间疯狂，狂暴的不朽神力涌起，个个欲挣扎逃跑。

而原本只是环绕在周围没发动攻击的大量金色叶子，这时候仿佛食人花似的，猛地围攻过去。十几片满是锋利锯齿的金色叶子一起围攻过去，不管是庞大的妖族不朽神灵，还是那虬嗜族不朽神灵，都被完全包裹住。

“哧哧——”完全将他们包裹住的金色叶子疯狂压缩、拼命压缩。

食星草天生具有吞噬大量植物、金属、岩石等的能力，就算血肉也照样吞噬。

“啊！”

“不！”

“自爆吧，自爆吧！”

被压缩在四片金色叶子内的不朽神灵发出各种声音，甚至有两名不朽神灵绝望地选择了自爆。

“轰！轰！”

自爆仅仅炸碎了几片金色叶子，要知道不朽级食星草是有无数金色叶子的。

就这样，四名强大的不朽神灵直接被食星草给吞噬了。

“如果不是有五名不朽神灵，我还真懒得使用食星草，使用食星草真的是大材小用，杀鸡用牛刀。”罗峰看着这一幕，丝毫不感到惊讶，因为他知道这不朽级食星草算是军主巅峰级别，再配合其坚韧能力，就算封侯级不朽神灵一时半刻也休想逃脱其束缚。

被无数叶子束缚，的确是一件很可怕的事。

“罗峰，四名异族不朽神灵身死，你的军功增加了4亿。”巴巴塔的声音在罗峰脑海中响起。

“什么，才4亿？”罗峰不由得感到失望。

“自己的军功额度是10亿啊，必须获得10亿军功才算满足军队系统的要求，自己才能获得自由之身。”

“这最后一个叫蒙维纳的妖族不朽神灵，不愧是领头的，实力就是强，我的不朽级食星草竟然在短时间内无法完全压制它，其他四个都只值1亿军功，这个或许值更高的军功。”罗峰一眼看去，只见那蒙维纳正在疯狂咆哮，周围大量水流环绕，寒气弥漫，它疯狂扭动着，庞大的身躯蕴含着空间法则抽打着叶子，将一些逼迫而来的金色叶子直接震退，罗峰一时间竟然无法压制它。

“不！”蒙维纳疯狂挣扎着，它似乎看到了自己陨落的一幕。

第769章

速战速决

面对从四面八方铺天盖地而来的金色叶子，蒙维纳疯狂抽打着，每一次疯狂抽打都携带着宇宙空间的压迫，将周围的金色叶子一次次震退，甚至部分食星草叶子被震得破裂开。

“逃不掉，我逃不掉！”蒙维纳焦急万分，“没有其他希望，只能呼救，希望近距离的盟友、战友能迅速赶来！我必须坚持，坚持到盟友、战友赶来，坚持！”

“呼救、呼救，遇到一个拥有百藤不朽级食星草的人类界主！”

蒙维纳在抵抗不朽级食星草的同时，也在持续不断地呼救。

……

和人类一样，一旦妖族那些参战成员呼救，消息也会透过通信系统迅速传送给周围100亿千米内的所有战友、盟友。100亿千米是相当远的距离了，传送速度是30万千米每秒，这100亿千米的距离要花费大半天时间才能传送到，而罗峰他们这支小队飞出来也才两天多。

以用光速飞行大半天时间的距离为半径，辐散开的球体区域的盟友、战友何等多？

“遇到了一个拥有百藤不朽级食星草的人类界主。”这则信息，让附近的妖族以及其盟友迅速得知。

“百藤不朽级食星草，去了是送死啊。”

“送死，谁去？”

“倒霉的家伙。”

“可怜。”

“谁让你这么倒霉呢。”

“咕咕，能拥有百藤不朽级食星草的人类还只是界主级，看来这界主来头不小，杀了他，应该有特殊奖励。可惜，这也得有命去享受。咕咕，不去送死，不去送死。”妖族以及其手下的大量族群的众多异族强者收到消息后都只是感叹了一番。

在碎星带惹得起有百藤不朽级食星草的强者毕竟是少数，不过在这范围内居然有七支队伍同时杀来。

“应该是人类的某个天才。”飞船中，人身狼首男子微笑道，“能拥有百藤不朽级食星草，可能有些来头。不过再有来头也是异族。哈哈，越是强大异族培育的天才，杀了才更有成就感，奖励也更高。”

人身狼首男子坐在最上面，下方坐着八名妖族傀儡，再下方，则环绕着大批恭恭敬敬的妖族傀儡，最下方的近百名妖族傀儡是界主级妖族傀儡。

这支队伍的首领在碎星带内很有名气，名叫茧狼侯，是封侯级不朽神灵。

在碎星带，虽然异族强者聚集，但封侯级不朽神灵还是很稀少的，显然这茧狼侯很怕死，所以行事都是小心翼翼的，不敢去更危险的区域，一直逗留在碎星带。在碎星带，它这支队伍绝对属于一方霸主了。

星空中，恒星般大的食星草内，超过10千米长的兹潜万蛇却仿佛一条小蚯蚓似的在其中挣扎。

“嗯？”罗峰遥遥看着那条兹潜万蛇挣扎了五秒钟，不由得眉头皱起，“麻烦了，我这百藤不朽级食星草，只有媲美军主巅峰级不朽神灵的实力，比那条兹潜万蛇稍微强些，优势是坚韧。虽然能束缚那条兹潜万蛇，但在短时间内无法击杀它，杀死它需要花费很长时间。

“不行，这条兹潜万蛇肯定呼救了。时间一长，近距离内的一些妖族强者就会赶来，虽然不惧百藤不朽级食星草的妖族强者在这里出现的概率很低，但是我不能冒险。”罗峰瞬间做出决定，“我使用衍神兵恐怕很难击杀军主巅峰级不朽妖族。”

“就靠兵甲了。”罗峰心意一动，体表的黑色战铠瞬间微微变形，然后延伸，形成头盔和与头盔完美契合的黑色战靴。

这神秘兵甲中蕴含的力量汹涌澎湃，并充满了罗峰全身，足足有1000倍正常人类界主巅峰力量，比得上封侯级不朽神灵的不朽神体了。

“锵。”罗峰右手中出现了一柄通体银色的战刀，在刀刃处有一抹红色，样式是血影战刀的样式，左手中出现了一面通体银色的六棱盾牌。

“杀！”罗峰目光冷厉。

“嗖！”他犹如一道流光瞬间冲出，直冲向远处的兹潜万蛇。

“疯子！”

“疯子是武者？”

“那……那是……”还未从看到不朽级食星草的震撼中清醒过来的泰沃、毒药等惊愕地看着罗峰一副武者姿态，一手持战刀一手持盾牌，直接杀过去了。

“能将衍神兵使用到那种程度的界主，会是一个武者？”毒药眼睛瞪得滚圆。

“是武者。”泰沃声音低沉，“而且是很厉害的武者，比他使用衍神兵时还要厉害。刚才疯子瞬间迸发的速度非常快，比我瞬间迸发的速度还快。”

“什么?!”

队员们更是惊愕。

……

无数金色叶子环绕，罗峰冲出去的同时也下令：“食星，你用叶子将周围环绕住，阻拦其他人的视线，我和这兹潜万蛇的对战，不想被队长他们看到。”

“是，主人。”不朽级食星草的无数金色叶子摆动，让泰沃等人无法看到战斗场景，同时罗峰也透过自己的探测器将周围封锁。

“嗖！”

罗峰化为一道黑色残影，瞬间就冲到兹潜万蛇身边。

“人类，”蒙维纳顿时心中狂喜，“如果你没有食星草，怎么可能是我的对手，竟然敢送到我面前来！”顿时可怕的寒气肆意蔓延开去，大量的水流在周围流动，寒气水流辐散上万千米范围，时而部分冻结，时而迸发流动。

罗峰瞬间就冲进去了。

“哼！”罗峰冷哼一声，“法则领域，笑话！”

“轰！”

罗峰体内世界投影瞬间降临，只见上万千米范围内的空间直接扭曲，化为无穷无尽的草原，兹潜万蛇的法则领域在罗峰的世界投影的压迫下直接崩溃，完全溃散。

“怎么可能?!”兹潜万蛇的独眼中满是震惊，它发出刺耳的妖族通用语叫声。

世界投影直接压碎法则领域！

这得是多强大的体内世界，才会有这么惊人的世界投影啊！

一些选择宇宙晶进化的金角巨兽达到界主级巅峰，体内世界的直径是3000万千米，如此庞大的体内世界形成的世界投影，已经能够和法则领域平等对抗了，而罗峰现在的体内世界的直径超过了9000万千米。

世界投影的威力也暴涨一大截，当初罗峰体内世界的直径有6000万千米时只能压制法则领域，现在直接压得它崩溃。

“速战速决。”罗峰犹如闪电，瞬间降临。

“嗡——”兹潜万蛇的六个筋膜肉翅猛地扇动，它忽地往前一蹿，同时嘴巴猛地张开，出现一个直径数千米的血盆大口，然后蕴含宇宙法则威力的嘴巴张口一吸。

这猛地一吸，“轰”的一声，周围宇宙星空都直接扭曲，然后完全崩塌，无数空间碎片被兹潜万蛇的大口吞入，闪电般飞来的穿一身黑色战铠的罗峰感觉到可怕的力量。

“死吧！”兹潜万蛇那独眼中满是疯狂。

“笑话。”罗峰眼睛微微眯起。

“轰！”

罗峰速度竟然再度飙升，化为一道黑色光线直接冲向那血盆大口，同时挥动手中的血影战刀，血影战刀挥动的瞬间，周围宇宙空间被切割开一道巨大的缝隙。

刀光一闪，划过上万千米，空间被分成两半。

美丽的刀光，夺目得让人心颤。

一片寂静。

兹潜万蛇依旧保持张开血盆大口的狰狞姿态，可是它的眼眸中满是恐惧、不甘，随即兹潜万蛇被分成了两半。

幽影七绝刀——昙花。

“锵！”罗峰顺手一抖血影战刀，看了眼那被分成两半的兹潜万蛇，“能受昙花一击，你也够自豪了。”

同一时刻，无数金色叶子疯狂围过去，瞬间就缠绕住了那兹潜万蛇，兹潜万蛇虽然被切割成两半但其实还没死，只是一旦被食星草无数金色叶子给缠绕住，无数的锯齿疯狂切割下去，就没有幸存的可能了。

眨眼，那兹潜万蛇便被无数金色叶子吞噬一空。

“我凭借兵甲才能勉强拥有封侯级力量，但法则感悟上早已是封侯级层次。”罗峰暗暗感叹，“虽然没有凭借兽神意境施展幽影七绝刀中最强的葬身，但是单单昙花已经算是封侯级层次的攻击了。我的世界投影又完全压制它，所以轻易击杀它也是理所当然的了。”

食星草开始疯狂缩小，瞬间就变成了一株很小的食星草，直接融入罗峰的臂膀。

泰沃、毒药等一群人还处于震惊中。

“嗖。”罗峰背着血影战刀飞来。

看着武者装扮的罗峰，泰沃、毒药、魅女等一群人依旧感觉震撼，忍不住喊道：“疯子，你……”

“有什么话等会儿再说，那妖族不朽神灵肯定呼救了，我们要赶紧走。”罗峰说道。

“嗯，赶紧走。”泰沃冷静下来了。

队员们即使有再多的震撼、再多的话暂时也只能强忍着，当即一个个化作流光，破空而去，迅速进入C9级宇宙飞船。

第770章

独自离去

当妖族一方的七支精英队伍先后抵达这片星空区域时，只能发现一些飞船残骸。

……

在碎星带中以亚光速飞行的C9级宇宙飞船内，休息厅中，劫后余生的精英小队成员们一个个时而彼此对视，时而看向罗峰，而罗峰这时候则是分心和巴巴塔交流。

“巴巴塔，军功有多少了？别告诉我不到10亿，那条兹潜万蛇虽然我能轻易击杀，但它是军主巅峰级不朽这个水准的，没有封侯级实力很难杀死它。”罗峰和巴巴塔交流。

“军功总额14.61亿。”巴巴塔说道。

“呼。”罗峰暗松一口气，“还好，那条兹潜万蛇的军功是10亿，不过说起来还真少，那都是军主巅峰级不朽实力了，竟然只值10亿军功。”

“罗峰，你现在已经是自由之身，即使离开队伍也不会受到军队系统的惩罚了。”巴巴塔说道。军规很严厉，即使罗峰身为混沌城主亲传弟子，也不敢违背军规。

“嗯。”罗峰点头。

“是的，自己现在是自由之身，那么也可以离开这支精英小队了。在这里虽然有队友可以聊天，但自己无法发挥出真正的战斗力，像碎星带这种区域，对自己而言层次还是显得低了些。”

“疯子。”休息厅中长久的寂静下，队长泰沃终于开口。

“队长。”罗峰看向他。

泰沃露出一丝笑容：“我没想到我们队伍竟然能拥有你这等强者，不朽级食星草瞬间就杀死了四名不朽神灵，你本人更是能够击杀堪称军主巅峰级不朽妖族。我们都看走了眼，你最强的不是精神念师的手段，而是武者的手段，真是让我们……惭愧，惭愧！”

“疯子，”毒药站在沙发上，流露出一种看怪物的眼神，“你还真是疯子，伪装成精神念师都能施展第九重不朽亦可敌，而真正的身份是武者。天哪，你才一个界主，竟然就能够击杀军主巅峰级不朽妖族，你……你太……”

“太疯狂了！”

“我认识巨斧斗武场的界主级核心成员，他都没这么强。”

“恐怕只有五大势力核心中的核心，才这么厉害。”

“嗯。”

“像虚拟宇宙公司原始秘境、太初秘境的界主，还有那些修炼数十万年的界主，很多在法则感悟上都能媲美封侯级不朽神灵了，可他们也不一定能击杀军主巅峰级不朽神灵。”岩石说道。

罗峰听到这话惊诧地看了岩石一眼，他说得没错，太初秘境、原始秘境的界主们只要能成为不朽神灵，一般都会是封侯级别。

岩石能知道这些，看来有点来历。

“能和你同时加入域外战场，是我的荣幸。”岩石看着罗峰。

“佩服。”

“疯子，在你面前我都感到了一丝自卑。”穿白色战铠的神灵一副哀叹的样子，“你比我更适合神灵这个名字啊。”

“去。”

“别臭美了。”

队员们个个笑起来。

罗峰也不由得一笑，和这些兄弟姐妹在一起也挺好的。罗峰看得出来这些队员从刚才自己爆发的实力恐怕都已判断出，自己不是五大势力最核心的天才，就是某个超级存在精心培养的亲传弟子，只是这些队员都不想追问别人的隐私而已。

“各位兄弟姐妹。”罗峰看着众人。

一群人都安静下来看向他。

“我来到域外战场，除了军队要求的军功额度外，还肩负着其他的任务。”罗峰说道，“相信我不说，大家也猜出来了。”

“10亿军功对疯子你的确一点儿挑战性都没有。”毒药点头，“你不可能仅仅为了这10亿军功，甚至不太可能为了金钱来域外战场，因为单单把植物生命培育成不朽级，就足以让封侯级不朽神灵倾家荡产。”

罗峰笑着微微点头，继续说道：“就在刚才我击杀五名不朽神灵后，已经凑满了10亿军功，已经是自由之身。”

“你的意思是？”泰沃微微一怔。

“你要走？”锤声音低沉，说道。

“要走吗？”魅女想说什么，又没说出来。

一群人都看着罗峰。

罗峰轻轻点头：“对，我要离开了。”

泰沃、锤、毒药、旋风、魅女、卫、岩石、狂舞、神灵，对视一眼，表情都比较复杂。他们虽然一个个都很不舍得罗峰，但是也都猜出来了，像罗峰这种层次的强者，是不可能跟随他们在碎星带闯荡的。

“抱歉。”罗峰轻声说道。

“不用感到抱歉。”泰沃说道，“你跟我们在一起，假如对付弱者，是浪费你的时间，可对付强者我们又会成为你的拖累，你的决定是对的。”

“哈哈，不管怎么说，我毒药也算是你疯子的队友。”毒药嘿嘿笑道，“看疯子你从未说过本名，看来来历很大很大啊。嘿嘿，反正我们都知道疯子你的虚拟宇宙编号，等将来疯子你觉得可以显露身份了，再告诉我们。”

“一定。”罗峰点头。

魅女用勾魂的眼神看着罗峰，柔声喊着：“天才，将来成为大人物，可别忘掉我们这些小人物啊。”

“就知道抱大腿。”幻术师卫抚摸着怀里的猫，瞥了一眼魅女。

“你的大腿如果粗，我也抱啊。”魅女微微扬起下巴，没好气地说道。

卫一句话憋在喉咙里说不出来。

“数万年、数十万年后，或许能再见你，那时候的你估计会让我们吓一跳。”锤伸出大手拍了拍罗峰的肩膀，“我期待着那一天，当然，我得活着离开域外战场。”

……

在一起也有大半年时间，罗峰和这群兄弟姐妹聊了好久，可离别，终究会到来。

“这是之前猎杀的五名不朽神灵的一些战利品。”罗峰翻手取出一枚世界戒指，看着眼前的一群兄弟姐妹，“这些战利品对我而言，说实话，真的没多大用途，相信大家比我更需要这些战利品。”

“这怎么行。”

“这……”

泰沃等人都愣住了，这可是五名不朽神灵的财富，特别是蒙维纳的宝物绝对抵得上数十个乃至上百个不朽级鳞甲生物。

“疯子和我们不一样，那蒙维纳，疯子随手即可击杀，这些东西对疯子估计真不算什么，大家都收着吧。”岩石说道。

“哈哈，要宰就宰这种大富豪啊。”毒药嘿嘿笑道，伸手接过那枚世界戒指。

“哇，好多宝物。”

“我看看。”

“这得价值好几万混元单位吧。”

“嗯。”

“这抵得上我们上千年的收获吧。”

他们一个个交替探查那枚世界戒指，队长泰沃更是激动地说道：“这探测器比我们用的探测器好多了。在域外战场上，一个好的探测器非常重要，好的探测器，能够发现对手且让对手无法发现我们。单单这探测器就价值上万混元单位，真是好东西。疯子，你在域外战场中闯荡，也需要一个好的探测器。”

“我有。”罗峰点头。

罗峰其实有两个好探测器，一个是自己买的，价格高昂，拍卖价得上千万混元单元；另一个是老师呼延博当年在宇宙闯荡使用的，价值数万混元单位，不过老师呼延博使用的那个，更擅长近距离探测。

“队长，关于击杀不朽神灵的军功，你知道多少？”罗峰问道。过去想问却一直没明确问。

“不朽神灵，分军主、封侯、封王三个层次，其中达到封侯级一般都能拥有不死之身，一旦拥有不死之身，击杀的难度就大多了。”泰沃说道，“显然，没有不死之身的军主级不朽神灵相比较而言是最容易杀的。”

罗峰点头。

“击杀军主级不朽神灵军功最少，且只划分两个层次，击杀军主低等级不朽神灵可得1亿军功，击杀军主高等级不朽神灵可得10亿军功。”泰沃直接道，“击杀封侯级、封王级不朽神灵各划分三个层次。

“击杀封侯初等级不朽神灵可得100亿军功，击杀封侯高等级不朽神灵可得1000亿军功，击杀封侯巅峰级不朽神灵可得1万亿军功。击杀封王初等级不朽神灵可得10万亿军功，击杀封王高等级不朽神灵可得100万亿军功，击杀封王巅峰级不朽神灵可得1000万亿军功。”泰沃一口气说完，他显然常年在域外战场上战斗，且认识很多不朽神灵，知道的信息当然就多了。

罗峰听了不由得点头。

“谢了。”罗峰忽地起身。

泰沃以及其他队员们都看过来。

“各位兄弟姐妹，我们也算战友一场，等将来离开域外战场后再相聚，现在……我就先走了。”罗峰说道。

“小心。”泰沃郑重地说道。

“你可别死掉。”毒药喊道，“小心点儿，异族手段多的是，没有不死之身，一旦陷入危险境地，想逃都难。”

“我可等着抱你大腿呢。”魅女眨巴下眼睛。

……

罗峰和这群在域外战场一同冒险的战友告别后，转身飞出了宇宙飞船。

“嗖！”罗峰翻手便取出了一艘E9级宇宙飞船，随即乘坐飞船离去。

两艘宇宙飞船，一艘C9级、一艘E9级，它们朝着两个方向飞去，片刻便消失在远处星空中。

罗峰，开始了他在域外战场真正的战斗之旅……

第771章

焱祭大陆

罗峰在碎星带的大半年时间里杀死了不少界主，甚至击杀了五名不朽神灵，虽然将击杀五名不朽神灵获得的一些贵重战利品送给了精英小队，但罗峰还是留下了一些物品，如宇宙飞船。

这些异族界主、不朽神灵也经历了一次次生死战斗，杀死了很多人类以及机械族的强者，收缴了很多飞船，可他们被罗峰击杀了，所以现在罗峰拥有很多飞船。

F级宇宙飞船，仅仅一艘，是陨墨星号宇宙飞船。

E级宇宙飞船足足有一千八百二十一艘。

D级宇宙飞船有三百零二艘。

C级宇宙飞船竟然有八亿多艘，可惜是最不值钱的。

除此以外，还得到不同层次的生物飞船一亿多艘。

“队长泰沃好歹也是不朽神灵，在碎星带依旧天天使用C9级宇宙飞船，E9级宇宙飞船他就买了一大堆，这C9级宇宙飞船谁知道买了多少。”罗峰暗道。

很多强者在域外战场一待就是数万年乃至数十万年，一般都是一口气订购大量C级宇宙飞船当炮灰，反正便宜。

……

制式E9级宇宙飞船控制室内，罗峰悠闲地坐在沙发上，端着一杯热腾腾的茶：“幸好购买了这先进的探测仪器，在域外战场上至少能安安静静地喝茶，不用担心突然遭到炮袭。”

罗峰喝着茶，光脑屏幕上显示着飞船周围半径10亿千米范围内的一支支队伍的信息，那些异族强者队伍却根本发现不了罗峰。

有钱购买价值上千万混元单位的探测仪器且有这个渠道购买的，碎星带中还真没几个。

“罗峰，有邮件。”巴巴塔喊道。

“嗯？”罗峰眉头微皱，意识连接虚拟宇宙网络。罗峰在域外战场上绝大多数时刻都是连接虚拟宇宙网络的，因为这样才能知道周围一定范围内的战友、盟友，而战斗时刻更是必须开启，保持虚拟宇宙网络的同步传送。

这样判定者才能观看战斗，判定军功。

“信息放到光脑屏幕上。”罗峰吩咐道，低头看向光脑屏幕。

军队系统直接下达命令。

“罗峰战士，你已完成军功额度且离开了队伍，你现在有两个选择：一、继续在域外战场战斗；二、退役，离开域外战场。”

文字信息直接出现在罗峰的光脑屏幕上。

“继续战斗。”罗峰轻声回道。

监控系统收到罗峰的语音回答，很快又发送了一封邮件过来。

成为自由之身的你拥有换取宝物的权利，可直接将军功换成钱财。10万军功可以换取1混元单位，鉴于你是虚拟宇宙公司成员，10万军功也可换成1积分。你可以在军队系统中用军功换取宝物，也可换成积分在虚拟宇宙宝库中换取宝物。

你如果选择继续战斗，那么你有两种选择：一、你可以单独一人；二、你可以选择率领一支军队。这支军队由一百名界主、一千名域主、一万名宇宙级战士组成。如果你选择第二种，你的任务是率领这支军队在域外战场上战斗。若遇到异族强者，你对付异族强者中的不朽神灵，手下的军队去和异族的军队进行战斗。

选择第一种，军功是正常积累。

选择第二种，除正常军功外，可额外得到正常军功的50%。比如你击杀普通不朽神灵得到1亿军功，而你在带领军队时，击杀同样的不朽神灵可以得到1.5亿军功，并且带领军队时，你无需保护他们，只需要对付异族的不朽神灵，并禁止异族不朽神灵屠戮他们。

请做出选择。

罗峰看了一笑。

“第二种的好处倒是不少，可以得到额外军功。这虽然算是一个比较麻烦的差事，但有额外军功奉送，大多不朽神灵或许会选，可惜自己有很多底牌，特别是金角巨兽分身等，带着大军自己怎么施展？”

“我选择第一种，单独一人。”罗峰轻声回道。

“已经记录，罗峰战士，你仍旧可以随时申请带领一支军队。现在发送域外战场第七战场最新的星空图，请接收。”军队控制系统透过虚拟宇宙网络，直接发来星空图，随即便切断了通信。

……

“星空图。”罗峰坐在沙发上，端着茶，抬头看着前方形成的投影。

整个第七战场的星空图非常复杂，一个个密密麻麻的特殊地带，像碎星带这种地点，数量那是以万计的，还有亿万个危险程度比碎星带还要低的区域，那些区域强者数量很少，一般都是界主、域主、宇宙级战士活动的范围。

“碎星带，界主队伍有很多，不朽神灵率领的队伍也有不少，但封侯级不朽神灵率领的队伍屈指可数。”罗峰摇头，“对我一点儿挑战性都没有，而且不朽神灵太少，单单寻找都麻烦，积累军功的效率太低了。

“碎星带，不适合自己。

“那就去……”

罗峰看着那星空图。

星空图上有无数地点，周围还有文字标示。

“焱祭大陆。”罗峰一眼就看到这个地点，“这是026号兵营控制范围内唯一一个危险程度极高的战斗地带。”

“放大焱祭大陆。”罗峰下令。

星空图亿万个点中的其中一个点迅速放大，只见星空图上出现了一片不规则的大陆图像。在这大陆四周，还飘浮着一些大陆残片，同时星空图旁边附有密密麻麻的文字，详细地介绍这焱祭大陆。

焱祭大陆：第七战场026号兵营控制范围内危险程度最高的战斗区域。进入焱祭大陆的人类以及无数异族强者，如果是精英小队，那么小队中必定有不朽神灵；如果是一支军队，也必定由不朽神灵带队，所以每支队伍中都有不朽神灵。

不朽神灵中，军主级不朽神灵约占三分之二，封侯级不朽神灵约占三分之一，还有极少的封王级不朽神灵。

在这里，如果没有不死之身，那么生存概率会很低。

……

大量关于焱祭大陆的危险性的介绍后，这文字才写道：“焱祭大陆主大陆最大直径1.8光年，还有数千块大陆残片飘浮在大陆四周，那些小的大陆残片直径有100万千米，大的直径有上万亿千米。”

……

罗峰坐在控制室的沙发上，喝着茶，看着那三维投影形成的星空图。

“焱祭大陆是026号兵营控制范围内危险程度最高的战斗区域。”罗峰轻声说道，“可在整个第七战场算是第二等的战斗区域，在它之上，022～036号兵营控制的范围内，还有更可怕的地方。不过那地方敢进去的等级最低的都是封侯级别，封王级不朽神灵几乎都是在这那种最危险的地方。

“嗯，我的地球人本尊即使使用兵甲，力量增加1000倍，也只是封侯初等级水准，即使法则领悟上比封侯初等级强点，可我没有不死之身。”罗峰摇头，“所以即使面对普通封侯级不朽神灵，我地球人本尊都会很吃力。

“最危险的地方，大量封王级不朽神灵聚集的战斗区域，等将来吧，现在我的实力还不够强。”罗峰微微点头，“等我能够在猋祭大陆成为霸主般的存在时，才有资格前往那第一等危险之地。”

“巴巴塔，出发。”罗峰下令。

“是。”

罗峰的探测仪器早早就能够发现一些敌人，所以宇宙飞船可以轻易避开。这艘E9级宇宙飞船一直飞到宇宙穿越点都没有遭到任何偷袭，而后罗峰又换乘陨墨星号。

“宇宙穿越，以50倍光速前进。”

“罗峰，大概两个小时后即可抵达临近猋祭大陆的穿越点。抵达穿越点后，大概还要飞行六天时间，才能抵达猋祭大陆区域。不过我们有很先进的探测仪器，遭到偷袭的概率非常低，可罗峰你也不能大意，说不定就碰到一名封王级别的异族强者，那等强者拥有的探测仪器很可能比你的高级，而且他发现你的探测仪器如此先进，很可能会悄悄逼近对你进行偷袭。

“遭到封王级不朽神灵的偷袭，就危险了，所以时刻小心警惕。”

“明白。”罗峰点点头。

六天后。

那艘在域外战场上飞行许久的黑色飞船终于抵达目的地。

控制室的合金门自动打开，罗峰大步走进控制室，吩咐道：“100%外景虚拟。”顿时外界星空景象能清晰看到。

“猋祭大陆，”罗峰站在控制室，遥看前方，“终于到了。”

遥远星空，那是一片广袤无边的大陆，在那座悬浮在星空的大陆之外，还有一些同样很大的大陆碎片。

“在域外战场的数千年乃至更久的时间里，我恐怕都是在这猋祭大陆闯荡。”罗峰脑海中浮现一个个人影，泰沃、毒药、锤、魅女……

“他们还在碎星带吧，泰沃，希望你们能活着退役。

“希望我也能活着退役。”

罗峰露出笑容。

“嗖！”

E9级宇宙飞船迅速地飞向那焱祭大陆。从今往后，泰沃率领精英小队在碎星带和异族强者们厮杀，罗峰则在这焱祭大陆和更加强大的异族们进行战斗，将来会发生什么，谁也说不准。

第772章

诺岚山

焱祭大陆分为主大陆和环绕其周围的许多陆地碎片。

“嗖！”黑色飞船正在一块陆地碎片上空飞行。

“真大。”罗峰站在控制室俯瞰一眼看不到尽头的苍茫陆地，“仅仅是一块陆地碎片，都无法看到尽头。”

“罗峰，按照星空图上标示，那主大陆是焱祭大陆01号陆地，我们现在经过的大陆碎片是09号陆地，09号陆地最大直径约9000亿千米，我们在它上空绕行的路线约7000亿千米，即使我们保持29万千米每秒的速度持续飞行，也得花费约一个月才能飞过这片地方。”巴巴塔的声音回荡在控制室内。

罗峰点头。

在碎星带的时候，罗峰他们那支小队活动范围也就是以光速飞行几天的范围，而这围绕在主大陆周围的09号陆地碎片，想要飞过它都得约一个月时间，完全适合当许多族群强者的战场。

“不朽神灵率领的军团？

“嗯，啧啧，这是赤黯族吗？第一次见到赤黯族生命，和传承记忆中描述的一样可爱，单单看外表，恐怕无法想象这些可爱的赤黯族人的真正可怕之处吧。

“咦，封侯级不朽神灵？”

飞船在焱祭大陆09号陆地上空飞行时，透过探测仪器罗峰清晰看到10亿千米范围内的很多支队伍。正如他猜测的，这09号陆地虽然只是陆地碎片，但如此庞大，果然有很多异族强者潜伏。

一支支队伍、诸多异族强者，水准明显比碎星带强多了，至少经常能看到不朽神灵。

罗峰看得眼花缭乱。

时间久了，罗峰也就没闲情去查看一支支队伍了，只是吩咐了一声："巴巴塔，探测仪器你负责，遇到情况再找我。"随即罗峰就回到了休息室。那休息室是F9级金属制造的，这也是蒙维纳这么多年积累的战利品之一。

飞船在焱祭大陆09号陆地上空飞行了大半个月。

休息室内。

罗峰正盘膝静坐着。

"罗峰，罗峰。"巴巴塔焦急的声音在室内回荡。

"怎么回事？"罗峰问。

"你到控制室来，赶紧来。"巴巴塔催道。

"故作神秘。"罗峰一笑，走出了休息室，很快来到控制室中。

这时候控制室已经自动开启外景虚拟，罗峰一眼就看到下方，这一看不由得吃惊："巴巴塔，你把飞船停下干什么？我们的计划可是进入主大陆的，怎么在这09号陆地上空就停下？"

"嘿嘿。"巴巴塔怪笑着。

罗峰面前出现一块投影屏幕，屏幕上显现了一个人影图像，这是一名穿深绿色战服、耳朵尖尖、双眸泛着红光、好似毒蝎的男子，单单看这图像便让人感觉到这人的阴冷。

"诺岚山？"罗峰一怔，而后问道，"巴巴塔，你给我看诺岚山的照片干什么？难道……"

罗峰眼睛亮起。

“嘿嘿，恭喜你，猜对了。”巴巴塔得意地笑道。

“真发现诺岚山了？”罗峰吃惊。域外战场何等大，虽然自己乘坐宇宙飞船路过一片很庞大的区域，但用探测仪器一扫，发现自己经过的区域依旧只是域外战场的极小一部分。

“竟然能碰到诺岚山，这还真是缘分。”

“飞船在09号陆地上空飞行，探测仪器一直开启，虽然看到极少数人类队伍，但也没什么特殊之处。就在刚才，突然发现了诺岚山，我当然是立即确认信号，停下飞船。当年这诺岚山为了夺得地球上的宝藏，可是用了很多卑鄙的手段，你和你家人可都差点栽在他手上。”巴巴塔说道，“现在能碰到他，按照地球上的话说，不是不报，时候未到啊。”

“嗯。”罗峰目光冷厉。

诺岚山，当年先是派遣星际舰队直接降临地球，用武力威慑地球人，过程中有不少地球人死亡，再以毁掉地球一座座基地市做威胁，逼迫地球的精英们从基地堡垒中出来……幸好罗峰及时成为地球领主，以黑龙山帝国法律逼得他们只能退走。

诺岚山家族不甘心，悄然留下一支特殊的精英队伍，迅速绑架了地球五大国家领导人以及罗峰的妻子徐欣、弟弟罗华，来威胁罗峰。

诸多手段失败后更是安排两名宇宙级强者赶来，两名宇宙级强者最终一人身死，一人成为罗峰的灵魂奴隶。

最后因为界中界的事情，罗峰请强者去击杀诺岚山，诺岚山却早早吓得逃跑，直接来到域外战场。

面对诺岚山一重接一重的手段，罗峰如果有一步出了问题，那后果将不堪设想。如罗峰晚点成为地球领主，地球早就死伤无数，现在恐怕就是一片废墟了；如罗峰没成功救下亲人，亲人很可能惨死。

“诺岚山，”罗峰心中满是杀意，“四千多年没见了，不知道你现在到底有多强！”

“巴巴塔，”罗峰喝道，“探测现在的诺岚山，进行投影。”

“是。”

顿时罗峰面前的投影屏幕上出现了一个令人震撼的战斗场面，一方是人类，共有两名不朽神灵、近两百名界主、近两千名域主、近两万名宇宙级战士；另外一方则是妖族，为首的是一名妖族不朽神灵，它有四个粗壮的蹄爪，全身满是鳞甲，鳞甲表层隐隐披着一层薄薄的战铠，还有两个狰狞的头，一个狰狞的头上的眼睛是金色的，另一个狰狞的头上的眼睛则是银色的。

这强大的妖族不朽神灵，以一敌二，竟然压制住了两名人类不朽神灵。

同时界主级、域主级、宇宙级的妖族共数千名，它们长相各异，最小者身体也有10余米长，最大者体长更是达到32千米。虽仅仅数千名妖族战士，但气势上却完全压制人类一方。

在近两百名人类界主中有一道人影，正是诺岚山。

“界主级三阶？”

飞船控制室内的罗峰俯瞰了一眼，却只能看到无尽雾气，看不到下方的战斗场面，随即抬头继续看着那投影，嗤笑道：“这诺岚山进步倒是快，四千多年时间，竟然跨入了界主级三阶，生死磨炼的效果还真不错。”

“呼救、呼救，我等遇到一名妖族不朽神灵，它拥有军主巅峰级不朽实力。”一条呼救信息由军队系统透过虚拟宇宙网络直接传送给罗峰。

求救信号能直接发送给其周围100亿千米内所有盟友、战友。

罗峰现在距离战场不足1亿千米，不过因为探测仪器先进，屏蔽了下面两方的探测信号，所以那两方都探测不到，不过人类一方却是可以透过军队系统知道周围一定范围内的盟友、战友坐标。

“罗峰，下方战斗的其中一名人类不朽神灵申请与你通话。”巴巴塔说道。

“接。”罗峰点头，“转接在光脑屏幕上。”

光脑屏幕上出现了一名穿白袍的男子，正满脸急切地说道：“战友，请你帮帮我们，我的探测仪器发现不了你，还是靠军队系统才知道你的位置，你的实力应该比我们强，再加上我们这方有两名不朽神灵，应该能够对付那名妖族不朽神灵，还请帮忙，我二人快撑不住了！若我等战败，那些弱小的宇宙级战士、域主、界主会撑不住，四散逃跑，界主可能还有希望逃掉，可宇宙级战士、域主逃掉的概率会很低。同是人类，还请帮忙！”

“好。”罗峰点头。

通话结束。

……

“那诺岚山真是狡猾。”罗峰看了一眼投影上的战斗情况，“界主级三阶的他，自然不是那些界主级巅峰妖族的对手，竟然让其他界主帮他撑着。看起来，人缘倒是不错。”

“这么下去，他很可能逃掉，让很多宇宙级战士、域主死掉。”罗峰摇头。

罗峰全身黑色铠甲迅速延伸，出现了黑色战盔，脚下战靴和全身铠甲化为一体，同时脚下出现了一个长约3米、最宽处约半米、造型奇异的石盘——洛夫鹨盘，同时单手持着一面约2米高、边缘有一些兽神雕饰、巨大的精美金色盾牌。

“金角巨兽分身不需要使用兽神兵，这兽神兵就给地球人本尊使用吧。”罗峰暗道。

洛夫鹨盘、兽神兵……这算是罗峰将来战斗的标准装备了。

舱门早已开启，罗峰迅速蹿了出去，随即俯冲而下。

一片苍茫的山脉上空，人类和妖族正在厮杀。这山脉石壁上还能看到一些巨大的古老雕刻，是当年焱祭大陆原住民留下的雕刻，不过亿万年下来，原住民全都不在了。这些雕刻虽然蕴含些奇异能量，但已经很残破了。

“二哥，快扛不住了。”诺岚山焦急地说道，“准备逃吧！”

“老五，你赶紧走！”

“老五，你才达到界主级三阶，遇到这些界主级巅峰妖族必死，很多宇宙级战士、域主都开始逃了，你赶紧逃，我们必须给你们争取时间！”

“二哥，你们——”诺岚山焦急。

“去吧！”

“我们死不了的！”

疯狂厮杀中，诺岚山表面上痛苦心中却默默地道：“这已经是我在域外战场上第六十三次逃亡了，果然生死战斗中容易结交生死兄弟。没这些生死兄弟，我也活不到今日。可惜，一千多年的情感投入可能就这么浪费掉了。”就在诺岚山准备逃窜时——

天空中忽然有一道可怕的气息降临。

“呖——”

一声鸣叫响彻天地，只见一道巨大的无比美丽的飞禽幻影从高空俯冲而下，震撼两方。

第773章

救星

那美得让人心醉的巨大飞禽幻影中有一个身穿黑色战铠的人影，那人影手持金色盾牌俯冲而下。

“洛夫鹦盘！”

“洛夫鹦盘，有救了！”

人类一方的两名不朽神灵一脸惊喜，而那有两个头的妖族不朽神灵却低吼一声。

洛夫鹦盘是颇有名气的飞行类辅助兵器，是天然形成的，造型奇特，乍一看整个石盘有点类似一只飞禽，特别是石盘上天然形成的纹路构成一只神秘飞禽。一旦洛夫鹦盘和拥有者完全契合后，全力催动就会产生那巨大的飞禽幻影，令拥有者的速度迅速加快。

洛夫鹦盘虽然价格仅仅在100万到200万混元单位之间，但因为是天然形成的，数量非常稀少，有金钱也难买到，封侯级不朽神灵中也是少数才有。能拥有洛夫鹦盘，已经证明了其身份和实力。

“舒凡，我们不用死了！”看似铜铸的不朽神灵全身燃烧着火焰，兴奋地传音道。

“哈哈，说不定能反败为胜呢。”看似柔弱的男子，周围环绕着水流，也满是笑容。

“嗷——”那妖族不朽神灵万分谨慎，甚至减弱了对两名人类不朽神灵的攻击力，小心翼翼地，一旦见势不妙就准备逃跑。

可仅仅刹那——

“这是玩我们啊！”那柔弱男子舒凡，堂堂不朽神灵瞪大眼睛，“界……界主?!”

“怎么可能是界主?!”

“嗷——”妖族不朽神灵却兴奋无比。

他们气息感应何等敏锐，瞬间就判定俯冲下来的穿黑色战铠的气势滔天的男子是一名界主，就算气势再滔天，就算踩踏的是洛夫鹦盘也改变不了一个事实，这个穿黑色战铠的男子仅仅是一名界主。

“怎么会是界主？”两名人类不朽神灵都快崩溃了，本以为救星赶到，没想到却是个界主。

罗峰脚踏洛夫鹦盘俯冲而下，一眼便看到了那有两个头的妖族不朽神灵，心中自然很清楚这妖是什么族群的。

时空魔兽：妖族十八皇族之一，成年时可以自然达到域主级，两个头上分别有金瞳和银瞳，那金瞳可以影响空间，银瞳可以影响时间，金瞳银瞳一旦同时施展开，对周围时空都有很强的控制力，再配合法则领域，可以令法则领域威力倍增。

而这只时空魔兽应该算是时空魔兽一族不朽神灵中的耻辱了。

作为有时间、空间天赋的皇族，在时间、空间上成就应该很高，这只时空魔兽成就却很低，比其稍微强点的时空魔兽就已经是封侯级了，再靠着天赋——对一方时空的控制能力，能达到军主巅峰级不朽水准。

“时空魔兽虽然远远比不上毁娑巨兽的天赋——时间暂停，也比不上金角巨兽的天赋——分身，但是时空魔兽数量毕竟比毁娑巨兽、金角巨兽多得多。”罗峰心中掠过念头，“星空巨兽的十二巅峰血统，比妖族十八皇族血统还要高贵些，所以皇族成为不朽神灵的难度比金角巨兽低得多。”

时空的天赋有高有低。空间束缚也是天赋，但效果极弱；时间流速变化也是天赋，一般只能稍微加快或减慢，变化幅度极小。

瞬移也是天赋，效果逆天。的确有天生能瞬移的生命。

时间暂停也是天赋，同样逆天。

……

“再弱的族群也有英雄，再强的族群也有弱者。时空魔兽，受死吧！”俯冲而下的罗峰，瞬间操控手中的那金色盾牌，顿时这厚重的金色盾牌上飞出一块块菱形金属片，每块金属片上都有复杂的纹路，瞬间串联成无数金色丝线。

足足999块菱形金属片同时射出，无数金色丝线串联，沟通宇宙本源，几乎瞬间一道模模糊糊的庞大兽神幻影出现在半空，那999块菱形金属片消失在视野范围内，同时那兽神幻影显得挺清晰的。

四只粗壮的蹄爪、长长的鳞甲尾巴，昂然刺破天际般的独角、那股好似要毁灭宇宙般的霸道，让人心颤。

“这是什么？”

“这——”

两名人类不朽神灵惊骇，而妖族不朽神灵更是震惊得瞪大了金瞳和银瞳，而人类、妖族两方的大量界主、域主、宇宙级战士全部轰然从半空坠落，全部落在地面上，一个个软倒在地、匍匐在地，惊颤、恐惧。单单那股威压已经令他们无法反抗。

“兽神兵第一式：兽神降临。”身穿黑色战铠的罗峰脚踩洛夫鹨盘，目视时空魔兽。

“嗷——”下方的时空魔兽愤怒地咆哮一声，猛地冲天而起，头上的两个眼眸同时射出两道光芒，强大的法则领域受到时空天赋的控制，威力暴增，直接压迫向上空中穿黑色战铠的在它看来应该很弱小的人类界主。

“哼！”罗峰俯瞰下方。

“轰！”

周围空间扭曲，出现了草地天空，强大的世界投影直接和那法则领域撞击在一起。

“轰隆——”那法则领域被压迫得不断后退、不断缩小，最后被压迫得只能环绕在那时空魔兽周围近百千米范围。这顿时令那时空魔兽惊讶不已，它的法则领域怎么会被世界投影压制？

“兽神降临之撕天一爪。”罗峰心中默默道。

半空那散发着霸道威压的兽神幻影发出一声吼叫，那吼声好似是透过时空从某个古老时期的遥远的宇宙中传来，随即仅仅一个飞扑，那兽神幻影便和下方冲杀上来的时空魔兽无比接近，紧跟着就是很狰狞霸道的一爪……

这一爪直接抓裂了那只时空魔兽……

“嗷——”身体被撕裂的时空魔兽其中一个头上的嘴发出怒吼，同时破碎的身体化为不朽神力想要凝聚为一体。

“哧！”兽神幻影又是无比霸道的一爪，同时无数金色叶子迅速布满周围数万千米区域，瞬间就将那身体破碎欲重组的时空魔兽给包裹住了。无数金色叶子疯狂吞噬着，眨眼，那时空魔兽便陨落了。

“死在我蕴含最强兽神意境的一招下，你也该自豪了。”穿黑色战铠的罗峰手一招，那巨大的不朽级食星草迅速飞来并且变小，而后融入罗峰臂膀中。

当年希罗多留下四大绝世秘法：兽神兵、兽神吼、兽神变、兽神奔。其中希罗多经常用来战斗的无疑是兽神兵。

兽神兵共分六式，分别对应《衍神七变》的六层。

罗峰练成了第一层鳞甲篇，仔细研究后就学会了第一式兽神降临。须知罗峰在混沌城中待到第九百年时，那兽神意境达到了闯过通天桥第十六层的境界。他后来又钻研了三百年，兽神意境更是达到闯过通天桥第十七层的境界。

兽神兵更是宇宙尊者们常用的制式兵器。好的念力兵器是有很强振幅效果的。有兽神兵辅助，威力自然飙升，罗峰施展起兽神降临之撕天一爪更是轻松无比，感觉比金角巨兽分身来施展更加顺畅，威力也极大，已然是接近封王级境界。

接近封王级境界、念力振幅3200多、界主巅峰念力，这使得罗峰施展这一招，能拥有勉强达到封侯级的实力，加上世界投影直接压制时空魔兽最强法则领域，他的一击自然胜利了。

“逃！”

“逃!”

数千名妖族嘶吼着，发出妖族通用语，四散逃跑。那些原本被压制的人类界主、域主、宇宙级战士三两联手，迅速追杀目标。

两名人类不朽神灵自然不屑降低身份去追杀，而是笑着走向罗峰。

“谢谢兄弟。”那铜铸般的不朽神灵走来。

“谢谢帮忙。”那柔弱不朽神灵仔细地观察着罗峰，同时说道，“他是博野铸，我叫舒凡，都是军主级不朽神灵，相信战友你应该是五大势力中的某位殿下吧。”

而一身黑色铠甲、黑色头盔、黑色战靴的罗峰，也降落下来，手中的兽神兵、脚下的洛夫鹨盘全部收入了体内世界。

黑色铠甲移动，黑色头盔迅速消失不见，露出了黑色短发的青年面孔。

“二哥，三哥。”而在另一边，诺岚山激动地和其他两名界主级巅峰强者聚在一起，“我们总算不用分开了，都安全了。”

“哈哈……老五，这该谢谢那位超级强者啊。”

“那位超级强者真是厉害，他应该是界主吧，竟然能直接霸道地击杀那个妖族不朽神灵，而且那冒出的金色叶子应该是一种不朽级植物生命吧。”

诺岚山听了连忙点头，心中则暗道：“界主竟然就能击杀那妖族不朽神灵，真是太厉害了，这才是真正的超级天才啊，也不知道是什么来历，如果能够跟他扯上关系，那么罗峰估计就不算什么威胁了。”诺岚山就是因为罗峰才被吓得一直待在域外战场。

“看，那位强者露出面容了。”

“啧啧，看起来就不一般。”那两名界主都眼睛发亮地看去，这时候很多界主、域主、宇宙级战士都看向罗峰。

诺岚山也转头看向远处。

平常两名高高在上的军主级不朽神灵这时却略显谦卑地和那穿黑色战铠的男子说话，穿黑色战铠的男子已经露出面容。

虽然罗峰将面部肤色略微调整了，但是因为罗峰才被迫待在域外战场四千多年、一直咬牙切齿恨着他的诺岚山怎么可能因为肤色改变了而认不出他？

“他……他……”诺岚山看着远处的穿黑色战铠的男子，眼睛瞪得滚圆，眼珠仿佛要瞪出来似的。

第774章

留在军队

“罗……罗峰，是罗峰，他是罗峰！”诺岚山脑袋“嗡”的一声完全乱了。

四千多年前他就知道以罗峰的进步速度，自己留在黑龙山帝国恐怕会丢掉性命，留在人类疆域只会和罗峰的差距越来越大。诺岚山毕竟获得过宇宙级巨斧武者称号，骨子里十分疯狂，所以他咬牙来到域外战场，欲搏一次。

从黑龙山帝国前往域外战场的途中，他就遇到过两次危险。

在域外战场上，经过一次次生死搏杀，刚来时他很快就跨入域主级，可域主级一阶在域外战场简直就是炮灰，他不断挣扎着……

一次次生死冒险的结果就是他最终达到界主级。

这么多年他为什么拼？就是因为惧怕罗峰，所以不断增强实力。可现在罗峰突然出现在他面前，并直接击杀了一名军主巅峰级不朽妖族。

“怎么会这么强，他怎么会这么强？四千多年前他不是刚刚参加天才战，那时候才恒星级九阶吗？这才四千多年而已，怎么就达到了界主级巅峰？就算达到了界主级巅峰，可为什么他能够直接击杀军主级不朽妖族？完了，完了！”诺岚山头脑一片混乱，他感觉不到自己有丝毫反抗之力。

这支人类军队的两名军主级不朽神灵舒凡和博野铸都介绍了自己。

罗峰也笑着点头：“我叫扬。”

“扬？”舒凡、博野铸二人都记住了这个名字。

“嗯。”罗峰点头。

罗峰心底自动将自己与很多人的关系划分出远近。关系很亲近的，像泰沃、毒药、魅女这些算是一同经历生死，彼此真诚相待的，罗峰告诉他们自己叫疯子，主要是因为身份需要保密，其实疯子从地球时就是罗峰的外号了。

这外号非常常见，十名战士中恐怕就有一个叫这外号的，罗峰不担心泄露身份。

至于舒凡、博野铸这些注定了是萍水相逢或是偶尔有些交情的，双方记住代号即可。罗峰从小生活在JN八大卫城之一的Y城，所以代号就叫扬。

“扬，刚才战斗动静很大，估计很快就会有一些异族强者过来，我们还是赶紧离开这儿吧。”舒凡说道。

“和我等一道走吧。”博野铸说道。

罗峰点头：“也好。”

“哈哈……”博野铸、舒凡二人顿时笑了。

能在界主级巅峰时期就正面击败军主巅峰级不朽妖族，说明对方在法则感悟方面现在就至少能媲美封侯巅峰级不朽神灵，这种人物将来肯定会成为不朽神灵，并且几乎板上钉钉会成为封王级不朽神灵般的存在。

和这种存在有交情，何等荣幸啊。

“集合！”博野铸下令，同时一挥手，出现了一艘大型银色飞船，直径约300米，紧接着飞船的腹部舱门直接打开，露出一条大型通道。

“集合！集合！”一些界主级巅峰强者喝令着战士们，“赶紧进入宇宙飞船，立即离开！”

“是！”

兴奋无比的宇宙级战士、域主、界主从四面八方飞来，一个个朝高空中的那艘宇宙飞船腹部的大型通道飞去，那通道足以让上千人同时拥入。

“老五，想什么呢，傻了？”一名满脸绒毛、身材魁梧的界主拉了诺岚山一把，“赶紧进飞船。”

“哦。”诺岚山惊醒过来，忍不住朝远处瞥了一眼。

站在远处的罗峰有所察觉地朝诺岚山这儿看了一眼，二人目光对上，他仿佛再度陷入那种兽神幻影的压迫下，不由得心颤。

“来了。”诺岚山连忙跟随其他人一起朝飞船飞去。

……

这直径300米的宇宙飞船腹部有上、中、下三个直径200米的休息室，轻易容纳了那近两万名人类宇宙战士，其中诺岚山率领着一支宇宙战士队伍在中层休息室内。他坐在角落，微微低垂着脑袋。

“冷静，我得冷静！”诺岚山心中嘶吼着。不得不说，今天罗峰的现身将诺岚山憋在心中四千多年的希望给击得粉碎，他这四千多年都在生死线挣扎，就是为了无惧罗峰，就是为了能够去威胁罗峰。

“呼！呼！呼！”诺岚山急促喘息着，额头满是汗珠，终于渐渐冷静下来，恢复了清醒。

“四千多年，罗峰就修炼到这个地步，战斗力这么惊人，他现在在虚拟宇宙公司绝对受到重视了。”诺岚山心中暗想。以他的地位，罗峰在虚拟宇宙公司内部的信息他自然不可能知道。

“那么我击杀他的可能性为零。”诺岚山暗道，“透过异族强者来击杀罗峰？不可能。原因有五个：一、异族强者一看到我是人类就攻击我；二、他们不会信我；三、勾结异族我必死无疑；四、异族即使知道有人类天才，可人类天才多的是，凭什么一定要来追杀罗峰？五、这是最重要的，我一离开队伍，罗峰就有机会杀我了，我根本没机会。

“如此看来，透过异族来击杀罗峰，概率非常低，且还得付出生命的代价。我可不想断送性命。嗯，那我得想办法活命。”诺岚山咬牙思索着，忽然眼睛一亮，“对了，军队系统是有规定的，战友、盟友不得自相残杀，凡是残杀战友、盟友的，以叛族罪处置，直接处死。”

“也就是说，只要我留在军队内，随时开启着虚拟宇宙网络的同步传送，那罗峰根本不敢杀我。但我只要离开队伍，独自一人，他估计有的是手段，随便弄个机械傀儡之类的，就能轻易弄死我，而机械傀儡杀我，即使是虚拟宇宙系统，也无法判定是罗峰杀我。对，就是这样。”诺岚山微微点头，心中坚定了这个主意——混在军队内跟随两名军主级不朽神灵。

罗峰用一些小手段没办法在军队中杀他，而如果大动干戈很容易判定是罗峰下手，那么罗峰被认定犯了叛族罪，自然必死。

“我就不信，他会搭上性命来杀我。”诺岚山露出笑容。

“老五，之前那位神秘界主级强者真是厉害啊！他得有多强大的背景才能拥有不朽级植物生命，拥有这般战斗力啊！”

“呵呵，是啊，很厉害。”诺岚山微笑点头。

这艘宇宙飞船的控制室内。

博野铸、舒凡这两名军主级不朽神灵正在用丰盛的宴席招待罗峰。

“扬，这次如果不是你，我兄弟二人恐怕就得陨落一个了，这救命之恩我俩谨记在心。来，尝尝，这是我们在兵营刚刚换取的业华酒，这业华酒虽然不是很昂贵，但也别有一番滋味。”舒凡笑着端起酒杯。

罗峰也端起酒杯喝了一口，酒一入喉咙进入体内，全身一阵舒畅。

“不错。”罗峰点头。

“扬，能在关键时刻巧遇你，真是我俩的运气。”博野铸哈哈笑道。

“既然同是战友，力所能及，自然该出手。”罗峰说道。

之所以出手，一是因为罗峰确实要帮助人类战友，二是因为罗峰对诺岚山恨之入骨。现在他在这支队伍里，那么要对付诺岚山就实在太容易了，那诺岚山的一举一动完全在他的探测仪器的监控下。

“诺岚山刚才很惶恐，现在似乎平静了。

“呵呵，看来他以为在军队内我是拿他没办法的。

“是啊，在这队伍内，我是不能对他动手，对战友下手，这可是重罪。

“可是你还是死定了。”

罗峰既然在这支队伍里，自然有十足把握杀死诺岚山且不会获罪。

“如果你逃离这支队伍，独自一人，我有的是办法弄死你。如果你一直待在这队伍内，一旦队伍和异族强者交战，这强者交战混乱无比，我自然也有办法杀你。”罗峰心中轻松无比。

不管诺岚山是留在军队，还是离开军队，都是死路一条。

诺岚山还认为在军队内是安全的，是因为他不懂得，像罗峰这等强者要报仇很简单。

“舒凡、博野铸，”罗峰笑道，“我想问问。”

“请说。”

两名军主级不朽神灵同时说道。

罗峰一笑：“我刚来焱祭大陆，而现在这座陆地应该是焱祭大陆的大陆碎片吧？”

“这里确实是星空图上描述的焱祭大陆09号陆地。”舒凡微笑道，“其实像我们很多在焱祭大陆厮杀的人类还有无数的异族，无数年下来，我们早就给焱祭大陆内定了称呼，主大陆自然是焱祭大陆，像这些陆地碎片则称之为岛屿。”

“岛屿？”罗峰惊诧，“比太阳不知道大多少倍的陆地碎片，叫岛屿？”

“对，除了主大陆，其他陆地碎片一律称为岛屿，我们所在的岛屿叫雾沙岛。”舒凡笑道，“主大陆中强者如云，封侯级不朽神灵很多，甚至有封王级不朽神灵，所以非常危险，自认实力不够强的很多都是在岛屿上闯荡。我们这雾沙岛，属于较大的岛屿，异族强者众多，不过那些异族强者几乎都是军主级别。岛屿上的封侯级不朽神灵大概有十二个，或许更多。总之，已经确认的有十二个，这十二个封侯级不朽神灵在我们雾沙岛绝对都是霸主般的蛮横人物。”

第775章

征战

“至少十二个封侯级不朽神灵？”罗峰放下酒杯，“来这域外战场我还没有和封侯级不朽神灵战斗过。”

“扬，你必须小心警惕，否则很容易丧命。”舒凡郑重地说道，“虽然军主巅峰级和封侯级在级别上只有一点点差别，但是恐怖程度相差数倍。单单论战斗力，军主巅峰级和封侯初等级相差很小，唯一的区别是——封侯级拥有不死之身。

“不朽神灵一旦拥有不死之身便恐怖得多。像我和博野铸，虽然实力和封侯初等级不朽神灵很接近，但就算令封侯初等级不朽神灵自爆，对方依旧会再度凝聚并丝毫无损，连自爆都损伤不了对方一丝，你说战斗还有意义吗？遇到封侯级不朽神灵，就是一个字——逃。”舒凡摇头叹息，“拥有不死之身，即使你能让他自爆千次万次，他都丝毫无损，可他能轻易重伤你并杀死你，所以在很多不朽神灵眼里，拥有不死之身才是永恒不朽，否则只能算是不朽神灵中的炮灰。”

罗峰眉头微皱。

拥有不死之身的不朽神灵，正常有两种方法可以杀死：一种是灵魂毁灭，一种是强行湮灭。这两种方法要求都极高，像虚拟宇宙公司安排的任务是要杀死一名封侯级不朽神灵，需出动封王级不朽神灵这等存在率领的小队，一般战斗好些回合才能成功击杀。

“不提这些了，扬。”博野铸声音浑厚，期待地说道，“你刚来雾沙岛，也没准确目的地，要不……先和我兄弟二人在一起？”

“对对对。”舒凡也连忙劝说道，“和我兄弟二人在一起，可迅速适应焱祭大陆的战斗氛围。”

二人都期盼地看着罗峰。

“那就打扰了。”罗峰微笑。

罗峰和这支队伍在一起，是为了解决诺岚山，当然这对罗峰很容易，还有一个更重要的原因——战斗规划。

焱祭大陆罗峰是要闯荡很久的，而那等危险之地贸然闯进去是很危险的，先在雾沙岛积累些经验，搜集一些焱祭大陆的信息，再去闯也不迟。

……

宇宙飞船飞行了一天多时间，而后飞入了一座山脉中，山脉中云雾缭绕，雾沙岛之所以叫这个名字，就是因为岛屿上三分之一区域常年被雾气笼罩。

“回来喽。”

“哈哈，活着回来了。”

“这次还积累了不少军功，多亏了那位突然出现的神秘界主级强者啊。”

诺岚山也随着其他宇宙战士们一道进入山腹内的军营中，整个山腹内部早已经被挖空，挖出了一座大型军营来。

“这罗峰竟然留在这军队里了，看来是真的想要我的命。”诺岚山瞥了一眼远处那并肩走着的三道身影，心中暗恨，“不过等着瞧，我就一直待在军队里，我看你怎么对我下手。杀我，在域外战场上杀掉战友，就是犯了叛族罪，你得给我陪葬。”

……

“扬，”舒凡、博野铸送罗峰进入一座幽静的宫殿内，“你就暂时住在这儿，回头我将雾沙岛的一些详细情况，还有关于焱祭大陆我所了解的，都发送给你。我们大概会歇息十五天，而后再出去征战。”

片刻，罗峰就透过虚拟宇宙网络收到了详细资料。

关于焱祭大陆的很少，关于雾沙岛的极多。

“雾沙岛的十二名封侯级不朽神灵的详细信息。”罗峰席地而坐，看着光脑屏幕投影出的信息，这十二名封侯级不朽神灵每一个都有图片、文字解释等。

“妖族，外号轮蛇。”罗峰看着图片，摇头说道，“这可是妖族十八皇族之一的轮回琮眼蛇，看来大部分人类不朽神灵对于异族的了解都很缺乏。

“属虫族一方，外号巨石。资料真的很缺乏啊。这巨石，应该是生活在宇宙中一个极为偏远疆域的族群，是属于岩石类生命的卡巫族。

“机械族的盟友，外号剑光。

“外号黑雾。

“外号梦魇。”

罗峰看着雾沙岛上一个个封侯级不朽神灵的介绍，其中妖族一方的有三个，机械族一方有两个，虫族一方有四个，人类一方有三个。大部分都是四大巅峰族群的盟友。单独一个异族强者的实力远不如巅峰族群，可大量异族强者加起来，实力比四大巅峰族群的不朽神灵要强得多。

转眼已是十五天后了，舒凡、博野铸率领大军乘坐着宇宙飞船在雾沙岛中小心翼翼地飞行，寻找目标。这次他们底气要足得多，因为罗峰在飞船上。

罗峰、舒凡、博野铸三人都在控制室内。

“发现一个目标。”舒凡略微抬起光脑屏幕，直接投影，半空出现一个屏幕，屏幕上出现画面，正是密密麻麻的鳞甲生物——虬嗜族战士，乍一看最起码有万名虬嗜族战士，“这种矮小鳞甲生物很凶残，就算是域主级、界主级鳞甲生物，爆炸了依旧能再度凝聚。看样子，他们的探测仪器没我们的先进。他们也有两名不朽神灵，不过不在十二封侯之列，应该是军主级不朽神灵。”

“干不干？”舒凡看向博野铸、罗峰。

“干！”博野铸一咬牙。

“扬？”舒凡看向罗峰。

“我来域外战场也是要积累军功的，”罗峰微笑道，“当然干。”

“好。”

舒凡立即传令给三个休息室内的所有属下，“听我命令，战斗预计在四分钟后开始，目标是丑陋的鳞甲生物。”

……

诺岚山正看着光脑屏幕上的虬嗜族的图片，抬头说道：“只是一群丑陋的鳞甲生物，等会儿大家可得多积累点军功。”

“是，队长。”

“明白。”

手下域主、宇宙级战士一个个兴奋地应道，蠢蠢欲动。

“罗峰啊罗峰，我时刻都在军队中，我看你能将我怎么样，等会儿我还得多积累点军功呢。”诺岚山跃跃欲试。

忽然只听得“轰隆”一声，舱门已经开启。

怒喝声在脑海中响起：“听我命令，全员战斗！”

近两万名浩浩荡荡的宇宙战士迅速沿着那宽阔的舱门冲出，诺岚山自然也在人群中。

“轰隆隆——”远处传来可怕的能量波动，宇宙空间都撕裂开了，那冲击波令人心惊。

“战斗开始了。”

诺岚山一望远处，看到人类一方的三大强者，一人全身燃烧着火焰，一人全身环绕着水流寒气，还有一人笼罩在巨大的飞禽幻影中，同时这人更是操控着让人心惊的巨大的兽神幻影。

敌方两名不朽神灵，一个气势如虹，轰出的每一拳都令宇宙空间破碎，另一个则背着九柄剑。

“嗷——”无数的鳞甲生物划过长空，杀过来。

“杀！”人类宇宙战士们也划出上万道流光，迎着杀过去了。

“积累军功的时候到了！”诺岚山眼眸中有兴奋，曾获得宇宙级巨斧武者称号的他骨子里自然喜欢杀戮，闪电般迎上了两名虬嗜族战士，那都是域主级九阶虬嗜族战士，两名虬嗜族战士嘶吼着攻过来。

“真是送死啊。”诺岚山的世界投影瞬间释放出来压制对手，而后手中的两柄薄如蝉翼的冰刀亮起。

八道闪电般的刀光，两名虬嗜族战士直接被杀了，惹得远处一名界主级九阶的虬嗜族战士咆哮一声直接冲来，这令诺岚山连忙后退。

“老五，小心。”

“那家伙交给我们。”

常年积累的人缘顿时令人类界主级巅峰强者对他施以援手。

这一幕让诺岚山心中暗喜，虽然他现在是自由之身，但依旧不喜欢独自闯荡，就是因为在军队中可以和其他人相互帮助。界主级三阶的他，一般是需要其他界主帮助的。他要成长到界主级九阶，还得很久。

“死吧。”诺岚山在一群虬嗜族战士围攻下再度杀死一名域主级九阶虬嗜族战士，而后立即闪躲开，随后和其他人类联手，围攻一些虬嗜族强者。这种生死杀戮中，他如鱼得水，他骨子里就喜欢这种杀戮。

“痛快！”诺岚山杀得兴奋。

“咦，这罗峰竟然没有拿出他那不朽级植物生命。”诺岚山朝远处瞥了一眼，发现今天罗峰和其中一个不朽级鳞甲生物竟然战斗了好几个回合，虽然重伤了对方，但一直没能获得彻底的胜利，“如果拿出那植物生命就赢定了，没有植物生命，难了。”

诺岚山转头继续杀戮，直接冲到一群弱小的虬嗜族战士中，惹得一名界主级九阶虬嗜族战士大怒地冲来。

就在这时——

“轰！”

一道可怕剑气撕裂长空，贯穿数千千米，直接贯穿了诺岚山所在区域。

“啊！”诺岚山顿时被这道强大的剑气贯穿，整个人瞬间就被轰击致死，在死前他瞪大眼睛，心中怒吼，“罗峰！”那道剑气撕裂长空的同时，也将周围一些虬嗜族战士轰击致死。

而在远处高空中，正和那名操控着九柄剑的虬嗜族不朽神灵厮杀的罗峰，余光也注意到这一幕，哼了一声，便继续与那名虬嗜族不朽神灵战斗了。

“我就不信，不使用食星草我照样能杀死你。”罗峰低吼着。

第776章

再次离去

“老五！”

“老五！”

“队长！”远处看到这幕的人类宇宙战士，顿时有人焦急、痛苦地喊道。在诺岚山的刻意迎合下，这些年他的确是结交了很多生死兄弟。

“浑蛋！”

“丑陋的家伙们，去死吧！”那些悲愤的宇宙战士更加疯狂地和那些鳞甲生物厮杀，他们认为诺岚山是被不朽神灵战斗的余波给波及的。一般的冲击波是杀不死界主的，可被不朽神灵的一道剑气扫过，就算界主级巅峰强者也必死无疑，别说界主级三阶的诺岚山了。

“杀！”

一片混战。

……

诺岚山的死，的确有罗峰的原因。

和罗峰厮杀的那名虬嗜族不朽神灵，是精神念师，操控着九柄利剑。罗峰在操控兽神兵抵挡这九柄利剑攻击的时候，那虬嗜族不朽神灵的利剑和兽神的利爪相撞，利剑被撞偏，迸发的剑气自然就偏了，兽神幻影在抵挡时稍微注意下方向，没有去抵挡被撞偏的剑气，那剑气刚好就朝诺岚山的方向迸射开去。

战场瞬息万变，总有照顾不到的地方，所以就算再苛刻的军队系统，也没办法认定是罗峰下的杀手。

诺岚山死了。

他以为，在军队中他就绝对安全，他却不知道战场瞬息万变，所以就这么悄无声息地死在了域外战场，成为无数陨落人类中的一员。

“当年我被诺岚山逼到那般地步，几次面临绝境，当时感觉他就是庞然大物，无可撼动。可现在，经历四千多年的生死磨炼，虽然他的实力大增，但是他在我面前如同蝼蚁一般，杀他没一点儿难度。”罗峰暗道，“实力，这就是实力啊。

“域外战场是生死磨炼。

“磨炼，更重要的是提升实力，每次战斗后要不断反思、琢磨，汲取经验也很重要。”

罗峰在悄然设计诺岚山之死后，心中更加迸发出强烈的渴望——成为强者！成为真正的强者，拥有自保能力，让任何存在都不能随意欺辱自己！

……

“去！”罗峰脚踏洛夫鹦盘，遥指远处那虬嗜族不朽神灵。

“嗷——”一道仿佛穿越时空若有若无的吼声响起，散发着霸道威压的兽神幻影就是一扑，周围空间都因为这一扑被完全压缩了，威压压迫向那名虬嗜族不朽神灵，那虬嗜族不朽神灵嘶吼着操控九柄利剑去抵挡。

“哐！”

粗壮有力的蹄爪猛地一抓，直接抓飞了虬嗜族不朽神灵用来抵挡的九柄利剑，而后蛮横地直接抓向那虬嗜族不朽神灵的身体。

“砰！”它的身体破碎了。

破碎的身体在半空迅速凝聚为一体，那名虬嗜族不朽神灵怒吼着看着远处的罗峰，使用人类通用语，发出刺耳的声音：“人类界主，我就不信杀不死你。”只见那九柄利剑迅速在半空化为九道流光，直接刺向罗峰。

“呼！”

兽神幻影巨大的鳞甲尾巴猛地一扫，直接扫飞了七道流光，剩余两道流光直接刺向罗峰。

“你再怎么样也只是个界主，身体肯定抵挡不了我的攻击。”那名虬嗜族不朽神灵咬牙切齿。

“轰。”

罗峰手持着兽神兵盾牌，只是随意地一挡，兵甲让罗峰拥有媲美封侯初等级不朽神灵的力量，加上兽神兵盾牌本身的材质，轻易震飞了那两柄利剑。

“真难杀啊，一名军主巅峰级不朽神灵竟然这么难杀死。我已经七次击散它的身体，它却七次凝聚为一体。不过看样子，它应该实力大损了。”罗峰皱眉，“不使用食星草，我用兽神兵要杀死一名军主巅峰级不朽神灵，很难。”

“轰！”

另外一个方向随着一声低沉的轰鸣，那名不朽级鳞甲生物陨落了。

“扬，”远处舒凡、博野铸看到罗峰这边还在厮杀，舒凡忍不住传音道，“这种鳞甲生物似乎是能量类生命，比正常血肉类生命更加擅长凝聚身体，所以即使没有修炼成不死之身，如果实力差距不是太大，恐怕也得击散它几十次才能令它完蛋。扬，你使用不朽级植物生命先击散它，而后立即让植物生命吞噬它破碎的身体，将它的身体完全吞噬，它自然就死了，这是最快捷的办法。”

“我明白。”罗峰传音道，“我想拿它试试手，稍等会儿。”

远处的舒凡、博野铸对视一眼，不再多说什么，而是立即去调遣大军迅速对付虬嗜族大军。

“快逃！”

“逃啊！”

“嗷——”

那些虬嗜族战士一个个发出本族语言的叫声，四处仓皇地逃窜，而人类宇宙战士当然是趁机痛打落水狗了。

而仅剩下的那名虬嗜族不朽神灵顿时眼眸中有一丝惊慌："那两个人类不朽神灵也来了，一旦他们和这个可怕的人类界主联手，我就死定了，逃、逃、逃！"顾不得抵挡，这虬嗜族不朽神灵掉头就窜逃。

"哪里走？"罗峰发出一声怒吼。

"轰！"

世界投影迅速散开，在世界投影束缚下，虬嗜族不朽神灵的飞行速度自然受到了影响，而罗峰的飞行速度反而增加了，自然是迅速追上了。

"人类，别逼我！"虬嗜族不朽神灵掉头怒吼，用人类语言发出刺耳的叫声。

"想自爆吗？"罗峰冷漠一笑。

天空中那巨大兽神幻影再度轰然扑下，霸道地压迫过去，右蹄爪、左蹄爪连环抓向那名虬嗜族不朽神灵，那虬嗜族不朽神灵就仿佛一块豆腐，被巨大兽神幻影一次次疯狂地撕裂，可它又一次次凝聚起来，不过每次撕裂都令它损耗掉大量的不朽神力，因为它毕竟不是不死之身。

逃又逃不掉，还被不断攻击。

"啊！"虬嗜族不朽神灵咆哮着想要冲向罗峰，它想要自爆，想拖着罗峰一起死，可是又被兽神幻影一蹄爪直接撕裂。

虬嗜族不朽神灵悲愤万分："无法靠近那人类啊！"

已经被逼得没有办法了，它使用过灵魂攻击却无法伤害罗峰，也曾操控念力兵器远距离攻击罗峰，依旧是失败，想通过自爆拉着罗峰一起死却无法靠近罗峰。

身体一次次被兽神幻影撕裂，终于令它歇斯底里了。

"撕裂我、撕裂我，你也撕裂吧！"

"轰！"虬嗜族不朽神灵竟然在兽神幻影再一次撕裂它的时候，直接自爆了。

"轰隆隆——"

自爆令周围数千千米空间瞬间崩塌，自爆产生的冲击力是那军主巅峰级不朽神灵正常战斗时的上千倍。不朽神灵自爆的确是最狠的一招，罗峰施展出的兽神幻影在近距离下直接被爆炸轰击得崩溃，大量的菱形金属片四散飞去，随即在半空又转弯全部飞向罗峰，融入那个兽神兵盾牌。

“太麻烦了，太久了。”罗峰摇头。

“嗖！嗖！”

远处的舒凡、博野铸飞来。

“哈哈，恭喜你，扬。”舒凡笑道，“能单独击杀军主巅峰级不朽神灵，这可是很不容易的，就算是我们也得两人联手才行。”

“一定得两人联手？”罗峰看向他们。

“嗯。”舒凡点头，“一对一，双方实力相当，是很难击杀的。即使击散身体，但身体又能凝聚为一体。虽然说不像不死之身那般不消耗能量，但一般军主级不朽神灵至少能够凝聚身体十次，这是没问题的。如果觉得抵挡不住，逃又逃不掉，战友也来不及救援，悲愤疯狂下很可能选择自爆。如果近距离自爆，就算胜利者也可能因此丧命，所以一般都是两人联手。

“两人联手，一旦取得优势击散对方身体，就立即操控不朽神力各自困住部分身体碎片，不能让碎片迅速合在一起，得分开，然而那些碎片蕴含强大的不朽神力，挣扎得很厉害，两名不朽神灵得全力以赴才能压制，然后各自消灭掉碎片。如何消灭呢？不断轰击，将那些身体碎片不断击散，击得越来越散，令敌人的不朽神力不断消耗。这种状态下敌人也无法自爆，最终会被耗费完所有的不朽神力，直接陨落。

“如果单独一人，先击散对方身体，再分割开碎片，还要压制那些碎片的本能反抗，除非实力强很多，否则很难做到。”

“除非像扬你这样，是远程攻击，不惧自爆的。”舒凡笑道。

罗峰点头。

“过去自己击杀几名不朽神灵时都有食星草辅助，所以就显得轻松多了。”

“舒凡、博野铸，我想……我该离开了。”罗峰说道。

“离开？”军主级不朽神灵舒凡、博野铸有些吃惊。

“现在？”二人很希望罗峰留在他们队伍内，可他们很清楚罗峰和他们长期在一起闯荡的概率很低。

“哈哈，你们二人是我在焱祭大陆最早结识的朋友，将来有机会会再见的。”罗峰笑道，“我还有自己的计划，所以……”

“各自有各自的追求，我们也不强求了。扬，活着退役。”博野铸说道。

“活着退役。”舒凡也说道。

“一样，活着退役。”罗峰笑着。

“嗖！”

随即罗峰化作一道流光迅速消失在远处。

第777章

百年岁月

罗峰乘坐着宇宙飞船在雾沙岛上空飞行着，刚刚逼得那名虬嗜族不朽神灵自爆反而令罗峰清醒了：“连一名军主巅峰级不朽神灵自己都无法干脆利落地击杀，自己的战斗力和想象中还是有点差别啊。”

“磨炼，好好地磨炼自己，我先在雾沙岛上磨炼，等我在雾沙岛上称得上最强霸主了，再去主大陆。”罗峰做出决定。

“巴巴塔，就那座山脉。”

“嗖！”

罗峰收了宇宙飞船，随即悄然独自一人俯冲下去，进入那座山脉中，那山腹处有一个超大型洞窟，看样子应该很久没有生命在这儿居住了，估计是历史上某支大型军队曾经驻扎在这儿。

“从今天起，这儿就是我的了。”罗峰手一伸，“食星，将整个洞窟给我完全占满，只留我所在的这座殿。”

顿时那株金色食星草落在洞窟内，而后按照罗峰的命令，开始疯狂变长，要知道这不朽级食星草可是能够比肩太阳，要占满这洞窟简直太容易了，无数的叶子蔓延开，洞窟仿佛成了叶子的海洋。

重重守护。

探测仪器可监控周围10亿千米范围，同时还可以高强度探测周围1万千米范围。罗峰购买的探测仪器很高端，可保持大范围、小范围两种探测范围同时进行，自然探测小范围会更加仔细。

除了仪器，还有食星草守护。

“我在修炼期间，不想被偷袭。探测仪器毕竟只是仪器，总会出错，有食星草保护才更加安全。”罗峰随即开始布置大殿，这里即将成为他长期居住的地方。

……

磨炼征程开始了，按照虚拟宇宙网络上查找到的一些域外战场生存经验，以及自己的亲身体会，罗峰在域外战场的生死磨炼也形成了一定的规律。

出去战斗一次，回来反思参悟，参悟时间短则十天半月，长则三五个月。

……

那些不朽神灵大多都是两两一起行动，甚至三人一起行动。

罗峰是独自一人去拼杀，凭借兽神兵的确很吃力，有时候反而被围攻，就得施展刀法去战斗了。

罗峰用兽神兵，实力勉强算是封侯初等级，主要因为念力是界主的巅峰世界之力，基础太弱，而且罗峰还没有不死之身，准确地说，也就比正常军主巅峰级不朽神灵稍强些罢了。

用战刀进行近身战，能媲美封侯高等级不朽神灵，因为近身战罗峰可以凭借兵甲将界主力量提升1000倍，基础力量就很强了，再加上接近封王级的兽神意境，如此情况下施展刀法自然算是封侯高等级的战斗力。

罗峰一用战刀战斗，那些异族强者见势不妙自然立即分而逃窜；罗峰使用不朽级食星草，一般能击杀一个异族强者。

……

在域外战场上，那些活着的强者哪个不是闯荡了数千年乃至数万年的，时间流逝，罗峰在雾沙岛闯荡，一晃便已经过去百年了。

百年间，罗峰出去战斗了数百次。刚开始时，罗峰单单靠自己一人无法成功，会用食星草辅助去击杀对手，那时候倒也杀了一些异族不朽神灵。雾沙岛上那些异族强者彼此传递信息，渐渐地，都知道了有一名拥有不朽级食星草的人类界主，罗峰的名气就传出去了。

“可恶的人类，竟然使用不朽级食星草！”

“竟然拥有不朽级植物生命！”

“浑蛋！”

“我兄长是封侯级不朽神灵，连他都没有不朽级植物生命，其他的十一名异族封侯级不朽神灵，我也没听说谁有辅助植物生命的。那辅助植物生命太难缠了，无数的叶子，一旦被缠绕，逃都没地方逃，比面对封侯级不朽神灵还可怕！”

过去雾沙岛上的异族不朽神灵们是两两行动，或三人一起行动。

随着罗峰“食星界主”的名声传开，食星界主被公认是和十二名已知的封侯级不朽神灵一样可怕的存在。雾沙岛上的异族不朽神灵们开始联合了，或是两支队伍合为一支，或是四五个不朽神灵联合在一起，或是六七个不朽神灵联合。这样一来，就算遇到罗峰，他们也能压制住罗峰。

一旦罗峰拿出食星草或者战刀，他们个个宁可损失5%的不朽神体自爆挡住食星草片刻，同时挣脱世界投影的束缚，随后疯狂逃窜。

这导致罗峰后来的军功越来越少。

罗峰当时也感叹：“不朽神灵果真不是傻瓜。过去雾沙岛上没有不朽级植物生命，所有不朽神灵都是两两行动，现在我带着不朽级植物生命出现，他们顿时变成四五个或六七个一起联手，而且见势不妙，为了逃跑都宁愿自爆5%的不朽神体，逃起来，个个保持近乎光速，我想追都追不上，这令我想要杀一名不朽神灵都难得很。”

“还好我现在的目标是磨炼自己，积累军功倒是其次了。与多个不朽神灵战斗我才能更好地磨炼自己。”

每次战斗，那都是命悬一线，那些异族唯恐一不小心自己的命就没了，自然拼命，这令罗峰在战斗中成长很多。

……

当然，这百年来，罗峰并非没遇到危险。他曾经遇到三次危险，其中有两次是在追杀逃跑的不朽神灵的时候遭到围堵。虽然是那些不朽神灵的设计，但罗峰的探测仪器是早早就发现了的，不过为了磨炼自己，罗峰明知是陷阱依旧去了。

这种竭尽全力的战斗，令罗峰颇有收获，虽然危险，但地球人本尊至少是活着的。

第三次才算这百年来最危险的一次。

那次——

罗峰锁定了一支由异族不朽神灵率领的队伍，那队伍中仅有四名不朽神灵，罗峰没放在眼里，就悄悄潜伏过去，而后突然袭击，轰碎了那艘生物飞船，战斗瞬间开始。罗峰和四名异族不朽神灵厮杀得疯狂而惨烈，那飞船上的大量界主、域主、宇宙级战士四散逃跑。

就在这时，一名逃跑的异族界主旁边忽然出现了一个巨大的虫族母巢，那虫族母巢周围更是出现了密密麻麻的界主级巅峰虫族战士，足足30万名界主级巅峰虫族战士啊！仅仅是它们的一个合击，罗峰地球人本尊逃都来不及逃，所以罗峰甚至放弃使用不朽级食星草了，他可不想不朽级食星草被轰死。

当时，罗峰只是做了一件事，拿着那2米高、1米宽的兽神兵盾牌挡住自己。

"轰！"

30万名界主级巅峰虫族战士的合击，轰击在兽神兵盾牌上……

这不愧是宇宙尊者们使用的制式兵器，那轰击自然无法毁掉金色盾牌，却将金色盾牌轰击得瞬间远远抛飞开去，而那股强烈的冲击力，也令躲在后面穿兵甲的罗峰地球人本尊瞬间被震得粉碎。

要知道，罗峰身上的兵甲削弱了九成九的冲击力，而且他的身体素质可是比界主强几倍，但依旧被震得崩裂，连体内那颗本源珠（世界之力凝聚而成，非原核）也直接被震裂。

地球人本尊，死！

死的瞬间，魔杀族分身变成地球人本尊的模样出现，而崩裂的身体、粉碎的兵甲等全部被收入世界戒指内。那魔杀族分身拿着世界戒指，手持盾牌，借着这股冲击力迅速逃跑。

“嗖！”

罗峰乘坐陨墨星号宇宙飞船，迅速离开。

在逃跑的时候，罗峰透过探测仪器才知道，那些异族不朽神灵以及大量界主、域主、宇宙级战士都是那虫族母皇的随从，暗中躲在一名界主体内世界中的虫族母皇才是整个队伍的领袖。

那虫族母皇也被吓住了，30万名界主级巅峰战士联手一击足以令封王初等级不朽神灵身受重伤啊，竟然没弄死那人类。

“竟然没死，赶紧逃！”虫族母皇下令。

“逃！”罗峰也是这么做的。

如果和那虫族母皇硬拼，即使能赢，代价也不小。

……

除了遇到虫族母皇这一次，其他时候都还好。

在域外战场，不朽神灵会根据情况适当调整各自的战略，比如危险系数大，那么几支队伍会联合起来；危险系数小，如碎星带，一名不朽神灵就能单独闯荡了。

总体来说，罗峰遇到危险的概率算正常。

若每一百年遇到一次大劫，那能活数万年，也很不容易了。

……

罗峰驻地所在的山腹的另外一个洞窟中。

三个人身兽头的男女坐在合金椅上，很显然，这人身兽头的身体都是妖族的傀儡之身。

“步刺牙死了。”

“是那食星界主杀的。”

“我们运气怎么这么差，这六十年来，已经是第三次碰上那食星界主了，这也太倒霉了。前两次都拼命保住了命，可这第三次还是把步刺牙搭进去了。那食星界主的进步速度真快，这第三次比前两次厉害多了。”

“进步太快了，如果我们再碰到食星界主，恐怕……”三名妖族不朽神灵沉默了，整个大厅内的气氛很压抑。

雾沙岛中现在有十三位可怕人物，十二名封侯级不朽神灵和食星界主。所谓，宁可对上封侯级不朽神灵，也不要对上食星界主。他们却在短短六十年内碰到食星界主三次，的确是倒霉。

……

在这山腹的另外一处洞窟，也就是罗峰的潜修之地。

“哈哈，在混沌城参悟一千二百年，参悟的时间久，真正战斗起来的效果也更好啊。”罗峰走出大厅，伸了个懒腰，抚摸了一下伸过来的食星草叶子，露出笑容，“妖族不朽神灵，你们驻地距离我仅仅1.2亿千米，你们时刻在我监视中。六十年内才找你们三次，我算很仁慈了。”

第778章

试刀

“如今我刀法初成，再去找那三个妖族不朽神灵简直是欺负他们，而且没一点儿挑战性，自然无法痛快地试验我现如今的刀法。”罗峰眼眸中有一丝兴奋。在混沌城参悟一千二百年，虽然收获很大，但是法则感悟就相当于理论，理论很重要，运用理论的方法（秘法）也很重要。

而秘法，就是在战斗时运用的方法，像希罗多的四大绝世秘法就是希罗多本人所创，最适合希罗多本人修炼，而罗峰修炼的也是兽神之道，所以那四大绝世秘法也算比较适合罗峰，运用兽神兵罗峰已经做得很完美了。

可是，地球人本尊、金角巨兽分身擅长的都是近身战。

地球人本尊因为兵甲，施展刀法自然最彪悍，然而希罗多的绝世秘法中并无刀法；金角巨兽分身擅长近身战，希罗多的绝世秘法中也没有一套以兽神之道为基础来创作的战斗秘法，所以得罗峰自己来创造。

“当年我所学的幽影七绝刀早就达到了创始者的境界，不过幽影七绝刀理论上并无极限，纯粹是七种刀法——昙花、悠悠、葬身、弄影、残梦、恨难休、天涯路。这七种刀法是七条不同的道路，都可以不断延伸下去。

“我这一百年一次次和各种异族强者对战，积累并琢磨出战斗经验，而后将兽神意境不断融入这七绝刀，完善这七绝刀。百年岁月，这七绝刀，总算是有所小成了。这新幽影七绝刀虽然不如希罗多所创秘法那么精妙，但也算比较厉害的刀法。”

罗峰所创的新刀法是很厉害，可和希罗多的四大绝世秘法一比，罗峰也只敢说刀法小成。

当然这是跟希罗多比。希罗多何许人？那可是金角族群历史上最伟大的存在，是宇宙亿万族群中的霸主级存在。

“食星。”

罗峰微笑，一伸手，那株长满巨大洞窟的不朽级食星草迅速缩小化为金色小草融入罗峰手臂中。

“出发，试刀。”罗峰眼睛一亮，随即直接飞出去。

一艘漆黑的宇宙飞船在雾沙岛上空保持亚光速飞行着。

“罗峰，我在那边山脉内发现一支队伍，四名不朽神灵。

“太弱。”

罗峰站在控制室里，遥看广袤的雾沙岛，远处雾气茫茫，隐约能看到一些起伏的山脉，以及巨大山壁上经过亿万年依旧留有痕迹的祭图雕刻。

片刻。

“罗峰，发现一支队伍，正在9.2亿千米外，有六名不朽神灵。”

“就六名不朽神灵？用来试验我刀法不够，最好能找到一名封侯级不朽神灵，让我和封侯级不朽神灵一战。”罗峰摇头，“可惜我来雾沙岛已有百年，竟然一次都没碰到过封侯级不朽神灵。”

控制室内回荡着巴巴塔的声音：“雾沙岛广袤无边，已知的一共才十二名封侯级不朽神灵，哪是那么容易碰到的？”

片刻。

“这支队伍不错，有八名不朽神灵。”

“勉勉强强，不过更强点儿会更好。”罗峰说道，“巴巴塔，继续探察。”

片刻。

“哇，9.9亿千米外的山腹内竟然有十二名不朽神灵在大摆筵席。十二名不朽神灵啊！罗峰，这……这是不是多了点儿？”巴巴塔犹豫了，“你当年遇到八名不朽神灵就被打得无法反抗了，你虽然进步不小，但从来没遇到过十二名不朽神灵，这次……我们选十个吧。”

“十二名？”罗峰低头看向光脑屏幕显示的探测内容。

“哦？”看着屏幕上那群不朽生物，罗峰不由得眼睛一亮。这十二名不朽生物可分为三个族群，分别是螭永族、卡巫族、星光族。

螭永族：血肉类生命，身高在6米至8米，以剽悍、嗜杀出名，头有点儿类似鳄鱼头，有粗壮的四肢，及地的鳞甲尾巴，背上还有黑色龟壳。

卡巫族：岩石类生命，身高在15米至20米，乍一看就仿佛是合金铸造的躯干，长相千奇百怪，有的类似人类，有的类似妖族。

星光族：能量类生命。这是一种很奇异的生命，能千变万化，也不怕灵魂攻击，有点像魔杀族，当然没有魔杀族那等逆天的天赋“复制”。不过一旦突破到不朽级后，星光族就很可怕了，体内能量晶核融入不朽神体，因为其天赋，不朽神体非常擅长凝聚，甚至比虬嗜族更加擅长，估计得毁掉其躯体数百次才能成功击杀一名星光族的普通不朽神灵。

这三个族群都是虫族一方的。

那十二名不朽神灵中有八名螭永族人、三名卡巫族人、一名星光族人。

“试刀，就是他们了。”罗峰眼中燃烧着战意。

“是。”巴巴塔也高声应道。

“嗖！”

飞船迅速朝那座山脉飞去。

……

约一个小时后，飞船终于抵达那座山脉。以罗峰使用的探测仪器的科技含量，显然那支队伍根本没有察觉到罗峰的靠近，那十二名不朽神灵依旧在一起议论战斗、一些战友盟友、法则感悟，等等。

“食星界主，哼！”一个16米高的卡巫族不朽神灵怒吼道，“你们也太瞧得起他了，他不过是仗着那不朽级植物生命才能有这么大的威慑力，如果没有不朽级植物生命，他又能杀死几个不朽神灵？和其他十二名封侯级不朽神灵一比，他还差得远！”

“隆索，”旁边一名螭永族不朽神灵沉声说道，“我们都知道，他真正的战力当然和封侯级不朽神灵差得不少，可就算封侯级不朽神灵，一般也很难单独杀死普通不朽神灵，可那食星界主能靠着不朽级食星草困住目标，然后将其击杀。论对你我的威胁，食星界主的确更高。百年前食星界主还没来雾沙岛，我雾沙岛的不朽神灵还是两两行动或三人一起行动，可现在是五六个一起行动，这是为什么？还不是食星界主的缘故，这点你不承认？”

“哼！”叫隆索的卡巫族不朽神灵怒哼一声，“算那食星界主运气好，如果他碰到真正的封侯级不朽神灵，面对封侯级不朽神灵的不死之身以及强大攻击力，他必死无疑。”

忽然——

“轰！”

旁边山壁轰然被撞，瞬间开裂，无数山石飞落，仿佛天崩地裂，还有无数破碎山石冲进了那大厅中，惹得那十二名不朽神灵顿时暴怒，一个个直接释放开强大的法则领域，或是火焰法则领域，或是雷电法则领域……

强大的法则领域将那无数碎石或是轰走，或是燃烧殆尽，或是冰冻使其破碎落在地面。

烟尘散去，现出一道身影。

他穿着黑色战铠、战靴，手持银色六棱盾牌，背着一柄战刀。

他一步步走着，战靴踩踏在那布满碎石的地面上。随着他的靠近，他的身影也愈加清晰，一双眼眸冷漠地看着眼前十二名高大的异族不朽神灵，那十二名异族不朽神灵一看清来人的面貌，顿时脸色微变。

“食星界主！”

“食星界主！”

十二名异族不朽神灵都感觉到了一股压力。

食星界主的大名早就传遍整个雾沙岛，那些异族不朽神灵谁不知道食星界主。

“食星界主，”十二名异族不朽神灵中长得最俊美、皮肤晶莹如玉石、高约6米的星光族女性不朽神灵看着罗峰，“我们不愿与你为敌，可是我们十二名不朽神灵联手也丝毫不怕你，还请你离开。”

“还请你离开。”一名螭永族不朽神灵声音沙哑，也说道。

罗峰踩踏着碎石，看着那早就一片狼藉的大厅，扫视了一眼那十二名异族不朽神灵，咧嘴笑道：“真可笑，不同阵营见面不是会立即厮杀吗？竟然让我离开。哈哈……我来这儿，可是要杀你们异族的，如果怕，现在就开始逃吧。”

“浑蛋！”

“可恶的人类！”

“我们十二名不朽神灵还怕你一个？”

那十二名不朽神灵一个个怒斥着。不朽神灵都是很高傲的，在强者面前他们会暂时低头，可不代表他们会任其欺辱。

“别废话了。”罗峰右手瞬间握住身后的战刀刀柄。

“噌！”战刀出鞘。

战刀和六棱盾牌都是罗峰在混沌城期间专门定制的兵器，因为随着实力提升，那五阶兵器在与不朽神灵的战斗中是很容易损毁的，所以定制了一些封王级不朽神灵使用的兵器的材料，来制造战刀和盾牌，花费约600万积分。

“异族们，受死。”罗峰冷喝。

“猖狂的人类！”

“食星界主，我们有十二名不朽神灵，我不信杀不死你一个！”

“杀！”

“杀！”

十二名异族不朽神灵暴怒了，几乎瞬间便有六名螭永族不朽神灵同时施展不朽神力的灵魂攻击。

六道灵魂攻击瞬间穿透兵甲，兵甲因为材质特殊立即削弱了九成九以上的攻击力，削弱后的六道灵魂攻击轰击罗峰体内那颗本源珠。

本源珠处有一个沉睡的小型兽神，兽神包裹着本源珠。

“嗷——”兽神睁开眼，只是一声低吼，那震荡的波纹直接震散了那攻击。

这便是希罗多四大绝世秘法之一，灵魂类防御秘法——兽神吼。

第779章

星光命丝

当初罗峰修炼的虚空之塔是纯防御的秘法，是被动防御。兽神吼形成的兽神，除了具有被动防御能力，兽神还能主动防御，它发出一声低吼能直接震散攻击。

兽神吼的防御效果的确惊人，明显比虚空之塔强得多。

“洞窟塌了！”

“不朽神灵和敌方杀起来了！”

那洞窟中大量的螭永族界主、域主、宇宙级战士从洞窟的各个通道闪电般冲出，化作数万道流光，就仿佛无数流星划过长空似的，随后这些异族战士全部站在半空，遥遥看着远处。

“轰隆——”

“砰——”

可怕的能量余波，即使距离100万千米依旧让人心惊。

“谁敢惹这十二名不朽神灵？”

“不知道。”

“雾沙岛上敢这么做的也就那十三位霸主吧。就算是那十三位霸主之一，面对十二名不朽神灵的围攻，即使能保住命，可也会吃亏的，没有谁这么傻吧。”

“谁知道呢？”

“我们看着就行了，那边正在疯狂地厮杀，别跑去，被战斗余波波及，命就没了。”

数万名异族战士仿佛密密麻麻的蝗虫悬浮在半空，彼此交谈，不敢过去。

……

100万千米外。

到了罗峰他们这境界，一个闪身就能移动数万千米，所以像地球这类行星根本不适合不朽神灵间进行战斗，可能稍微发点力，一颗行星就完蛋了，只有宇宙秘境的一些奇异地方或者宇宙星空中才是他们的战场。

“啊，杀死他，杀死这个狂妄的可恶的人类！”一名粗壮的卡巫族不朽神灵手持两个巨大的锤，全身周围散发着强大的雷电法则领域，无数的电蛇在周围环绕，他是雷电不朽神灵。

“灵魂攻击无效，一律使用兵器攻击。”一名螭永族不朽神灵周围散发着水流寒气，周围数百千米仿佛冰水神国。

“压制他的世界投影！”

“一起压制住！”

十二名异族不朽神灵同时释放开法则领域。

那十二个法则领域同时压迫向罗峰，而罗峰的世界投影已经散开，美丽的大草原就在半空出现，反而压制住十二名异族不朽神灵的法则领域。这也令十二名异族不朽神灵心中震撼。早就听说食星界主的世界投影强得可怕，一般不朽神灵的法则领域会被直接压得崩溃，他们十二人联手，没想到只能保持自己的法则领域不崩溃，却无法压制对方。

“轰隆！”大锤包裹着雷电，好似一颗陨石从天而降，砸向罗峰。

“嗖！”一道彩光在半空留下轨迹，向着罗峰而去。

“轰！”巨剑切割开宇宙空间，劈向罗峰。

……

十二名异族不朽神灵疯狂地围攻罗峰。

“哈哈！”

罗峰眼眸中满是战意，虽然个子最小，但释放的世界投影能压制十二名不朽神灵的法则领域，身影的闪动已然超越《幽影秘典》创造者当年的境界，盾牌每一次格挡都那般有力，战刀更是能抵御六名不朽神灵的联手攻击。

“砰！砰！”

周围宇宙空间完全崩溃，罗峰和十二名异族不朽神灵周围有无数的空间碎片洪流，他们便是在空间碎片洪流中进行战斗，有些空间碎片中隐约能看到碎片内部的一些土地，可被罗峰他们的战斗波及，碎片直接崩裂了。不过必须承认，那十二名不朽神灵的配合实在巧妙，完全将围攻的威力发挥到了极致。

“嗖！”罗峰硬是抵御住了八名不朽神灵的合击，战刀划过长空，一道模糊的兽神幻影出现，而后消散。

可那股冲击力极强，兵甲无法完全抵挡。

一般不超过1000倍的界主力量的冲击力都会被兵甲直接卸掉，可一旦超越这个界限，兵甲最多削弱绝大部分，而那八名不朽神灵的合击已然超越界限，即使是极小部分的攻击力传到罗峰体内，依旧令其身体一震，一口鲜血喷出。

“罗峰，十二名不朽神灵的合击已经超越你的极限了！”巴巴塔焦急。

“大战十二名不朽神灵，的确难度很高啊。哈哈，十年前我对战八名不朽神灵只能败逃，可现在能和十二名不朽神灵对战。”罗峰吐了口血，却更加兴奋，“不过离我的极限还早。”

“他受伤了！”

“赶紧杀死他！”

“别给他恢复的机会！”

十二名异族不朽神灵咆哮着，一个个更加拼命。

“前面六招都试过了，尝尝我最强的一招。”

罗峰脚一动，半空忽然出现三道罗峰的幻影，且这幻影就跟真身似的，三道幻影轨迹好似一道曲折的闪电，这是罗峰在混沌城参悟那么多年悟出来的。

根据混沌城主传他的列宇，希罗多的绝世秘法兽神奔，以及传承记忆中的三振穿梭宇宙，罗峰在身法上获得了一些成就。

这身法一出，瞬间避开八名不朽神灵的围攻。

罗峰手持血影战刀，目视那外形宛如人类的卡巫族人，那雄壮的卡巫族人手持两把雷电大锤咆哮着。

“呼！”一道让人心悸的刀光划过上千千米的距离，同时那道刀光后面跟随着一道巨大的兽神幻影，刀光尖端仿佛一个咆哮着的兽神伸出的利爪，显然兽神幻影的利爪幻影已经和刀光融合。

新幽影七绝刀最强一招——葬身！

虽然新幽影七绝刀的七招都是融合兽神意境而创出的新招，但葬身依旧是最强一招，毕竟过去罗峰在这招上花费精力最多。

刀光瞬间劈飞了那巨大的雷电大锤，而后发出“哧哧哧”的声音，仿佛是焊工切割钢筋发出的声音，向那雄壮的卡巫族不朽神灵一刀劈下……卡巫族不朽神灵的身体完全破碎，化为无数的岩石滚落。

罗峰翻手扔出一株金色小草，小草一出现就迅速生长，同时无数金色叶子蔓延，这正是让整个雾沙岛许多异族不朽神灵都闻之色变的不朽级食星草。

“阻止他！”

“休想！”

“可恶！”

异族不朽神灵都没想到，在他们的围攻下，那食星界主竟然凭借那让人心悸的身法逃窜且一招就令强大的卡巫族不朽神灵的身体直接粉碎，更是拿出不朽级食星草要吞噬那身体已经粉碎的卡巫族不朽神灵。

“不！”

“拦住他！”

十一名不朽神灵都拼命了，他们的法则领域也狂暴地攻击着，瞬间都拼命轰击那不朽级食星草，只听得“轰隆”一声，狂暴的攻击硬是让不朽级食星草很多金色叶子直接裂开，被迫退缩。

那破碎成无数石头的卡巫族不朽神灵，瞬间凝聚为一体，只是他气势明显比之前弱了些。

卡巫族，岩石类生命，以力取胜，要粉碎其身体很难，同样，他们身体一旦崩裂损耗极大。

“浑蛋！”凝聚后的卡巫族不朽神灵愤怒地咆哮着。

“我们十二个联手竟然还让隆索差点身死，这是我们的耻辱！联手镇压住那食星界主，全力拼吧！我先来困住他，然后你们拼命杀死他。”那星光族不朽神灵传音喝道，同时她眉心位置射出了一条透明的丝线，那丝线瞬间变长，直接向罗峰而去。

“星光命丝！”罗峰见状，暗惊，他可是有传承记忆的，对星光族了解不少。

星光族是一个无论男女都无比俊美的族群，他们体内天生就能凝聚一条丝线，那丝线是在生命晶核中产生，所以一旦使用这星光丝线，生命晶核会直接崩溃，这是星光族拼死的一招。当然，踏入不朽级后，生命晶核分解，和身体完全融合，完全融入不朽神体。

这时候施展星光命丝，已经不至于施展后就死亡，可也会受到重创，得数千年乃至上万年才能恢复。

“哧——”透明丝线曲折交缠，直接缠绕向罗峰。

“趁机杀死他！”

“最后的机会了！”

“杀死他，食星界主的宝物肯定很多！”另外十一名异族不朽神灵个个疯狂，甚至有燃烧部分不朽神体的。

罗峰面对那缠绕来的星光命丝，世界投影无法将其逼退，且星光命丝速度快得惊人，已经到了身前，只能低吼一声：“食星！”

“轰！”

食星草猛地膨胀，无数金色叶子蔓延开去，那星光命丝无比纤细，直接沿着食星草缝隙欲穿透进去缠绕罗峰，可是无数的金色叶子疯狂去阻拦这星光命丝。那十二名不朽神灵，包括那名星光族不朽神灵全部开始围攻不朽级食星草。

“轰！轰！轰！”

大量叶子被轰得破裂，不朽级食星草被迫不断缩小体形。

“血洛之力！”罗峰同时也驱动体内的血洛之力，对宇宙本源波动感应更加清晰。

“三振穿梭宇宙！”罗峰身影犹如鬼魅，一闪就出现扭曲的轨迹，同时血影战刀再度亮起，刀光上更是出现兽神幻影。

“来吧，拼吧，拼吧！”

罗峰让食星草去抵挡星光命丝，自己则是施展血洛之力去对抗十二名不朽神灵。这种疯狂搏杀下，罗峰使用刚刚练成的新幽影七绝刀更加顺畅自然。

第780章

焚亚

刚开始罗峰为了验证自己所创新刀法的优劣，尽情地施展着刀法去抵挡，所以未曾施展最强身法三振穿梭宇宙，导致被十二名异族不朽神灵逼迫得几乎毫无还手之力。后来第一次施展三振穿梭宇宙，便劈碎一名卡巫族不朽神灵。

“血洛之力！三振穿梭宇宙！”不想再纠缠的罗峰发飙了。

“唰！唰！唰!”移动轨迹变得扭曲。

那三个幻影真身一个比一个出现得快，那些异族不朽神灵又惊又怒，他们杀死罗峰的难度明显增加了，罗峰时而避开大多数不朽神灵的攻击，去独自攻击一名异族不朽神灵。

“噗！”

罗峰手持血影战刀一个直刺，宇宙空间都被刺出一个大窟窿，无数空间碎片被刺穿，同时刺穿了容貌绝美的星光族不朽神灵的眉心。

“昙花。”罗峰战刀快如电。

一闪而过，一名螭永族不朽神灵的身体被刺穿……

……

昙花、悠悠、残梦、弄影、葬身、恨难休、天涯路，罗峰交替使用七招，再配合精妙绝伦的身法，然后辅助血洛之力，硬是压制住了那十二名不朽神灵的攻击。虽然说那十二名不朽神灵彼此辅助，一个被击中，其他人立即帮忙，一时间也没出什么乱子，但明显处于下风，完全被压制。

“不好，星光命丝断了！”星光族不朽神灵急切传音道。星光命丝本来就不会存留太久。

“食星。”罗峰大笑。

那不朽级食星草顿时疯狂蔓延开，蔓延数十万千米范围，叶子上有无数的锯齿，缠绕向这些异族不朽神灵。那十二名异族不朽神灵咆哮着，手中也不停攻击着不朽级食星草，将不朽级食星草轰击得不断退缩、收缩。

本就处于下风的他们，还要分心攻击不朽级食星草，罗峰的攻击自然就击中了他们。

“轰！轰！”两名螭永族不朽神灵先后直接被罗峰的战刀劈裂，崩裂的部分碎片直接被不朽级食星草的一些叶子一下子卷了过去，吞噬了。

这一幕令其他异族不朽神灵们立即阻拦罗峰。他们很清楚，假如再分心拼命压制食星草，本已处于下风的他们肯定会更加悲惨，可如果不分心拼命压制食星草，食星草就会将他们吞噬。所以他们一边应付罗峰的攻击，一边分心拼命压制食星草。在此过程中，一旦再被重伤几个，恐怕连食星草都压制不住。能救下一个同伴算一个，这样活命的概率会大一些。

“快走！”

“快逃，分开逃！”

异族不朽神灵们知道再战斗下去只会更惨，所以只勉强救了其中一个螭永族不朽神灵，就立即开始四散逃跑。

“哧哧哧——”不朽级食星草已经吞噬掉一名不朽神灵。

“逃？”

罗峰一看，十一名不朽神灵竟然朝不同方向逃窜，罗峰一时间只能选择追一个。

“算了，就追你了。”罗峰单手招来食星草，同时瞬间施展三振穿梭宇宙，只是三个闪身，速度直接飙升到亚光速，追杀那名倒霉的异族不朽神灵——雄壮的卡巫族不朽神灵，也就是第一个被罗峰击散的那位。

“为什么追我？”卡巫族不朽神灵隆索顿时又怒又急。

“给我停下吧。”

罗峰猛地释放开世界投影。投影、投影，何谓投影？体内世界的投影。这世界投影最大的范围能媲美体内世界。一般正常界主的世界投影能覆盖上万平方千米，罗峰的世界投影如果释放到极限，完全能覆盖9000万平方千米。不过如果真的释放到极限，等于在告诉别人，自己的体内世界有9000万平方千米，所以罗峰不会这么干。反正，他和前面那名卡巫族不朽神灵的距离也就数十万千米。

“停下吧。”罗峰释放开世界投影。

世界投影瞬间笼罩那名卡巫族不朽神灵隆索。

“世界投影？”隆索大吃一惊，他感觉到了周围强大的阻力，虽然依旧能飞行，但速度明显变慢了，后面那食星界主正迅速追来。

不朽级食星草再度膨胀，无数的金色叶子布满天空，将天地遮盖，自然也包裹住了隆索，那无数的叶子向他缠绕，隆索疯狂地挥动着手中的雷电大锤，硬是将那些金色叶子阻挡住了。

“嗖！”金色叶子自动分开出一条通道，罗峰瞬间穿过并出现在这雄壮的卡巫族不朽神灵面前。

“人类……”隆索有些惊恐，他知道自己完了。

“你不能杀我，不能杀我！”隆索发出浑厚焦急的声音，声音令空间都震荡起来。

“不能杀你？”罗峰冷笑，“哦，说个原因，难道你是卡巫族某个宇宙尊者的弟子、子孙？杀了你会遭到报复？可是不对啊，如果有大来头，你不可能连点儿宝物都没有。”

“我……我……”隆索焦急，连忙吼道，“封侯级不朽神灵，也就是你们说的巨石，是我兄长！”

“哦，十二大封侯级不朽神灵之一的巨石，是你兄长？”罗峰眉毛一挑。的确，雾沙岛已知的十二大封侯级不朽神灵中的确是有一个卡巫族不朽神灵，外号巨石。

“很好。

“非常好。”

罗峰点头。

隆索眼中有一丝期盼，虽然他极为高大，眼前的人类在他身旁只是小不点，但他清楚眼前这个小不点拥有能轻易杀死他的强大能力。

“那你就更该死了。”罗峰身影一闪，血影战刀瞬间划过长空，将天划出一条缝。

“嗽——”

兽神幻影出现，那兽神幻影的利爪和血影战刀刀光重叠，瞬间向那隆索掠去，隆索发出绝望的怒吼。当刀光来临时，他顿时准备自爆，可瞬间身体就被完全击散，自爆都没能成功，无数的金色叶子迅速将那无数岩石给吞噬了。

雾沙岛，一片炽热的沙漠底下有一座古老的宫殿，也不知是什么时候修建的。

一名大约有12米高的卡巫族不朽神灵正默默坐在王座上，他正是雾沙岛十二大封侯级不朽神灵之一的焚亚，也是被人类不朽神灵称之为巨石的存在，至少在雾沙岛，他绝对算是一方霸主了。

忽然，他收到了弟弟隆索传来的求救信息。

“隆索！”

这卡巫族不朽神灵轰然站起，可紧跟着就收到一条信息：“兄长，给我报仇，是食星界主！”

随即任凭这位封侯级不朽神灵怎么传信，那边再无回音。

“隆索死了！”焚亚眼眸中顿时迸发出怒火。

“食星界主，食星界主！”

“人类，我要你死，我要你死！”焚亚咆哮着，咆哮声回荡在整个宫殿中。

他怒啊！

焚亚和隆索虽然算不上亲兄弟，但他们同是卡巫族群并来自同一个部落。那个部落中，和焚亚一个时代且成为不朽神灵的就只有隆索一人，所以隆索、焚亚自然是一起闯荡。他们接受上级命令抵达遥远的虫族区域，听虫族命令加入了域外战场。

雾沙岛上，焚亚纵横无敌手，隆索跟着他是拖他后腿，所以焚亚让隆索加入其他队伍。

“食星界主！”焚亚咬牙切齿。

不朽级食星草，或许那些军主级不朽神灵会恐惧，可封侯级不朽神灵根本不在乎百藤不朽级食星草。

“该死，你该死！”焚亚咆哮着，忽然他眼眸中亮起耀眼的光芒，“印记！那是我的印记！我将我的信物给了隆索，隆索死了，难道那信物被那人类带走了？竟然敢带走，真是找死啊！”

焚亚立即循着印记而去。

“嗖！”

破开数千千米厚的沙漠层后，他乘坐宇宙飞船迅速朝感应到的位置飞去。

吞噬异族不朽神灵后，不朽级食星草迅速缩小，融入罗峰手臂。

“遗物？”罗峰拿着两枚世界戒指，那卡巫族不朽神灵的遗物都在里面。

“罗峰，他说他兄长是封侯级不朽神灵巨石，且巨石就在雾沙岛上，若真是兄长，巨石很可能给他信物，他遗物中很可能包含巨石的信物。若遗物中有巨石的信物，拿着这世界戒指，巨石随时就能知道我们的位置，随时就能来。”巴巴塔说道。

罗峰翻手就收了这两枚世界戒指。

“有信物，才好。”罗峰微笑说道，“这异族不朽神灵的兄长是巨石？我在雾沙岛一百年都没碰到一个封侯级不朽神灵，如果能趁此机会，吸引那封侯级不朽神灵前来，这才是我想要的。我很想看看，我地球人本尊和封侯级不朽神灵的差别，也想看看我金角巨兽分身能否杀死那封侯级不朽神灵。

“随便找个地方，先等上十天半月，最多等一个月。”

“如果那巨石不来，我们就回去。”罗峰说道。

“嗖！”

随即一晃，罗峰便飞了数千万千米，而后寻到了一个山脉洞窟，直接进入其中，开始仔细梳理刚才一战。刚才一战的确给了他很多启发，适合他再度琢磨他的新幽影七绝刀，毕竟新幽影七绝刀随着感悟提升能不断完善。

“三振穿梭宇宙，毕竟是金角巨兽分身用翅膀施展的身法，虽然已经学会，但用人身来施展，远不如金角巨兽分身施展得舒服。

“得继续改进。

“尽量要适合人身施展。”罗峰暗自嘀咕着。

……

时间流逝，罗峰在那山脉洞窟中改进并完善刀法，而那封侯级不朽神灵焚亚则乘坐飞船越来越逼近罗峰的所在地。

第781章

湖泊上的决战

寂静的洞窟中，隐隐雾气弥漫。

罗峰盘膝静坐其中，意识却已经连接虚拟宇宙网络，在原始区的修炼场中研究刀法。

他手持血影战刀站在苍茫大地上，一次次施展刀法，旁边冲来无数的界主级巅峰强者，那些界主级强者疯狂杀向罗峰。

昙花、悠悠、残梦、弄影、葬身、恨难休、天涯路。

刀光闪烁，撕裂长空。

一名名界主级强者被杀死，战斗还在进行。

“不对。

“总感觉不对。”罗峰一挥手，低喝道，“定！”

无数冲杀而来的界主级强者全部定在那儿一动不动，毕竟这只是修炼场模拟出来的。

罗峰走在那群被定住的界主中，眉头皱着，思索着：“之前我和十二名异族不朽神灵进行厮杀的时候，就感觉到我的刀法依旧存在缺陷，或者说并没有达到我现在法则感悟所能发挥的极致。”

罗峰心意一动，一翻手，手中出现了兽神兵盾牌。

“兽神兵第一式——兽神降临。”罗峰直接施展开，顿时那金色的兽神兵盾牌上飞出999块菱形金属片，引动虚拟宇宙模拟出的宇宙本源，无数金色丝线串联，直接化为了一道巨大的兽神幻影，威压产生。

“这才是完美的秘法。”

罗峰抬头看着半空悬浮的散发着威压的兽神幻影，即使只是第一式，仅仅999块金属片组合起来施展出的秘法，也那般完美，并且形成的兽神幻影竟然拥有威压。

“我若是不使用兽神兵去施展刀法，只能产生兽神幻影，却并无威压。”罗峰暗自摇头，“或许和老师呼延博相比，我所创刀法算精妙，可是，和希罗多一比，我这刀法太粗陋了。到底该怎么进步？怎么突破？”

罗峰默默站在那儿。

在无数界主的注视下，罗峰仰头看着悬浮在半空的散发威压的兽神幻影。

“突破。

“从何处突破？”

“我的金角巨兽分身在近身战方面，就只有那一招有些粗糙的撕天一爪，没有像希罗多兽神兵这般完美的秘法？”罗峰不断地观看着半空的兽神幻影，隐隐约约似乎触摸到什么，却总有一种雾里看花的模糊感。

时间流逝。

罗峰冥思苦想琢磨着刀法，琢磨着金角巨兽分身的战斗方法。金角巨兽分身的战斗秘法和刀法是相通的，都属于近身战范畴。一个是靠金角巨兽分身的身体实现攻击，一个是靠战刀来实现攻击，而战刀完全可以当成身体的延伸，两种自然是互通的。

不过这些都得罗峰来创造，前一百年，罗峰已经算是刀法小成，可一次战斗后，让罗峰感觉刀法依旧不够圆满，还无法发挥出兽神意境的最强威力。

“一旦圆满，刀法威力将超过兽神兵。

“因为我创造的当然是最适合我自己的，那兽神兵是希罗多所创，最适合的是希罗多。”

前一百年，罗峰偶尔出去战斗，99%的时间都是在感悟兽神之道、研究刀法、研究战斗秘法，而现在罗峰又沉浸在那种状态中了。

转眼已过去了十二天。

“轰！”

一艘金字塔形状的飞船正在疾速破空飞行。

飞船内。

“食星界主，食星界主！”坐在合金座椅上的正是卡巫族不朽神灵焚亚，他双眸燃烧着火焰，他旁边放着两把呈多边形的大锤，显然他和那已经陨落的隆索用的同样是大锤这类重型武器。

“竟然一直不动，信物所在位置一直没变化。”焚亚声音低沉，说道，“难道他知道了隆索和我的关系，担心遭到我的报复，发现了那信物，直接扔在了某个地方？”

假如罗峰真要逃，茫茫雾沙岛，焚亚要去哪里找？

更何况一旦罗峰逃到焱祭大陆的其他地方，焚亚更是无法找。

“一定要在那儿，一定要在那儿！”焚亚心中担心，他期盼着将罗峰杀死，给他亲爱的兄弟报仇，可就怕罗峰扔下信物逃走了，那可就不知道什么时候才能报仇了。

距离不断缩短。

“一定要在！”焚亚目光遥看远处，即使外景虚拟100%，他也只能看到远处的一些雾气。

……

“罗峰，发现了危险目标。

“目标单独乘坐着一艘机械族飞船，朝我们所在方向飞来，而且探测他的外貌，就是卡巫族。雾沙岛上的不朽神灵们一般都是几个一起行动，他却单独行动，加上之前那名卡巫族不朽神灵临死时说的话，有90%概率能认定，这危险目标就是十二名封侯级不朽神灵之一的巨石。”

巴巴塔向罗峰汇报。

“哦？”盘膝坐在雾气环绕的洞窟中的罗峰，缓缓睁开眼，“终于来了吗？”

“到这儿估计还需要一个小时。”巴巴塔说道。

“等了这么久，终于来了。来到雾沙岛百年，我还从未和封侯级不朽神灵交战过。”罗峰点头，“我在刀法上和金角巨兽分身的战斗秘法上都有些困惑，或许可以借此机会，弄明白些什么。”

“嗖！”

罗峰瞬间就蹿出了洞窟，贴着岩壁迅速朝上面飞行，很快就来到了一个较为平整的地方，这里有一个大型的湖泊，这个湖泊直径有数万千米，在地球上简直无法想象，可在雾沙岛很正常。

“水。”罗峰坐在湖泊边，已经感觉到浓浓的寒气蔓延而来，随即伸手撩起一些水花。

刺骨的寒冷沿着手臂瞬间传到全身，罗峰感到一阵冰寒，这温度罗峰还是能轻易承受的。

“真冷，不过很爽。”罗峰微笑着坐在那儿，随意地玩水。

也不知过了多久——

“轰！”

一艘金字塔形状的飞船迅速从远处破空而来，而后迅速减速直接停在了湖泊的上空，如此快速的飞行引起的冲击波令周围一阵飞沙走石，可是这湖泊内寒冷无比的水，只是荡起一些涟漪。

穿火红色战铠的雄壮的卡巫族不朽神灵从舱门处一步跨出，而后旁边的飞船便消失，卡巫族不朽神灵便这么凌空站在湖泊上空，无形的威压蔓延开，他身体周围开始燃烧起了火焰，火焰蔓延开去，瞬间覆盖周围上万千米。

“哧！”罗峰坐在那儿玩水，世界投影直接释放开，硬是抵抗住了那火焰法则领域，本人丝毫未受到影响。

“咕嘟、咕嘟、咕嘟。”原本冰冷的湖水渐渐翻滚起来，最后沸腾了。

“真没意思。”罗峰忽然起身。

“轰！”世界投影猛地散开，直接朝那火焰法则领域压迫过去，超强的世界投影以压倒性的力量逼迫那火焰法则领域，眼看就要令那火焰法则领域崩溃了。

“哼！”站在湖泊上空火焰中的封侯级不朽神灵焚亚怒哼一声，顿时，那原本看似普通的火焰法则领域内部开始运转起来，就仿佛从一群散兵变成一支有纪律的部队，整个火焰法则领域更加稳固。

“轰！轰！轰！”

世界投影对上火焰法则领域，它们一次次碰撞……虽然罗峰略占上风，但无法完全压倒对手。

“嗯？”罗峰惊讶地看了一眼那火焰法则领域，这是他第一次碰到单以法则领域就能抵抗他世界投影的情况。

“按照老师所说，可以将对空间法则、时间法则的领悟融入法则领域中，不过那至少得是悟透了九宇混沌碑第四幅图的程度。”罗峰眉头微皱，“法则领域是宇宙本源法则赋予的，所以自然的法则力量才可将法则领域直接压迫，若透过空间法则来进行操控，会令好似散兵游勇的法则领域更强。封侯级不朽神灵果然比那些军主级不朽神灵强不少。”

“你就是食星界主？”站在湖泊上空，焚亚用浑厚的声音说着人类通用语。

罗峰抬头看他：“你是巨石？”

“哈哈哈……果真是你。”焚亚声音响亮，“我猜得不错，你应该早知道我要来。”

“对。”罗峰点头。

“有胆量。”焚亚声音低沉，说道，“杀了我的生死兄弟，并且猜到我会报复，竟然还敢留着我的信物一直在这儿等我！我是该感激你，还是嗤笑你呢？啊，你让我花费很少的精力就找到你，我会让你死得很痛快的。”

“哦？”罗峰一翻手，手中出现了血影战刀、六棱盾牌。

“轰！轰！轰！”

世界投影与火焰法则领域还在彼此碰撞，现在罗峰的世界投影占些优势，却对战斗影响不大。

“我在这儿等了你十二天，你的速度真慢，希望你别让我失望。”罗峰体表的黑色战铠迅速延伸并形成战盔。这一战将是罗峰真正第一次和一名封侯级不朽神灵进行生死战斗，罗峰心中忍不住期待起来。

“不会让你失望的。”焚亚俯瞰着罗峰，双手各持一把青色大锤，周围环绕着耀眼的火焰。

食星界主对战巨石！

“三振穿梭宇宙！”罗峰忽然目光冷厉，整个人瞬间在半空留下三条曲折轨迹，速度飙升到极可怕的地步，一道璀璨的刀光伴随着身影亮起。

“去死吧！”焚亚也轰然出击。

战斗瞬间开始。

第782章

银色怪兽

那燃烧着火焰的大锤挥舞起来，直接将周围宇宙空间完全震碎，在封侯级不朽神灵焚亚面前，宇宙空间实在太脆弱了，那大锤席卷着无数空间碎片，直接砸向罗峰。

璀璨刀光迎了上来。

刀光所过之处直接出现了一道宇宙空间大裂缝。

“我倒要瞧瞧，封侯级不朽神灵到底有多强。”罗峰手持血影战刀，与那大锤硬碰硬。

“砰！”

空间碎片震荡扭曲，强烈的冲击波瞬间辐散数万千米，将那已经沸腾的湖水冲击得震荡起来，好似巨人在湖中搅动着湖水。

“哈哈哈……”焚亚大笑着，拎着一对火焰大锤踩踏虚空冲来，一步便是数万千米。

罗峰刚才被震得倒飞数十万千米，全身也被震得发麻，五脏六腑仿佛要碎似的，鲜血直接喷出，而后身影鬼魅般地一闪，站在了远处的一处山腰上，俯瞰着那踩踏虚空大步而来的焚亚。

“好可怕的冲击力，我对战八名军主级不朽神灵都没这么狼狈过。”罗峰俯瞰着那冲来的火焰巨人，“传承记忆中说得没错，卡巫族身体优势的确很大。我估摸着这焚亚在法则感悟方面也就封侯初等级水平，可是他在身体力量上是封侯高等级水平，那一锤，我无法对抗。”

焚亚破空大步而来。

“人类！”焚亚的声音响彻虚空，“能在界主级就硬生生扛我一锤而不死，我佩服你！可惜我还是得杀你，你给我去死吧！”

“做梦！”罗峰冷哼一声。

“唰！”罗峰瞬间施展开三振穿梭宇宙身法，一开始不过想要验证下对方实力，现在知道对方的优点和缺点，当然不会傻傻地硬碰硬了。这焚亚明显是在攻击秘法上差点，可那不朽神体真是彪悍得离谱。

三道幻影一闪，罗峰忽然就出现在了焚亚的右后侧。

“昙花！”战刀直接化为耀眼的彩光，美得让人心醉。

“哼。”焚亚右手反手就是一锤，一锤过处，宇宙空间节节崩溃。

“唰！唰！唰！”三道幻影再次一闪，罗峰到了焚亚的另一侧。

再闪，罗峰出现在焚亚的正前方。

再闪，罗峰出现在焚亚的后方。

“哧！”

罗峰在这疯狂移动中，血影战刀总算突破了那大锤的阻拦，直接一刀横切在焚亚的右侧腰位置。战刀缓慢深入，仿佛切上了一个无比坚硬的物体，仅仅往里切了大概半米的深度，还不足焚亚腰的五分之一深，便被完全卡住了。

“好坚硬的身体。力量强就罢了，身体还这么坚硬。”罗峰脸色一变。

一般血肉类生命就算能够发挥出身体的力量，在身体硬度上，一般都比岩石类生命差些，而且血肉类生命也就表层有鳞甲，肌肉防御强些，体内脏腑很脆弱，可岩石类生命则不同。

岩石类生命天生防御力强，更别说这焚亚了。他身体力量可算得上是封侯高等级不朽水准，身体硬度比一般封侯高等级不朽神灵还要强上个七八倍。

“哈哈。”焚亚扭头看向罗峰，随手就是一锤，轰击向罗峰的脑袋。

“唰！”罗峰瞬间不再攻击，后退。

“锵！”飞退中罗峰用战刀格挡了这可怕的一锤，幸好焚亚这一锤的轰击力在罗峰的飞退格挡中只有三成追击而来，罗峰感到一阵气血沸腾，没吐血。

“食星界主，你好快的速度啊。”焚亚大步冲来，继续强攻。

“速度也是优势。”罗峰冷哼。

罗峰再次一闪，顿时，这一座山脉遭殃了，只见二人过处，无数山石破碎，山峰倒塌，宇宙空间一次次崩解。

双方特点完全不同。

焚亚，力量彪悍，身体就是一个巨大的岩石疙瘩，不过在法则感悟上稍微差点，导致各种应变、身体灵活性都比罗峰差。

罗峰，依靠兵甲身体力量勉强踏上封侯级边缘，可接近封王级别的兽神意境令他在境界上远超对手，特别是三振穿梭宇宙身法更是完全压制了对手，在速度、灵活性上，那焚亚就是快马加鞭也追不上他。

“唰！唰！唰！”

罗峰身影一次次闪动，出现在各处，施展着血影战刀攻击卡巫族不朽神灵焚亚。

“和强者战斗感觉就是不一样。”在两把火焰大锤的一次次轰击下，罗峰将身法和刀法几乎运用到他现在所能达到的极致。在对方的压迫下，罗峰一次次发掘自己更强的战力，身法、刀法的运用也逐渐更加巧妙。

焚亚刚开始偶尔还能逼迫罗峰，还能砸到罗峰一两锤，可随着罗峰三振穿梭宇宙运用得越来越巧妙，也越来越熟悉怎么应对强者的攻击后，焚亚逼迫不了罗峰，罗峰反而手持血影战刀偶尔从侧面攻击大锤、影响大锤。

战刀攻击、身法闪躲，那焚亚就再也无法攻击到罗峰。

“啊啊啊——”焚亚站在山脉上，仰头发出愤怒的咆哮，显然已经气急。

当罗峰一刀劈向他时，他根本不抵挡，直接抡起大锤砸向罗峰。

“人类，去死吧！”焚亚咆哮着，怒火冲天。

不再管罗峰的任何攻击，焚亚的眼中只有罗峰本人，巨大的双臂挥舞着，大锤携带着空间压迫力，从四面八方砸向罗峰。顿时罗峰乱了，之前罗峰对焚亚进行攻击，焚亚都会努力用双锤去抵挡。

有守有攻，那么给罗峰的压力不会太大。可现在，焚亚发疯了，根本不管罗峰的战刀攻击，任凭罗峰的战刀劈在他身上。这焚亚将所有精力都用在进攻上，那两把巨大的火焰大锤，一直在进攻。

罗峰只感觉那两把比自己都大上几倍的火焰大锤，正劈头盖脸向他砸来。

“砰！”一不小心就中招。

罗峰整个人直接被砸飞数万千米，而后被砸进了山壁中，紧跟着罗峰又从中冲出来，山壁上也出现了一个窟窿。

“砰！”无数大锤幻影疯狂砸下，罗峰又一次被砸飞。

一次次被砸飞，罗峰就像在进行可悲的自杀式攻击。他要攻击到焚亚，就必须到焚亚周围，而在焚亚周围自然会遭到焚亚手持大锤疯狂地攻击。

……

那焚亚不管也不抵挡罗峰的战刀，一心就想着攻击罗峰，罗峰只能选择后退，否则就是活靶子。

“噗！”罗峰身体都麻掉了，躺在山峰上，鲜血吐出。

“没有办法打了，这焚亚身体太强悍了，就跟F级金属似的，就算不是F9级金属，也得是F3的水准，我一刀都劈不开他，而他根本不需要理会我的攻击，只管攻击我。”罗峰苦笑摇头，而那沐浴在火焰中的巨大身影跨过虚空，出现在前方。

“人类！”焚亚咆哮，可他看到罗峰躺在那儿也忍不住吃惊，“这个人类难道放弃了？”

“嗷！”一道低沉的让人心悸的吼声忽然在山脉中响起，那无形的威压已然辐散周围数十万千米范围，就算是这个沐浴在火焰中的岩石巨人也是脸色微变，连忙转头看向旁边，只见一道巨大无比的身影从山壁另一方向缓缓上升。

它有上百千米长的身躯，身上长满银色的鳞片，充满了美感。此外，它还有四只强有力的银色蹄爪、银色的鳞甲尾巴、一双巨大的银色鳞甲翅膀、奇异的银色王冠。这是一只通体银色的奇异怪兽，但它有巨大的暗金色眸子，身体比金角巨兽略大一些。

那强大的威压就是从它身上释放出来的，面对这么强大的威压，就算是封侯级不朽神灵焚亚也忌惮。

“这是什么？这是什么生命？按照体形，应该是星空巨兽的一种，但妖兽中没这么大的。”火焰巨人焚亚看着这突然出现的怪兽，完全惊住了，他看了一眼旁边站在山峰上显得很平静的人类，“这人类拥有匹敌封侯级不朽神灵的实力，绝对是人类族群中的绝世天才，这神秘怪兽难道是他的灵魂奴仆？还是他老师给他准备的一个保护者？很可能是他老师或者某个大人物给他准备的保护者，单靠他自己恐怕还无法驯服这等可怕的存在。”

因为突然出现的银色巨兽，焚亚完全顾不得罗峰了。焚亚感觉到压力，甚至他都弄不懂这到底是什么怪兽。银色王冠、通体银色鳞甲，威压还这么可怕，与星空巨兽的十二巅峰血统个个都不像啊。

“嗷——”银色怪兽发出吼声，暗金色眸子盯着焚亚。

罗峰则站在山峰上，遥遥看了一眼焚亚，默默说道：“施展兽神变、本尊天地、血洛之力，融合更强大的将甲、神秘的弑吴羽翼，再凭借诸多手段完全爆发的金角巨兽分身，我就不信你这岩石巨人还能抵挡得住。”

第783章

强行湮灭

“可怕，这巨兽比那食星界主要厉害得多。”卡巫族不朽神灵焚亚全身燃烧着火焰站在虚空，手持两把大锤，死死盯着那庞大犹如山脉的银色巨兽，他无数年的战斗经验令他明白眼前的巨兽很可怕。

“嗷——”银色巨兽发出一声低吼，巨大的银色羽翼忽然扇动。

“呼！”速度快得好似瞬移，银色巨兽竟然瞬间就越过上万千米到了焚亚的身前，随即那巨大的蹄爪就直接抓过去，蹄爪所过之处，宇宙空间仿佛豆腐般轻易被撕裂开。

“好快，比我当初遇到的一个封王级不朽神灵还快，比我遇到的任何一个对手都快！”焚亚心中一慌，他清楚速度本来就是他的弱项，面对瞬间就袭来的巨大的银色蹄爪，他只能咬牙嘶吼着，同时双锤轰出。

“轰！”宇宙空间崩塌。

两把火焰大锤和那蹄爪直接撞击，超过10千米粗的蹄爪仿佛踩一只蚂蚁似的连着将那两把火焰大锤和封侯级不朽神灵焚亚一同抓去，蹄爪冒出的犹如战刀般锋利的爪子，划过巨锤和焚亚。

两把大锤直接被抛飞，焚亚整个人直接被击散，他强悍的身躯在银色怪兽的蹄爪面前毫无抵抗之力。

“嗷——”刚刚击散焚亚的瞬间，银色怪兽的蹄爪忽然猛地拍过去，直接拍向焚亚那被击散的身体。

“砰！”岩石全部被拍得粉碎。

强大的封侯级不朽神灵焚亚在银色怪兽的一抓一拍下，身体变成了粉末，随即瞬间在远处汇聚。焚亚满脸惊恐地盯着银色怪兽：“封……封王级实力！”

“雾沙岛竟然有封王级别的巨兽！这巨兽竟然真是封王级别！”焚亚惊恐了，在交手前一切都只是感觉，要知道封王级不朽神灵是何等稀少，碰到一个的概率实在太低了。

远处站在山峰上的罗峰眉头却是微皱：“气息竟然没衰弱一点儿，刚才将他击散甚至击得粉碎，对他实力竟然没影响。不死之身，不愧是不死之身！现在金角巨兽分身实力虽然不算多强，但也勉强算是封王级了。”

银色怪兽的确就是金角巨兽分身，而且是现如今金角巨兽分身的最强形态。

金角巨兽分身头顶本来应该有五个繁复金色纹路的黑色尖角，而在融合将甲后，体表可以形成任意形状，罗峰故意以五个尖角为根基在头顶形成一个弧形的王冠。兽神变令金角巨兽分身的体形有所变化，翅膀因融合弑吴羽翼变得有些特殊，所以很难辨认出这就是金角巨兽。

金角巨兽分身施展兽神变，四只蹄爪变得更加粗壮，鳞甲尾巴变得更加长，显然是朝兽神体形靠拢。

……

金角巨兽分身因本身基因强大，又施展血洛之力和《无名秘典》第一劫，它现在的力量是人类界主的330倍。

振幅类秘法有兽神变、本尊天地和天赋秘法强化。

本尊天地能将振幅提高7.5倍，兽神变第一层能将振幅提高2倍。不过这两种都是身体振幅类秘法，会有相互抵触的效果。就好像当本尊天地修炼到能将振幅提高36倍，兽神变修炼到能将振幅提高64倍时，二者同时施展，振幅提高的倍数是不可能彼此相乘的，能将振幅提高80倍就算不错了。所以此刻本尊天地和兽神变这两种身体振幅类秘法叠加起来，实际上振幅效果提高在10倍左右，之后配合天赋秘法强化。

这天赋秘法倒是无丝毫抵触，有完美的叠加效果。所以，金角巨兽分身使用振幅类秘法可以将振幅提高20倍。

身体力量提高330倍，使用振幅类秘法可以将振幅提高20倍，两者一结合，能将自身界主力量提高6600倍，加上将甲能将界主力量提高10000倍，金角巨兽分身的力量算是跨入封王级的基本线了，无奈现如今罗峰在法则感悟上差了点，即使凭借和宇宙契合度高，但也就勉强达到封王级水准。

当然，这个级别的金角巨兽分身对付身体素质比它差了两个档次，感悟方面更是差了三个档次的封侯级不朽神灵焚亚，是轻而易举的。

……

焚亚被金角巨兽分身一抓一拍化为粉末再次凝聚后，他的世界戒指、大锤也都飞回他手中，此刻的焚亚既震惊又惶恐："赶紧走，否则小命就没了。这雾沙岛竟然存在封王级不朽巨兽，这……这实在是太欺负人了。"

"嗖！"焚亚掉头就逃，兵器都直接扔进世界戒指了，因为他清楚拿着兵器和不拿兵器，在面对那银色怪兽时没什么区别，拿着兵器反而影响他的速度。

"想逃？"山峰上的罗峰目光冷厉，"刚才让你身体凝聚，看你这次怎么凝聚。"

"食星。"罗峰挥手一扔。

"嗖！"一道金光迅速朝焚亚飞去，正是那株金色食星草。

同时天空中那让人心惊的金角巨兽分身也是一个俯冲，那弑吴羽翼只是一个扇动，三振穿梭宇宙仅仅用了第一振，金角巨兽分身就"嗖"的一声宛如瞬移般直接到了那焚亚的上空，速度快得让那焚亚欲哭无泪。

"封王级不朽巨兽啊，你怎么跑到这儿来了呢！"焚亚心中不甘地号叫。

是的，焚亚直到此刻都没发现那银色怪兽实际上是界主级，这一点罗峰当初刚刚开始融合弑吴羽翼时就发现了。弑吴羽翼是一件真正的至宝，连混沌城主那等超级存在都认定它是宝贝般的存在，是一件足以让宇宙尊者们疯狂追逐的至宝。

罗峰得了弑吴羽翼后，让金角巨兽分身第一次融合银色羽翼时就感觉银色羽翼重如大山，催动吃力，随着时间流逝，就如炼化洛夫鹦盘一样，那弑吴羽翼逐渐和金角巨兽分身融为一体，不分彼此，仿佛是身体的一部分。

真正融合后，整个金角巨兽分身都自然散发着威压，这威压本是弑吴羽翼蕴含的，融合后透过金角巨兽分身释放开，虽然只是释放些许，但足以令封侯级不朽神灵惊颤。

融合弑吴羽翼后，旁人根本无法探测金角巨兽分身真正的实力。

"真衍王老师说过，魇烛王有一件至宝，是宇宙尊者都重视的宝贝。那宝物一旦启用威力极大。"罗峰感慨，"我现在拥有的弑吴羽翼，也能令宇宙尊者们疯狂追逐。单单我控制释放的些许威压，就仿佛真正强大的封王级不朽神灵拥有的威压了。"

……

"轰隆——"又是一爪。

可怜的卡巫族封侯级不朽神灵焚亚拼命抵抗，依旧瞬间就被击散然后化成粉末，当这些粉末再度凝聚为一体后，金角巨兽分身又是一爪。

金角巨兽分身连续三爪，焚亚碎了凝聚，凝聚了又碎，足足三次，但实力没受到影响。这就是不死之身！

"轰——"焚亚第四次被轰成粉末。

金色的食星草疯狂生长，它的速度显然远不如金角巨兽分身，硬是等金角巨兽分身轰灭了焚亚四次它才赶到，无数的金色叶子直接吞噬那些粉末。

"哧——"粉末从金色叶子间一闪而逝，若隐若现。

不朽级食星草竟然没有吞噬到一丁点的粉末。

"呼！"无数粉末再度凝聚，化为焚亚。

"用不朽级食星草干什么，看来那个食星界主真的很少和封侯级不朽神灵战斗啊，难道他不知道要杀封侯级不朽神灵，主要是灵魂毁灭、强行湮灭两种手段吗？”焚亚疑惑地看了远处的罗峰一眼，随即转头又要逃。

“砰！”

又是一爪，焚亚再度化为粉末，接着再度凝聚。

“这封王级不朽怪物也是的，怎么总是这么攻击我？”焚亚更加疑惑，“它虽然是封王级别，但也就勉强封王级水准，想要没有一丝代价就杀死我根本不现实，难道它不知道？”

焚亚再逃，金角巨兽分身又是一爪。

……

远处山峰上的罗峰眉头微皱：“跟我查阅的资料一样啊，要杀死一名拥有不死之身的神灵，的确难啊。”

罗峰权限高，当然查过详细资料。

以罗峰的手段，自然无法施展灵魂毁灭的手段，只能走强行湮灭这一条道。

但强行湮灭，很难。

靠的是力量上的绝对压制，毁掉对方的不朽神力，只要将对方的不朽神力完全湮灭，对方自然死了。

强行湮灭有两种。

第一种在双方实力差距太大时使用。像混沌城主那等存在，或者像宇宙尊者们，翻掌即可灭杀封侯级不朽神灵，根本不需要丝毫代价。当层级上相差太大，毁掉不死之身就很容易。

第二种在双方实力差距不算太大时使用。一名封王初等级不朽神灵要击杀封侯高等级不朽神灵，虽然能一次次击散其身体，但对方照样能一次次凝聚，这时候要杀死对方就得付出一定代价了，那就是燃烧自己的不朽神力。一旦燃烧等于是永久损失了这部分神力且损失了其中蕴含的灵魂，这是永久损失！

封王初等级不朽神灵何等厉害，一旦燃烧不朽神力，瞬间产生的攻击力非常可怕，足以媲美封王巅峰级不朽神灵，自然就能湮灭封侯高等级不朽神灵了。

湮灭一名封侯高等级不朽神灵，就算是封王初等级不朽神灵，也得恢复百年乃至千年。

当然，如果封王高等级不朽神灵杀封侯高等级不朽神灵，不燃烧不朽神力，正常攻击都能伤害到对方的本质了，稍微燃烧点儿不朽神力即可轻易灭杀对方，只需恢复数年即可。

如果是封王巅峰级不朽神灵，那么可轻易杀死焚亚。

这就是强行湮灭，靠的是实力上的绝对碾压，实力不够就靠燃烧不朽神力来凑。

“勉强才是封王级别，就想不牺牲一点儿代价杀死我？”焚亚感到憋屈。

“怎么才能杀死焚亚？”远处山峰上的罗峰皱眉，“一次次将他击散根本没用，因为没伤害到他的本质，而强行湮灭需要燃烧不朽神力，可金角巨兽分身是界主，根本就没有不朽神力来燃烧啊。”

“怎么办？”罗峰遇到了难题。

第784章

空间之力

“金角巨兽分身的战力比那卡巫族不朽神灵强，获胜容易，可想要毁灭巨石，金角巨兽分身还没强到不燃烧不朽神力就能做到这一地步，而且金角巨兽分身又没不朽神力。走进死胡同了吗？”

罗峰思考着一个个办法，最后却又全部否定，没有一个办法是行得通的。

“只有一个办法，或许还有一点可能。”罗峰一咬牙，“就靠你了，弑吴羽翼。”

金角巨兽分身现在连最强的撕天一爪都施展了，还能有什么更强的攻击方法？也就弑吴羽翼了。这弑吴羽翼是混沌城主都认定的至宝，逃命是一方面，也兼有些许战斗能力，这点当年混沌城主告诉过罗峰。

当然，弑吴羽翼的主要功能是逃命、闪躲。用弑吴羽翼去战斗，只是它兼有的些许能力。

罗峰曾一次次试验过，他感觉弑吴羽翼的优点就是速度快、锋利，快速飞行下，羽翼一划，好似刀锋划过。

……

“嗖！”银色巨兽双翼一振，再次冲向身体刚刚凝聚的火焰巨人焚亚。

“能不能别这么过分？怎么能这样？”焚亚又急又怒，“这银色怪兽的瞬间爆发速度怎么会夸张到这个地步，它也就勉强达到封王级战力，瞬间爆发的速度应该没这么快才对。如果它速度慢点，我就能迅速达到亚光速接近光速的地步，它怎么追都追不上我了。”

雾沙岛上阻力颇大。速度达到接近光速，已经是极限，想要达到光速进行宇宙穿越必须去一些穿越点。

只要是不朽神灵，只要给足够的时间，速度都能达到接近光速。速度这么快，那么就是封王级不朽神灵在后面追，也无法追到普通的不朽神灵，因为大家速度都一样，除非你会瞬移。所以，不朽神灵们战斗更重视瞬间迸发的速度。假如彼此距离近，一名不朽神灵在前面跑，一个在后面追，后面一个瞬间爆发速度特别快，自然就能追上前面的了。毕竟要速度达到接近光速，是要好一会儿的。

“弑吴羽翼有三大形态，现在我仅仅能驱动第一形态，就能飞行犹如鬼魅，移动速度快得惊人。”罗峰暗道，“就连魔烛王凭借他老爹给的至宝，一旦爆发都能对抗封王巅峰级不朽神灵。我这弑吴羽翼主要不是进攻，而是逃命、闪躲，一旦我使用弑吴羽翼逃命、闪躲，除非是会瞬移、时间暂停这等能耐的封王级不朽神灵，否则又有几个及得上我？”

“轰！”金角巨兽分身那银色双翼一振，便快如闪电，天空中留下一道轨迹，瞬间就到了焚亚身旁。

“哗！”羽翼如刀。

当金角巨兽分身从一旁飞过时，羽翼边缘就好似一柄刀刃，“唰”地划过焚亚的身躯，宛如刀切过豆腐。

“啊——”焚亚猛地仰头发出痛苦号叫，身体被击散成粉末他都未曾如此痛苦地哀号，此刻却哀号了。

痛，剧痛。

无形却锋利的毁灭气息仅仅一丝，却仿佛热水融化冰雪，焚亚的不朽神力在那毁灭气息面前脆弱无比，差点被强行湮灭，可惜那毁灭气息仅仅是弑吴羽翼划过他躯体留下的一丝，却也瞬间毁掉他2%的不朽神体。

这是从根本上毁灭。

“啊！”焚亚痛苦嘶吼。

“成功了！”远处山峰上的罗峰却是一脸喜色，以他的感应能力，对方瞬间湮灭了2%的不朽神体，他自然能感觉到，这个效果令罗峰感到吃惊、兴奋，“哈哈，不愧是我的老师混沌城主都认定的至宝，虽然主要功能是逃命、闪躲，但即使只兼有一丝攻击能力，也强大无比啊。这还只是一丝很少的空间之力吧。”

弑吴羽翼，其玄奥深不可测。在身体力量、能量的双重催动下，弑吴羽翼内部会转化出很特殊的力量，罗峰称之为空间之力，这就是弑吴羽翼爆发强大威力的核心。正是这种力量使金角巨兽分身飞行起来神秘莫测，快得惊人。

弑吴羽翼第二形态（要达到第三层骨篇才能驱动），能发动空间乱流。

弑吴羽翼第三形态（要达到第五层独角篇才能驱动），能发动空间潮汐。

这都需要弑吴羽翼内部转化出的空间之力来驱动，这种特殊力量威力极大，不过现在罗峰仅仅能施展第一形态。

那空间之力只存在于弑吴羽翼的核心，受罗峰控制并能透过羽翼迸发的空间之力是很微弱的，却毁掉了焚亚2%的不朽神体。

“卡巫族不朽神灵，死。”

“轰！”金角巨兽分身双翼一振，弑吴羽翼再次直接一划而过。

焚亚完全没能力闪躲，虽然能一次次凝聚，但刚一凝聚，他就发现那银色怪兽又一次划过来了，每次都损毁2%的不朽神体，就算他拥有不死之身，最多五十次，他也绝对完蛋了。如果是普通不朽神灵损失50%的不朽神体，相当于损失50%的灵魂，意识就会崩溃，直接完蛋。

成为不死之身后，即使损失99%不朽神体也不会死亡，可幸存1%最多保持记忆，实力将会是不朽神灵中最弱的，想要凭借1%的不朽神体恢复过去所有实力，那得需要亿万年的漫长岁月。

“不，不！”焚亚痛苦地嘶吼。

“饶命，尊敬的封王级不朽神灵，您饶过我吧！”焚亚急切地传音和金角巨兽分身交流，他在看到金角巨兽分身那可怕的速度时就知道，就算他燃烧不朽神力令速度爆发，也无法逃掉，因为那神秘银色怪兽的速度太可怕了！

“唰！唰！唰！”

焚亚的不朽神体只剩下50%了，灵魂就这么少了一半。

“封王级不朽神灵，你别逼我，别逼我！”焚亚传音咆哮道。

“逼你？异族，受死吧！”

金角巨兽分身速度快得可怕，银色双翼一次次划过焚亚的躯体，一次次毁掉他无数年来凝聚而成的不朽神体。不朽神体，这是根本啊。

“不！不！”眼看不朽神体被毁灭得只剩下30%，焚亚急了，损失大半的灵魂对他实力影响太大了，他发出愤怒的咆哮，终于在那银色怪兽再一次杀来时，他绝望了，只能心中痛苦地嘶吼一声。

“轰！”他瞬间引爆整个不朽神体。

焚亚在绝望下选择了自爆这最后一条路，就算杀不死那封王级不朽神灵，也得重伤它，这就是焚亚最后的报复。

“轰隆隆——”宇宙空间崩溃，周围山峰崩塌，而近距离面临焚亚自爆的金角巨兽分身第一时间就合拢双翼，巨大的弑吴羽翼瞬间就将金角巨兽分身都保护起来，狂暴的能量冲击在弑吴羽翼上。

弑吴羽翼本身材质特殊。在给罗峰之前，混沌城主是浩瀚宇宙亿万个族群中唯一知道弑吴羽翼存在的人。要毁灭弑吴羽翼，恐怕宇宙之主都难做到。

这股能量只能算是给弑吴羽翼挠痒，弑吴羽翼抵挡了九成以上的冲击力，而后剩余的冲击力作用在将甲上，只要未达到将甲的界限——10000倍界主之力，冲击力都能完全被将甲给抵消。

“轰隆——”宇宙崩塌中。

巨大的银色羽翼包裹着银色巨兽，倒飞数万千米，随后展开双翼悬浮空中，暗金色双眸冰冷地看着那儿。

……

罗峰将焚亚留下的一些宝物，也就是战利品全部带走。

“赶紧走，战斗动静太大，已经有队伍朝这儿赶来了。”罗峰眉头微皱，遥看远处虚空，金角巨兽分身直接进了他的体内世界。

“嗖！”罗峰一闪而过，施展三振穿梭宇宙。同样是施展三振穿梭宇宙，那金角巨兽分身施展起来仅仅第一振就比地球人本尊快了不知道多少，一是因为本身实力的差距，二是因为金角巨兽分身有弑吴羽翼。

雾沙岛十二名封侯级不朽神灵之一的巨石陨落，这消息并没传开。

巨石死前没求救，因为他在雾沙岛的盟友中根本就没有比他强的，他向谁求救？至于留下遗言警示后人？警示谁？以银色怪兽那已经达到封王级的战力，雾沙岛中也就十二大封侯级不朽神灵一起出手才足以对付那银色怪兽。

而雾沙岛的另外十一名封侯级不朽神灵没有一个是他卡巫族的。

“我死了，你们几个也跟着陪葬吧！”焚亚可没存好心，若是同族群他或许会警示，可异族就不会了，焚亚可没那么伟大。

罗峰回到了驻地。食星草长满了洞窟，保护着那洞窟内的大厅，罗峰在大厅内，满心喜悦。

“哈哈，弑吴羽翼。老师还真给了我一件至宝。”罗峰心情极好，坐在那儿一边喝着果酒一边美滋滋地想着，“那魔烛王有至宝惹得其他封王级不朽神灵嫉妒，我也有一件，比他的还好。虽然主要功能是逃命、闪躲，但兼有一丝战斗、防御能力，这已经很好了。”

“嗯？”罗峰脑海中仿佛出现一道闪电，轻声说道，“金角巨兽分身近身战、地球人本尊的刀法，应该是……”随即罗峰的眼睛越来越亮。

第785章

自创秘法

当初在混沌城参悟的一千二百年里，罗峰就烦恼过地球人本尊的刀法、金角巨兽分身的近身战的问题。虚拟宇宙公司中的秘法当然多的是，可是那些战斗秘法中蕴含的是各种各样的法则，他根本找不到关于兽神之道的刀法、战斗秘法。

毕竟人类中没有一个能在兽神之道上达到希罗多那等境界的，就算有某某宇宙尊者创造的刀法之类，也都是初创阶段。那种不完善的刀法、战斗方法自然不会拿来卖，卖这种初创且不完善的秘法是对宇宙尊者们的侮辱。

正因为找不到适合的战斗秘法，唯一在兽神之道上很有成就的希罗多，却是使用精神念师的手段。

“我烦恼这么多年，来到域外战场的我依旧在烦恼这个问题，甚至花费百年时间改进幽影七绝刀，创出新幽影七绝刀，可那也只是改进，层次太低，不过在创造这套新幽影七绝刀的百年中，我不断积累经验，也算厚积薄发了。”罗峰眼眸亮晶晶的，“此次一战，终于让我找到一条适合我的战斗路线了！”

想要前进得先确认一条路线。之前罗峰很盲目，又无前人经验可以参考。

“我真傻。”罗峰暗道，“兽神本身就是空间法则与金之法则相融合形成的融合法则的化身，兽神就是融合法则，融合法则就是兽神。随着我不断修炼，金角巨兽分身自然逐渐朝兽神靠拢。不管蹄爪、尖角、尾巴等，都是兽神的武器。因为太平衡，一时间我找不到最适合的。我不知道是先研究爪法，还是先研究鳞甲尾巴的手段，还是研究其他技巧。

“现在想起来，我真傻，金角巨兽分身最强的无疑是弑吴羽翼。”罗峰很兴奋，“弑吴羽翼可是对宇宙之主都有点小作用的宝物，金角巨兽分身配合弑吴羽翼自然是强上加强，我就该创造适合弑吴羽翼攻击的秘法。”

“弑吴羽翼本来就强，再创造配合它的秘法，将兽神之道完全融入其中，自然就是最强的。”罗峰笑了。

人类为什么创造刀法、剑法等？因为人类可以制造比人类拳脚更坚硬更锋利的刀剑。所以刀剑成了人类的兵器。如果刀剑不如拳头，强者们就会使用拳头作战了。现实中强者们都是使用刀剑等兵器，即使使用拳头也都配合特殊拳套。

“人类创造刀法、剑法、念力兵器之法，金角巨兽分身创造鳞甲翅膀的攻击之法。”明确路线后，紧接着要做的就是花费精力来研究。罗峰开始了疯狂的研究。三振穿梭宇宙、列宇中都有运用翅膀的技巧且有利用翅膀攻击的技巧，金角巨兽本就是有鳞甲翅膀的，传承记忆中有不少运用鳞甲翅膀战斗的秘法，罗峰也都仔细研究过。

而后在虚拟宇宙公司宝库中，罗峰购买了一些有翅膀的族群的秘法，或许不如三振穿梭宇宙、列宇那样高深，可罗峰现在需要的就是积累、借鉴创造秘法的经验，多看看各种创造秘法，有助于开阔眼界。

观看各种运用翅膀战斗的秘法，而后融入兽神意境，罗峰开始逐步创造自己的战斗秘法。

雾沙岛上。

“银色怪兽，快逃！”

“快逃！”

“速度太快了，它速度太快了，应该是封王级别！”

“小——”

四名异族强者仓皇逃窜，那振动的鳞甲翅膀一闪而过，就仿佛天空中一闪而过的光似的，快得让人心悸，紧接着那四名异族强者的身体就全部崩裂，这些人仅仅是军主巅峰级不朽神灵，哪能抵抗那可怕的弑吴羽翼中蕴含的一丝空间之力，瞬间就陨落了。

……

“大家分开逃！”

“是银色怪兽！”

“逃掉一个是一个！”

可怜的异族不朽神灵被攻击了。

……

随着时间流逝，雾沙岛中流传着银色怪兽的传说。

在许多异族不朽神灵的彼此交谈中，他们都认定了这银色怪兽最起码是封侯巅峰级，甚至有封王级实力。一旦遇到这银色怪兽，那就是一场灾难。至少在雾沙岛中，没有任何异族强者能够对抗银色怪兽。

谁都不知道银色怪兽的来历，只知道银色怪兽是人类阵营的。四方阵营，每一方阵营手下都有大量的异族强者，且有些特殊异族虽然数量稀少但实力强大，说不定这银色怪兽就是从浩瀚宇宙中某个偏僻角落的小族群里冒出来的。

……

“太浑蛋了！”

“这银色怪兽就算不是封王级别，那也有封侯巅峰级实力，而且它的速度快得可怕，这样的实力怎么能逗留在雾沙岛，它应该去主大陆。主大陆中有大量的封侯级不朽神灵，甚至还有少数封王级不朽神灵，那里才是它的战场。”

“对，实在过分！”

“据说雾沙岛的十二大封侯级不朽神灵已经陨落两三个了。”

“别这么说，是不是陨落在银色怪兽手里还难说，也许是逃到主大陆了。毕竟那些异族封侯级不朽神灵就算离开，也不会通知我们。”

“嗯。最可怕的是，一旦碰到它就几乎可以说完蛋了，所以才令很多异族强者都吓得离开雾沙岛，现如今雾沙岛中各大族群的强者数量明显少了很多。”

一艘宇宙飞船上，虫族手下的许多异族不朽神灵彼此交谈着。

银色怪兽的确成了整个雾沙岛的噩梦。它超越了当年十三霸主的威名。当年的十二名封侯级不朽神灵、食星界主，哪能跟银色怪兽比？

碰到十三霸主，逃命概率都是很高的，唯有碰到银色怪兽，就算六名异族不朽神灵分散逃跑，恐怕能有三个逃掉就算运气好了。

罗峰在雾沙岛研究鳞甲翅膀的攻击之法，转眼便过去了一百多年，罗峰总算有了弑吴羽翼最基本的攻击秘法，虽然和希罗多的绝世秘法相比显得很粗陋，但已经超过新幽影七绝刀层次了，而且还有很多可以改进的地方。

“创造秘法果真不容易。特别是创造顶级秘法更是难，像魂印、幽影七绝刀……”罗峰微微摇头。

眼界高了，法则感悟上也远超呼延博，观看的顶级秘法又极多，加上有混沌城主指点，罗峰进步怎么会慢？

“嗯。该去见老师混沌城主了。”罗峰分出一丝意识连接虚拟宇宙网络。

按照混沌城主的要求，罗峰是得经常去雷霆岛混沌神殿请教他的。

虚拟宇宙雷霆岛。

在雷霆岛最高处那朦胧的混沌气流中有一座神殿，罗峰作为亲传弟子已经有资格来到这儿。

“嗖！”罗峰突然出现在神殿前，神殿中没有一个仆人、随从，空荡荡的，有的只是无所不在的混沌气流。

罗峰大步入内，行走在神殿大殿内而后停下，恭敬地喊道：“老师。”

“何事？”那混沌气流深处传来声音。

“我自创了弑吴羽翼的战斗秘法，初创有成，请老师点评。”罗峰恭敬地道。

“施展吧。”声音传来。

“是。”罗峰恭敬地应道。

心意一动，罗峰消失，出现了一只上百千米长的金角巨兽。这是虚拟宇宙，一切都可虚拟，且按照混沌城主的说法，他的混沌神殿内兼有修炼场的一点特性，心意一动即可。

罗峰变成了金角巨兽分身，翅膀上更是融合了弑吴羽翼。弑吴羽翼自然也是虚拟宇宙模仿出来的。

虚拟宇宙公司最强掌权人就是混沌城主，所以罗峰化为金角巨兽分身，自然不用担心保密问题。

“哗！”金角巨兽分身展开羽翼猛地一扇，这一扇便是汲取了施展三振穿梭宇宙身法的经验，飞行时羽翼的一个横切，更是有以无厚入有间的韵味。宇宙空间在这一刻就仿佛豆腐一般被羽翼轻轻切开了，切得很轻很自然。

羽翼划过长空，长空中留下一条很淡的痕迹。

“嗖！”金角巨兽分身缓缓落在神殿上，随后幻化为罗峰。

“老师。”罗峰恭敬地说道。

罗峰心中倒是颇为自信，如果说一百多年前使用弑吴羽翼时纯粹是用最基本的技巧，更多的是凭借速度和弑吴羽翼本身的特殊性，那么现在已经返璞归真，看似普通，威力却大了数倍，罗峰怎能不心情愉悦？

“嗯。”混沌气流中传来声音。

“你的羽翼攻击之法已经算是入门，显然你这秘法还未完善，如果完善，应该会强上很多。不过在域外战场，你恐怕很难找到一些适合的对手来磨炼，从今天开始，你就经常待在你的修炼场，我会给你安排一些特殊的对手，针对你的各项弱点，让它们和你进行战斗，以此来磨炼你的羽翼攻击之法，估计花费一两千年时间，你的第一门秘法就算有所成了。”

“是，老师。”罗峰无比恭敬。

第786章

银河挂长空

“去吧。”气流中传来声音。

罗峰恭敬行礼，随即消失不见。

“短短数千年罗峰竟然已经能够击杀封侯级别的人了，虽然是凭借金角巨兽分身，靠的是弑吴羽翼，但也很不错了。如此下去，终有一日能赶上他师兄科谛。”混沌城主正盘膝坐在神殿之上，气流环绕在他周围，形成诸多模糊幻象。

“若是我当年也给科谛一件至宝，或许他还能活着吧。”混沌城主叹息一声。

科谛毕竟闯过了界主级原始通天山，在法则感悟方面自然达到了通天桥第二十层，已经无限接近宇宙尊者了，比罗峰的法则感悟强多了，修炼时间也更长。虽然科谛也有很多强大的底牌，攻击、逃命等手段不可谓不强，但是像弑吴羽翼这种至宝，就算宇宙尊者们都很难得到，更别说科谛了。也就混沌城主这等宇宙霸主级的存在，才能出手就是一件至宝。

虚拟宇宙，雨相山原始区，罗峰的修炼场内。

本来每个原始秘境成员的修炼场内部是固定空间大小，可是混沌城主安排了一下后，罗峰的修炼场就变得犹如对外营业收费极高的杀戮场一样，内部虚拟空间无限广阔。

罗峰站在苍茫星空中，随即身体一变，变成长上百千米的银色怪兽（金角巨兽分身）。

“有混沌城主这样的老师就是好啊，连私人的修炼场都变得像公开营业的杀戮场那般广阔了，还是免费的。”巴巴塔欢快叫道，“而且还专门按照你创造秘法的进度、缺点，给你安排适合的对手。”

“就算是你老师真衍王，估计都没这等眼光，安排得那么准呢。”巴巴塔兴奋地喊着。

罗峰微微点头。

“是啊，就连创造秘法的自己也不清楚自己的缺点，自己设计对手肯定很难设计好。不过老师混沌城主安排就不一样了，混沌城主是宇宙巅峰族群人类族群中巅峰的存在，宇宙霸主般的人物，他看罗峰创造的秘法，就仿佛看小娃娃在玩耍一样，轻易即可看透一切。”

“嗖！”宇宙星空中忽然出现了一道模糊的影子，而后渐渐清晰。

它高10余千米，通体黑色岩石，同时体表有火焰。这火焰从岩石缝隙中喷发出来，一双眼睛完全就是燃烧着的紫色火焰。这个异族神灵的强大气息正蔓延开来，它的手中更是握着一柄约30千米长的红色叉。当然，论体形，它在金角巨兽分身面前就跟婴儿似的。

“嗷——”金角巨兽分身发出一声低吼。

第一场战斗开始。

……

接下来的岁月里，金角巨兽分身面临的每一个对手都非常可怕，几乎个个都针对金角巨兽分身的一些缺点，而且按照混沌城主给罗峰制订的修炼计划，金角巨兽分身必须击败一个对手，才会有另外一个对手出现。

“在虚拟宇宙中，金角巨兽分身的基础素质是固定的，想要发挥更强战斗力，只能靠法则感悟和强大的秘法。我给你安排很多对手。你击败一个，才会出现新的对手。如果你能击败五百个，说明你创造的秘法已经属于顶级秘法。如果你能击败一千个，说明你创造的秘法已经达到巅峰，像希罗多所创秘法便是这个层次。如果准确评判，击败一千二百个，才说明你创造的秘法已经达到希罗多所创秘法的层次。当然，如果你能击败两千个，说明你创造的秘法已经达到究极，也就是我所创秘法的层次。努力吧，我的徒儿。”

这是混沌城主曾经说过的一番话。这番话更是让罗峰心中迸发出更大的雄心，也愈加感觉到混沌城主的可怕，那希罗多创造的秘法属于巅峰层次，而老师混沌城主创造的秘法属于究极层次。

每击杀一个对手都很艰难。短则十天半月即可解决一个对手，长则十年都不一定能解决一个对手。

每一场战斗结束罗峰都会反思、研究、改进秘法。

前五百个对手中最难的一个是星空巨兽毁婆巨兽，且是不朽级的毁婆巨兽，那天赋时间暂停不知道让罗峰吃了多少亏，和这毁婆巨兽战斗数百场，花费足足十八年时间。

……

花费两百年时间，金角巨兽分身便击败了五百个对手，对此罗峰并没有满意。他还在继续对战，继续研究。

越往后就越难，解决每一个对手花费的时间都惊人。罗峰一次次去观看曾经录制下来的三幅远古图影，看那兽神战斗场景。兽神战斗时可比希罗多的秘法精深多了，他越看越有感觉。花费了一千多年，终于解决了后五百个对手。

一颗荒芜的星球上，无数绿线闪烁，几乎环绕了整个星球。

“嗷——”只见金角巨兽分身的银色羽翼一扇，在星空中留下了一道让人心醉的银色残影，久久不散，而那无数绿线在这瞬间就已经全部消失。

“轰隆隆——”那颗星球也轰然破碎，这颗星球就仿佛被切豆腐般被金角巨兽分身的银色羽翼粉碎了。

第一千个对手是宇宙中的稀有生命——绿线噬虫，它在阻挡罗峰足足一百零二年后，终于被解决了。

绿线噬虫，分身万千，可根植星球，可操控生命作为傀儡。金角巨兽分身解决的这只绿线噬虫没有一个傀儡，单单凭借自身能力和金角巨兽分身厮杀，战斗一场又一场，金角巨兽分身一直输。过了百年，金角巨兽分身才终于赢了一场。

“嗷——”金角巨兽分身仰头狂吼，随即身影幻化为人形。

“哈哈……我竟然也能创造巅峰秘法，虽然仅仅是第一式，但也太……太强了！”罗峰激动万分。

像兽神兵共有六式，第一式是兽神降临，罗峰所创秘法仅仅创出第一式，这也很正常。按照罗峰的规划，他在成为宇宙尊者之前，估计也就创出两式或三式。

“罗峰，我也得崇拜你了。”巴巴塔在旁边怪叫。

“嘿嘿。”罗峰咧嘴一笑，心中满是欢喜。

怎能不欢喜？希罗多何许人物？所创秘法何等惊人？虽然罗峰仅仅创造第一式，但至少第一式已经是巅峰秘法了。更何况现在罗峰的法则感悟并不算太高，这第一式已经足够罗峰使用了，就像那兽神兵第二式罗峰想用都无法用，无法使用的秘法只能看着。

“嗯，该去见老师了。”罗峰暗道，而后身影一动，便已经消失不见。

虚拟宇宙雷霆岛的最高处有一座神殿，神殿中无任何仆从，一片空荡荡，唯有无尽的混沌气流环绕。罗峰突然出现，行走在神殿中。

“老师。”罗峰感激、恭敬地行礼。神殿深处的混沌气流中一道模糊人影缓缓走出，他穿着金色长袍，头上是一片片青色鳞片，面部类似地球人，表情随和，唯有那一双眼睛平静、幽深似海，又如星空般悠远。长相和初始宇宙混沌城中的那个丝毫不一样，可眼神是一样的。

“老师，”罗峰恭敬地行礼，心道，“之前来神殿只听到老师的声音却见不到老师。”

“竟能创造出巅峰秘法，虽然仅仅是第一式，但也足够你所用，而且是你自己所创。宇宙中究极秘法有一些，可自己所创终究最适合自己，就算你修炼究极秘法，可那不适合你，施展出来，威力也不如你自己所创的秘法。”混沌城主很满意，“不错，不错。”

罗峰乖乖听着。

究极秘法学起来有很多难点，而且每套究极秘法的创造者恐怕都是宇宙霸主那等存在，想学到很难。就算不适合，可凭借究极秘法的威力，至少比自创的一般顶级秘法要好。不过罗峰所创秘法已经算是巅峰秘法范畴，仅仅比究极秘法低上一层次，又因是自创，最是适合他，威力自然奇大。

“是否想要继续磨炼下去，去对战第一千零一个对手？”混沌城主带着一丝笑意询问道。

“弟子自然是要继续闯下去的。”罗峰恭敬地说道。

不想当将军的士兵不是好士兵，不想当宇宙霸主的强者就算不上合格的强者。罗峰自然有一颗渴望达到巅峰的心，也渴望自己所创秘法达到究极层次，虽然明知道这条路无比艰难且成功概率极低，但他依旧要去闯。

“很好。”混沌城主满意地点头，“你的秘法，有名字了吗？”

“第一式名字已定，整套秘法未定。”罗峰回道。

“什么名字？”混沌城主好奇地问道。

“第一式银河挂长空。”罗峰恭敬地回道。

这套秘法是鳞甲翅膀战斗之法，同时也可轻易转化为刀法，毕竟羽翼如刀，二者转换起来的确容易。

罗峰自创秘法第一式银河挂长空，是他在创造时想到的名字。

“整套秘法的名字想一个吧。”混沌城主笑道，“虽然仅有第一式，但毕竟是一套初创的巅峰秘法，得有个名字。”

第787章

明月策

“名字？”罗峰思索起来。

希罗多那等伟大存在创造的秘法也是巅峰层次，这样的秘法取名当然得认真。

“该叫什么名字呢？这是鳞甲翅膀战斗秘法，也可转化为刀法，叫翼刀？刀斩虚空？翼刀六卷？翼刀七卷？这套秘法主要是使用弑吴羽翼来战斗的，叫弑吴秘典？也可当作刀法，用血影战刀来施展，叫血影秘典？”罗峰脑海中闪过一个又一个名字，却又一次次否决，总感觉还差了点。

“到底还差点什么呢？”罗峰不断地思索着。

看着罗峰在那儿思索，混沌城主只是默默看着。一部巅峰秘法是一名超级强者的证明。即使这位超级强者陨落，他的秘法也会流传。每一个强者在真正定下名字时都会很认真，这也是对自己漫长的修炼生涯的一种肯定。

罗峰忽然眼睛一亮。

“欠缺一种力量——心灵的力量。”罗峰脑海中连续浮现一些想法，“我想我所创秘法有无限动力、无限激情；我想我所创秘法，能更加坚定自己的强者之心；我想我所创秘法，能明白自己心中的坚守。

“我在坚守什么？”

罗峰脑海中浮现一幕幕场景。

“我要让爸妈不再受苦，我要让他们过上好生活。”

基地市时代，罗峰背着战刀盾牌闯进荒野区，开始了武者的生涯。

……

“龙蛋，作战服！”在荒野区003号城市，趁着那怪兽领主和两名战神战斗，罗峰拼命冲到那怪兽领主的驻地弄走了龙蛋和作战服。

“兔子急了还咬人呢，还以为我不敢杀你！”罗峰眼神中满是疯狂，随即在荒野区狂奔逃命，那一刻罗峰犹如疯魔了。

……

“1000亿？”在天价悬赏下，在荒野区的罗峰心中惶恐，担心队友告密。

……

“288亿？”罗峰弟弟罗华第一次看到这个数字惊呆了。

“罗华，我说过，我会让你自信地站在那小楠姑娘面前，站在她父母面前，我说到就会做到。”罗峰在弟弟面前承诺。

……

罗峰获得成为极限武馆巡察使的荣耀。

……

金角巨兽出现，地球末日时，地球上的超级强者，像罗峰他们一个个都在拼命，不惜身死去阻拦金角巨兽。

……

刚跨出地球，走向宇宙时，罗峰步步小心，却又坚毅果断，去那界中界，更是拿命在拼。

……

罗峰在修炼任务中一次次冒险，一步步展露自己的才华。

这一切的一切，最根本就是为了心中的坚守——守护亲人，守护家乡！

“家乡，亲人！”罗峰脑海中瞬间冒出了一个词——明月！

望明月，思故乡，念亲人。

一直研究古文化典籍的罗峰，想到了“明月”这个词。古来不知道多少诗人和词人，看到明月思念故乡。

“明月啊！古有‘单执一札谓之为简，连编诸简乃名为策’的说法。”罗峰眼睛一亮，“现在我所创秘法才第一式，将来还会有第二式第三式……诸多式合在一起便是‘策’。”

“我的秘法就叫——明月策。”罗峰做出了决定。

明月策，表明罗峰心中的坚守，而“策”一字更表明罗峰的雄心，他绝对不甘心屈于仅仅一点成就，他要获得更多的成就。

“想好了？”混沌城主看到罗峰眼中一丝兴奋，便微笑开口。

“是的。”罗峰恭敬地回道。

“说来我听听？”混沌城主问道。

“我所创秘法名字为明月策。”罗峰回答道。

“明月策……”混沌城主略显疑惑，因为在宇宙中没有任何一部秘法用“策”这个字，大多是“××秘典”，或直接是招式的名字，例如魂印、列字、三振穿梭宇宙、《衍神七变》等，一般都是这样。他没见过一部秘法叫“××策”的，从来没有过。

“明月”的含义，混沌城主也并不知晓。虽然不懂，但他也不多问。

“明月策、明月策，希望这个名字能令亿万个族群震惊、眼馋。”混沌城主笑道。

“弟子定当努力。”罗峰恭敬地回道。

“嗯。”混沌城主点头。

“老师，弟子想问，这秘法到底分哪些层次？”罗峰忍不住询问，他只知道三个层次：顶级、巅峰、究极。

混沌城主说道：“简单分，可分为不入流、普通、顶级、巅峰、究极这五个层次。一般界主所创秘法和一些平庸的不朽神灵所创秘法，就是不入流层次。像你得到那呼延博的一些传承，他所创秘法魂印颇有些巧妙，已脱离不入流范畴，算是普通这一范畴吧。像你之前研究的新幽影七绝刀，虽然也超过了幽影七绝刀，但依旧算是普通这一范畴。很多封侯级不朽神灵和一些界主级天才所创秘法，都是属于普通这一范畴。往上就是顶级范畴，一般界主级绝世天才和封王级不朽神灵，所创秘法为顶级秘法。再之上，就是巅峰范畴。”

“像你另一位老师真衍王，能在宇宙尊者面前保住性命，能媲美最普通的宇宙尊者，这一类堪称封王无敌近尊者；或者像你师兄科谛，在界主级就那般强大了，他们所创的秘法一般就算巅峰这一范畴了。宇宙尊者们所创秘法几乎个个都是巅峰这一范畴，当然就像我和你说的，你用所创秘法击败的对手从第一千个到第一千九百九十九个，所创秘法依旧算巅峰这一范畴，所以即使同为巅峰秘法，差距依旧很大。那希罗多虽然强，但毕竟金角族群这普通族群，没有我人类强大的底蕴，所以创造秘法条件自然不如我人类强者，所创秘法的层次也就大概是你用所创秘法击败第一千二百个对手的层次。

“至于究极，创造究极秘法对你来说太遥远了。”混沌城主笑道，“待得你能解决第两千个对手那天再说。”

罗峰心中震撼，连忙应道：“是，老师。”

“其实你这次做得很不错。”混沌城主说道，“在我全力帮助下，根据你的进步，针对你的缺点，改变你的对手，你的效率是自己埋头研究的数倍。我本以为，在我帮助下，需要花费一两千年的时间你才能琢磨出顶级秘法，你比我想的还要好，一千二百年的时间就创造出巅峰秘法。你的悟性很高，至少在兽神之道上悟性极高。”

罗峰一阵惭愧。

虽然秘法创造非常难，但能够次次针对秘法缺点安排对手，这种设计安排，宇宙尊者一般恐怕也难做到。

这种情况下罗峰进步焉能不快？

一千二百年的时间足以匹敌独自埋头研究数十万年。

“老师你怎能知道，我在兽神之道上悟性虽然算是很高，但没您想的那么高啊。”罗峰心中暗道，“我是有兽神雕像在手，能够随时亲眼观看兽神雕像，一次次临摹，去感受那兽神之道本身啊。”

近朱者赤，天天观摩兽神之道，进步自然快。

……

“去吧。”混沌城主转身走向那迷蒙的气流中，“在域外战场上和强者继续战斗吧，在一次次生死战斗的磨炼下，你的秘法会越完善，进步也会越快的。”

“是。”

罗峰恭敬地行礼，随即消失不见。

域外战场第七战场，雾沙岛上依旧是雾气弥漫，一艘生物飞船正在飞行着。

“一千二百年了。这一千二百年来，那银色怪兽倒是消失不见了，雾沙岛中谁都没再见过那银色怪兽。”四名妖族不朽神灵的傀儡之身分散坐着，气氛轻松。

“可能去主大陆了吧。主大陆中强者如云，封侯级不朽强者多的是，还有一些封王级不朽强者，特别是那些异族封王级不朽强者，手段诡异。能成为封王级不朽强者，财富惊人，肯定购买了大量的机械族武器，或者一些可怕物品，他们个个都不好惹啊，说不定那银色怪兽就被某位封王级不朽强者给杀了。”

“嗯。银色怪兽消失，雾沙岛上的封侯级不朽神灵比当年更多，居然出现了十八位霸主，这十八位霸主倒是嚣张得很。”

“特别是十八霸主中的食星界主，银色怪兽纵横雾沙岛时，这食星界主龟缩起来，这银色怪兽一消失，他倒是嚣张起来了。不过食星界主实力还真强，据说和封侯级不朽强者正面对战过，不相上下。”

“嗯，食星界主实力的确进步很多。”

……

就在这艘生物飞船的8亿千米外，一艘黑色飞碟正在迅速地飞离雾沙岛。

黑色飞碟中，穿一身黑色战铠的罗峰站在那儿，看着旁边屏幕上显示的8亿千米外那飞船中的谈话内容，轻声说道：“银色怪兽消失？是这雾沙岛中根本找不到它的对手啊。主大陆，听说主大陆中强者如云，封侯级不朽神灵多得惊人，随便走走都能碰到封侯级不朽神灵。”

“看来我得小心了。封侯级不朽神灵很难缠，封王级不朽神灵的资产比我还多，而且估摸着异族强者偷袭说不定什么时候就到。”罗峰默默说道，“在主大陆中，绝对不能暴露食星界主和银色怪兽的关系。那些异族不知道我这张底牌，我才有更多幸存机会。

“战斗、危险？来吧。”罗峰看着远处无限庞大的虚空中的一块陆地。

那就是焱祭大陆主大陆，比雾沙岛危险得多的地方，也是强者如云的地方。

此时黑色飞碟已经飞离了雾沙岛，朝主大陆飞去。

（本册完）

更多精彩尽在《吞噬星空 典藏版17》！